1. 河北省高校党建研究课题 GXDJ2021B439 文化自信视角下的当代大学生党史文化教育路径研究
2. 秦皇岛市社会科学发展研究项目 2021LX153 当代大学生党史学习教育机制创新与模式应用研究

中国古代文学在当代的价值与功能研究

王婷婷　赵静　著

中国商业出版社

图书在版编目（CIP）数据

中国古代文学在当代的价值与功能研究 / 王婷婷，赵静著 . -- 北京：中国商业出版社，2021.8
ISBN 978-7-5208-1709-7

Ⅰ . ①中… Ⅱ . ①王… ②赵… Ⅲ . ①中国文学－古典文学研究 Ⅳ . ① I206.2

中国版本图书馆 CIP 数据核字 (2021) 第 145605 号

责任编辑：王　静

中国商业出版社出版发行
010–63180647　www.c–cbook.com
（100053　北京广安门内报国寺 1 号）
新华书店经销
定州启航印刷有限公司印刷
*
710 毫米 ×1000 毫米　16 开　12.75 印张　220 千字
2021 年 8 月第 1 版　2021 年 8 月第 1 次印刷
定价：69.00 元

*　*　*　*

（如有印装质量问题可更换）

前言

中国古代文学经历了几千年的发展历程，经久不衰，到今天仍然具有巨大的艺术魅力。在社会主义市场经济条件下，研究古代文学对当今社会有着重要的作用和意义。

一

中国古代文学的产生可以追溯到文字产生以前的远古时期，神话和歌谣是人类文学的最早形式，直到文字产生以后才得以记载、传播。早期文学呈现出诗、乐、舞一体的特征，之后产生了以《诗经》为代表的写实主义和以《离骚》为代表的浪漫主义两种风格不同却具有独特魅力的文学代表。中国古代文学早期呈现文、史、哲不分家的特点，随着经济的发展与进步，文学开始有所侧重。如汉代热衷经学，唐宋文学中的禅学、宋明文学中的理学，甚至各个朝代的文学代表唐诗、宋词、元曲、明清小说等都在历史的各个阶段绽放出绚丽的色彩。

从中国古代的发展历程来看，不难发现，古代文学背后所表现出的是中华民族曾经的辉煌历程。一直以来，专门从事中国古代文学古籍整理的人才很少，老一辈的中国古代文学文献研究者文学功底深厚，并且博学多才，具有丰富的经验。到了中青年一代，出现了青黄不接的局面。导致这一局面产生的原因，一方面是由于中青年一代的文学功底较差，另一方面是现代信息高速发展，很少有人坐这个“冷板凳”。尽管国家现在越来越重视中国古代文学的发展，在各大高校设立相应的硕士、博士点来进行培养，但想要超过前人的成就，还需要一定的时间，也具有较大的难度。

古代文学在古代的价值与意义自不用多说，它的产生与发展具有得天独厚的生长环境，那么，中国古代文学对今天来说，有什么样的价值和积极意义呢？首先，古代文学中有一部分是传承真善美的真谛，这一部分充分体现了现代社会追求人文关怀等精神层面的意义。朱光潜先生在《谈美》中曾经将意义分为三个维度：实用主义维度，也就是它给人们带来的积极的意义，可以理解为求善；科学方面的维度，也就是求真；第三个维度是美学方面的维度，是为求美。就中国古代文学而言，其意义正是对真、善、美的追求。中国古代文学最本质的特点在于具有较高的艺术感染力以及审美价值取向。在古代文学的宏大体系中，体现着求真、向善、尚美的特征：求真表现为对历史理性的追寻；向善体现着充分的人文关怀；尚美则是独特的艺术魅力。三者结合在一起，相互影响，相互促进，是人类最根本的精神世界和内在要求。中国古代文学作品可以引起人们强烈的共鸣，对当代人形成以真、善、美为内在核心的价值追求有着更加重要的意义。对中国古代文学的深入研究与继承、创新，有利于构建社会主义和谐社会。现阶段，构建社会主义和谐社会成为我国社会主义发展的主要目标之一，也是马克思主义关于社会主义社会理论的丰富与发展。而如何构建社会主义和谐社会呢？可行性的方法有很多，从中国古代文学中汲取精髓就是一种积极的尝试。

构建社会主义和谐社会可以从以孔子为代表的儒家思想中借鉴。儒家讲究修身、齐家、治国、平天下，其中既指出了个人要注重自身内在的修养，也指出了社会责任与义务，这与当代的个人历史使命不谋而合。而对社会主义和谐社会的呈现，古人的文章中早有描述。在陶渊明的《桃花源记》中有“土地平旷，屋舍俨然，有良田美池桑竹之属。阡陌交通，鸡犬相闻。其中往来种作，男女衣着，悉如外人。黄发垂髫，并怡然自乐”，勾勒出了一幅和谐的社会生活场景。在《礼记》中，提出了便“选贤与能，讲信修睦，故人不独亲其亲，不独子其子，使老有所终，壮有所用，幼有所长，矜、寡、孤、独、废疾者皆有所养”。这些都为建设社会主义和谐社会提供了一些理论参考。

二

挖掘中国古代文学的现实意义不难发现，中国古代文学中有着中华民族独特的文化与精神内核。中国古代文学是中国古代历史文化的一个重要部分，要培养我们的民族自豪感、社会责任感与使命感就需要从中国古代文学中汲取能量。对中国古代文学的继承与发展、传承与创新，有利于团结我国 56 个民族，有利于传承中国独特的文化，共同丰富世界文化宝库。中国古代文学是中国古代文化的主要组成部分，是不可分割、不容忽视的重要内容，对中国古代文学中的优秀文化的继承、维护民族团结与友好有着重要的作用。

在中国古代文学中，有着对国家、社会、个人命运的深刻关注，当时的文人对社会的种种不良现象和矛盾都有自己独特的看法。对于中国古代传统的文学作品，我们可以取其精华、去其糟粕，为我所用，为现代所用，这对当代文学的构建具有深远的借鉴意义。

中国古代文学对建构当代国家价值观具有重要的意义。从 1978 年我国实施改革开放以来，中国作为东方大国正在崛起，这是一个不争的事实。大国的崛起带来的不仅是经济的发展和物质的丰富，更重要的是文化的繁荣。中国古代文学有着五千多年的历史，无论是先秦时期的文学开端，还是诸子百家争鸣，再到魏晋风骨、唐诗、宋词、元曲、明清小说等，都是我国丰富的文化遗产，具有深厚的文化底蕴。我们需要站在巨人的肩膀上不断地从中国古代文学中汲取营养，去丰富我们的文化，构建具有中国特色的社会主义文化体系。

古代文学具有的非常重要的当代价值就是对国家价值观的构建。所谓国家价值观，是相对个人价值观而言的。国家价值观是指一个国家在长期而漫长的历史潮流中积累下来的、能得到认同的共同的文化信仰。国家价值观是建立在国民心理、责任、道德、义务等的基础上，作为一种价值认同实践准则，与我们的共同理想共同存在着。中国古代文学中爱国是一个亘古不变的主题，在中国古代文学中，有着铮铮铁骨、正气浩然的内在精神气质，对构建国家价值观具有积极的作用与意义。

因此，中国古代文学的探索不能止步于此，还需要一代代人的继承与发扬。

三

关于本书所涉及的古代文学的价值，我们试图从广义的史料学的角度进行考察。中国古代不同历史时期的文学作品，都是研究其产生时期历史的史料，都具有重要的价值。在大量史料的基础上，对古代的优秀文学作品进行研究，通过与历史的结合，参照当时环境下的文学创作特点与文学呈现特征，特别是对文学的价值与意义的阐释进行研究，如对《诗经》、诸子散文、汉赋、汉乐府、唐诗、宋词、元曲、明清小说等具有代表性的文学样式进行研究。在涉及具体诗人的时候，通过一些有代表性的作品进行分析，体味作家作品的文学价值，挖掘其内在美，也从中把握作家的创作风格。这些价值的挖掘主要是借鉴前人以及名家的相关研究，本着严谨的态度进行中国古代文学的价值呈现。

对于古代文学在当代各个领域中的功能，主要从中国古代文学的文化功能、文学功能、教育功能、大众传播、城市名片建设等方面进行论述，侧重的是中国古代文学在各个领域中的贡献，包括当代文学、当代文化及审美转化、中国古代文学与教育教学、中国古代文学与大众传播、中国古代文学与城市文化名片等方面，对中国古代文学的现代性及价值、功能进行诠释。

本书由王婷婷和赵静两人合著完成，全书共七章，其中王婷婷负责第一章《中国古代文学的阶段概况》、第二章《中国古代文学的特征及基本精神》、第三章《中国古代文学与当代文化》的撰写，合计 10 万字；赵静负责第四章《中国古代文学与当代文学》、第五章《中国古代文学与教育教学》、第六章《中国古代文学与大众传播》、第七章《中国古代文学与城市文化名片》的撰写，合计 10 万字。

本书以古代文学的价值与功用为出发点展开论述，在“文化强国”和“文化走出去”战略背景下，探索中国传统文化，特别是中国古代文学在当代的继承与弘扬，对研究中国传统文化、研究中国古代文学和热衷国学的人士，具有一定的参考价值。由于作者水平有限，书中难免有不足和论述不全之处，请各位读者批评指正。

目录

第一章　中国古代文学的阶段概况

第一节　先秦时期的文学概述

一、远古歌谣与远古神话

先秦时期的文学创作最早可以追溯到远古时期，经过人们世代口耳相传而保留下来；到文字产生之后，以文字记录的形式流传下来。

远古的歌谣主要是配合劳作而产生的，如“断竹、续竹、飞土、逐宍（音肉）”，为了配合喊号子的“杭育杭育”派等也是早期的歌谣。

远古的神话，主要以故事的形式来表现古代人民对自然、社会现象的认识和愿望。远古的神话主要集中在《山海经》《楚辞》《淮南子》等古籍中，其中《山海经》中记载了大量的神话，是最具研究价值的神话文献。

远古的神话按内容可分为创世神话、始祖神话、洪水再生神话、部落战争神话、人类英雄神话等。《女娲造人》《夸父逐日》《女娲补天》《精卫填海》是比较经典的神话故事。

（一）创世神话

创世神话是远古祖先对世界来源的思考。远古社会由于处于人类活动的初期，大自然的灾难及运作对人类来说处于神秘的时期，所创立的神话表达出人类对大自然的探索欲望。《盘古开天辟地》就是一则探索世界开端的神话，在神话中盘古将“混沌如鸡子”的世界一分为二，产生了天与地。

（二）始祖神话

始祖神话是关于人类祖先的探索。当时各部落都有自己的始祖神话，如太阳神、女娲等，《女娲造人》借用女娲用泥捏人的神话，描述人类的产生，表现出丰富的想象力。

（三）洪水再生神话

古代人们由于缺乏对自然灾害的抵抗力，经常遭受自然灾害的打击，洪水再生神话集中表现自然灾害的残酷，但在残酷的环境下人们重新繁衍生息的生命力。

（四）部落战争神话

在原始社会，部落之间因为争夺有限的资源而进行战争很常见，如《黄帝战蚩尤》等，展现的就是部落间的战争与厮杀。

（五）人类英雄神话

黄帝之后，神话进入了一个英雄崇拜的新时代。这一时期，神话由对神的崇拜转向对人类英雄的崇拜，塑造了一大批具有人类自身性质的神人，如《夸父逐日》《鲧禹治水》等。夸父最终因为口渴而死去，而他临死时扔出的手杖化为一片桃林，带有强烈的悲剧色彩。中国古代的神话有很多是表现忧患意识与厚生爱民意识的，展现了古人顽强的拼搏精神。

二、先秦文学的雏形

先秦时期是我国古代文学产生的时期，主要有诗歌、散文两种形式。诗歌以《诗经》为代表，散文以伟大的爱国主义诗人屈原所作的《楚辞》为代表。另外，先秦散文可分为诸子散文和历史散文。

（一）文学产生的初级阶段

古代歌谣与神话等展现了古人丰富的想象力，可以说神话为后世的浪漫主义文学提供了丰富的素材，具有很高的文学价值，表现了人们在与大自然抗争过程中的反抗精神与改造自然的愿望。

商周时期的铜鼎铭文及《周易》中的卦爻等是我国散文的雏形，其已具备散文的简单要素，为之后的各类散文提供了参考。

由于文字的产生，这一时期的文学开始用文字的形式进行记录。甲骨卜辞是最早的文字记录，开始用来占卜，后来慢慢地发展为记录文学。从后来的《诗经》中可以看到一些流传下来的文学形式，这些篇幅都较为晦涩难懂。

（二）百家争鸣

春秋战国时期，是我国历史上的一个社会大变革时期，列国之间为争夺利益连年进行战争，在形态上呈现出割裂的局面，在文学上则呈现出一种思想自由、百家争鸣的局面。

《诗经》是我国最早的诗歌总集，收录诗歌305篇，分为风、雅、颂三部分，常用的手法是赋、比、兴。这些诗歌的创作灵感多来自劳动，很多诗歌都是口口相传而来的，而这些诗歌能真实地反映当时的生产力、社会阶级、民俗民风等，具有一定的社会影响力。这一时期的作品还有《尚书》《虞书》《夏书》《周书》《春秋》等，其中《尚书》是我国儒家核心经典之一，为历代儒家研习之基本书籍。“尚”即“上”，《尚书》就是上古的书，它是中国上古历史文献和部分追述古代事迹著作的汇编，是我国最早的一部历史文献汇编。《春秋》是对春秋时期的历史、大事件的简要记载，是研究春秋时期的重要的文献资料。

到了战国时期，齐、楚、燕、韩、秦、赵、魏七国并立，在思想上出现了百家争鸣的局面。一些著名的思想家都产生于这一时期，如庄子、荀子、韩非子等。他们的政治主张与思想各不相同，是这个时期的重要表现之一。

这一时期还产生了一位伟大的爱国主义诗人——屈原，他所创作的《楚辞》，为后世的七言诗歌提供了参考范式。

三、先秦时期的文学特点

由于先秦时期处于文学发展的初级阶段，形式较为简单，其文学所具有的普遍特点，主要有以下几个方面。

（一）发愤著书的模式

后世司马迁在《史记·太史公自序》中提到了“夫《诗》《书》隐约者，欲遂其志之思也……此人皆意有所郁结，不得通其道也，故述往事，思来者”。司马迁总结古人在遭遇了失意或是不得志时，出现了“有所郁结”，故发愤而著书。尤其是屈原，在遭遇排挤之后，表达对君主的迫切愿望以及以身殉国的精神，都集结在了《楚辞》各章中。司马迁的《史记》也继承了“发愤著书”的理念，所著皆是肺腑之言，因而被鲁迅称为“史家之绝唱、无韵之离骚”。后世的诗人中的“诗穷而后工”等学说就是延续先秦作家的发愤著书说的优良传统。

（二）思想、言论上的自由

先秦时期的作者在行文过程中敢于仗义执言，有“善恶必书”的传统。这并不是因为作者不畏强权，而是那本就是一个亲贤远佞的时代，因此，这个时期的作者在行文中对贤者表现出尊敬之情，对待暴君则毫不留情。例如，孟子在斥责暴君时称其“残贼之人”；庄子讽刺诸侯争霸为“窃钩者诛，窃国者诸侯”，表达了对诸侯霸道行为的强烈谴责。

（三）比兴手法的运用

比兴手法源于《诗经》，“比”指的是比喻，是对所描述的人或事物所作的比喻，使所表现的内容更加形象；“兴”即起兴，指的是寄托之意。在先秦文学之中，“比兴”是常用的表现形式，无论是《诗经》中的“引类譬喻”，还是《离骚》中的“香草美人”形象，都是古人对比兴手法的经典运用。

总之，作为我国文学的源头，先秦文学具有很高的文学价值，对后世文学无论在思想上还是在表现手法上都有极大的影响。先秦时期自由的时代精神、百家争鸣的繁荣景象，都是我国文学在初级阶段的光辉印证。

四、先秦时期的主要文学作品

（一）《诗经》——第一部诗歌总集

《诗经》又称《诗三百》，是我国第一部诗歌总集。在体例编排上，分为风、雅、颂三部分。风指的是十五国风，即诸侯国的作品；雅分为《大雅》和《小雅》；颂分为《周颂》《鲁颂》《商颂》。

1.《诗经》的主要内容

《诗经》中的雅、颂部分是统治阶级在较为正式的场合使用的乐歌，具有较浓的阶级色彩和宗教色彩。

雅诗中有一部分表现的是劳苦大众的艰难生活与统治阶级的剥削与压迫，具有一定的社会价值，例如，斥责统治阶级的骄奢淫逸，只知饮酒作乐而无所作为的《大雅·抑》等。还有一部分雅诗表现的是统治者的昏庸不作为，反映了民生疾苦。这些雅诗的作者多为贵族诗人，诗中流露出对当时统治者不当行为的批判，表现出忧国忧民的情怀。《大雅·荡》中有“殷鉴不远，在夏后之世”，表达了希望统治者能够正视前人的灭亡教训、以史为鉴的殷切期望。还有一部分表现的是社会不公和贫贱等的题材，如《小雅·苕之华》，其中的“不如无生”，表现出底层人民对生活的绝望。

《诗经》中最有价值的当推《国风》里的篇目，其为诗经内容与思想的精华所在。《国风》大部分的作者来自民间，其诗歌是对劳动人民生活、情感的真实写照。主要内容有以下几个方面。

（1）反映统治阶级的剥削与压迫的诗篇，如《魏风·硕鼠》《豳风·七月》《魏风·伐檀》等。

（2）体现繁重的徭役、兵役之苦的诗篇，如《唐风·鸨羽》《豳风·东山》等。

（3）表现劳动人民恋爱、婚姻的诗篇。恋爱篇如《邶风·静女》《秦风·蒹葭》《桃夭》等。表现婚姻的诗篇如《郑风·女曰鸡鸣》，所表现的是婚姻的美好状态；《卫风·氓》，则表现了女子被负心汉抛弃，由原来对美好爱情的渴望，到最后对婚姻绝望的心路历程。

（4）反映人们日常的劳动生活及爱国思想的诗篇。例如，《豳风·七月》生动地展现了劳动人民一年之中不同月份的忙碌景象，将劳动者的艰辛与辛苦、统治者的剥削与压迫通过平实叙事的方式展现给读者。爱国诗篇有《鄘风·载驰》等。

（5）讽刺统治者荒淫无度的奢侈生活的诗篇，如《陈风·株林》《齐风·南山》等。

2.《诗经》的艺术成就

《诗经》中的艺术成就表现为自然朴实的风格。诗经《国风》中表现的是劳动人民的生活内容及思想感情，采用比兴的表现手法，能形象地表现出内容，在艺术层面上增加了表现色彩；无论在章法和句式还是词汇、韵律上，都有其独特的艺术价值。《诗经》与西方的《荷马史诗》都是人类较早的诗歌形式，不同的是，《荷马史诗》中充满不断冒险与征服的精神，而《诗经》则更多地表现为在与大自然和谐相处的基础上不断战胜大自然、创造文明。

（二）《左传》——承上启下的史学著作

先秦的散文经历了由简到繁的过程，从甲骨卜辞到钟鼎铭文再到史家散文，无论在内容上还是形式上，都有了较大的发展。具有代表性的史传散文有《尚书》《春秋》《国语》《左传》《战国策》等，其中《战国策》是一部承上启下的史学著作，具有重大的历史价值与文学价值。

《左传》又叫《左氏春秋传》，它开创了中国编年体写作的先河。该书的成书时间在战国时期，按照鲁国君主的先后次序记载了春秋霸主的嬗变过程，在史学上具有较高的价值，同时保留了许多当时的社会文化、习俗、自然科学等方面的知识。

对战争的描写是《左传》高超的叙事艺术表现之一，如《左传》中关于齐国与晋国的鞌之战、宋国与楚国的泓之战等，都较为详尽地交代了战争的背景、起因、经过、结果，对战争的来龙去脉的把握较为细致，同时带有历史学家的独到见解。在对事件进行叙述的过程中，加入了一些情节，增加了情节性与故事性，使叙事具有可读性，如《郑伯克段于鄢》《晋公子重耳之亡》等。

《左传》反映的是当时社会的主要思想，表现为“民重于天、民重于君”的思想。在《左传·庄公三十二年》中有“国将兴，听于民；将亡，听于神”的论断。

（三）诸子散文

百家争鸣的繁荣景象表现在文学作品上主要是各家的著名论著，先秦的诸子散文包含着不同的流派，如儒家、墨家、法家、道家、阴阳家等。各家基于时代发展的需要，敢于创新，在学术上形成了百家争鸣的局面，各类诸子散文也是这一时期的代表作。

先秦的诸子散文主要有儒家代表作——《论语》《孟子》；墨家代表作——《墨子》；道家代表作——《老子》《庄子》；法家代表作——《韩非子》；另外，还有《荀子》《吕氏春秋》等。

1.《论语》

《论语》是记录孔子及其弟子言行的著作，集中表现了孔子的思想及主张。孔子政治思想的核心是“仁”与“礼”，具体表现在仁、义、礼、智、信上。虽然孔子的思想并没有得到当时诸侯国的青睐，但符合统一之后的封疆建制，“罢黜百家，独尊儒术”，成了历代统治者推行的主要思想，儒学被推到很高的地位，孔子也被称为“至圣先师”“圣人”等。

孔子是一名伟大的思想家，也是一位优秀的教育家。他率先倡导私人教学，提出了“有教无类”的教学思想。其门下弟子三千人，实现了教育的平民化。还有一些著名的教育、教学思想，如“三人行，则必有我师焉。择其善者而从之，其不善者而改之”“知之为知之，不知为不知，是知也”等观点，深受后世推崇。其后的《孟子》也是儒家的经典著作，进一步完善了儒家学说，并且提出了“性善论”，后人经常将孔子与孟子合称为“孔孟”。《孟子》一书与《论语》《大学》《中庸》并称为“四书”，在历史上有着重要的地位。

2.《老子》

《老子》又名《道德经》，相传为老子所作，其核心的思想凝聚在“道”

中，并且提出了“无为而治”的政治主张。老子向往的政治理想是小国寡民，在一定程度上表达了其厌恶战争、向往和平稳定的愿望。《老子》中的唯物辩证思想很明显，如有无相生、难易相成等，指出万事万物之间存在的普遍联系。

3.《韩非子》

韩非子生于战国末年，是先秦法家的集大成者。他继承了之前法家的思想，又经过进一步的创作与实践，形成了较为完整的法家学说。他的思想主要包括两个方面的特点：第一，以法为中心，并结合“术”“势”。他所提倡的法是治国所颁布的法令，术指的是君主驾驭群臣的驭人之术，势指的是权势。第二，主张革新，反对因循守旧。“世异则事异，事异则备变”，体现了韩非子作为新兴的地主阶级，勇于改革的进取精神，符合时代的发展潮流。

（四）《楚辞》

屈原是我国古代伟大的爱国主义诗人，屈原生活的时代是楚国的衰落时期。他本人有强烈的政治抱负，期望实现自己的政治理想，但事与愿违，当时的统治者楚怀王昏庸怯懦，导致国破家亡，屈原悲愤绝望，最后自投汨罗江，以身殉国。

《离骚》是诗人屈原的代表作，其主要内容是表现对自我政治理想的追求与斗争，并且采用“香草美人”的比兴手法，在字里行间流露出自己因没有受到重用而遭受的苦闷与挫折。《离骚》不仅塑造了一个高大纯良的主人公形象，还是积极浪漫主义的代表作。

第二节　两汉时期的文学概述

一、两汉时期的文学概况及特点

公元前221年，秦始皇灭掉了六国，建立了统一的中央集权封建国家——秦王朝。废除了分封制，以郡县制代之，又修筑了万里长城，修建了驰道，统一了钱币、度量衡，加强了统一。其实行的“焚书坑儒”的文化政策，致使大批的文化典籍被焚烧，这是文化上的一次大灾难。

公元前209年，陈胜、吴广在大泽乡起义，推翻了秦王朝的暴政，最终刘邦于公元前202年建立了西汉。汉武帝时期，董仲舒提出了“罢黜百家，独尊儒术”的主张。在诗歌上，没有延续生动活泼的“诗三百”，出现了“伦理化”“政治化”的经学；散文方面以《淮南子》《史记》为代表，继承了先秦时期著作的遗风，是当时散文的代表作。

公元25年，刘秀建立了新的政权——东汉。刘秀大力提倡谶纬之学，由经学转向了神学。在这一时期，文人开始对正统思想产生怀疑，学术思想有了显著的变化，如桓谭《新论》、王充《论衡》所表现的是离经叛道的思想，他们的文章呈现出由文变质的趋势。班固的《汉书》在展现历史真相的同时，也宣扬神学与君权，所表现出的思想矛盾性是东汉所推崇的。

东汉后期，由于社会的动乱和官场的黑暗，汉末的文人开始倾向于老庄思想。文学家们在注重“外在事功”的同时，开始关注个人的情感与日常生活，文人五言诗开始崭露头角，其中的代表有《古诗十九首》。同时，汉末的辞赋走向了抒情化与小品化，在审美上有了一定程度的提高。这一时期的汉乐府继承了先秦时期民歌的古朴，对诗歌发展有着积极的推动作用。

两汉时期，疆土统一，国势强大，封建经济和文化得到充分的发展。其中辞赋作为一种新兴文体，既像诗歌那样讲求押韵和形式整齐，又像散文那样没有格律的严格限制，状物叙事，抒情说理，兼具诗歌和散文的表现功能，得以发展与繁荣；两汉文学中最具价值的是乐府诗，乐府民歌以“感于哀乐、缘事而发”的现实主义精神，从抒情出发，深刻反映了两汉社会生活的各个方面，体现了当时劳动人民的心态、愿望和要求；在汉乐府民歌的直接哺育下，汉代文人五言诗也开始酝酿，并逐渐发展成熟。东汉末年产生的《古诗十九首》，成为文人五言诗成熟的标志；两汉文学的另一个重要成就是散文创作。汉初代表作家先有贾谊和晁错，后有司马迁和班固。

二、两汉时期的作品

（一）《史记》——“史家之绝唱”

司马迁的《史记》代表着汉代散文的最高成就。司马迁自幼受其父司马谈的影响，诵读古文经传，少年时就游历祖国的大好河山，对祖国的山川地理、民俗历史、社会政治有一定的了解。后任太史令，因为李陵事件被连累入狱，不得已遭受宫刑，于是“发愤著书”，决定编撰《史记》，他想达到的史家愿望是“究天人之际，通古今之变，成一家之言”。《史记》记载了从上古传说中的黄帝时代到汉武帝元狩元年间共三千多年的历史。要将这三千多年的历史梳理清楚，并非一件容易的事情，于是司马迁采用本纪、世家、列传、十表、八书的体例，将这三千年的历史分门别类。其中，本纪记载的是帝王的大事件；世家记载的是帝王的股肱之臣以及重要的历史人物的大事件；列传记载的是“立功名于天下者”，还有社会的不同阶层、华夏各民族，这其中的叙事采用的是以人物为中心的叙事方式；十表所记录的是宗室、名臣的大事件，与本纪、世家又相互补充；八书记载的是历史典章制度的沿革。《史记》的叙事体例充分体现了司马迁驾驭历史与叙事的能力，表现了他对历史脉络的准确把握。

《史记》不仅具有重大的史学价值，还兼具极高的文学价值。其文学性还表现在对人物形象的塑造与刻画上。司马迁在《史记》中不仅宏观地展示了历史重大事件，还注重对个人的描写；不仅照顾到各个历史事件之间的内在联系，还注意对人物的角色、身份、语言、气质等的塑造。另外，司马迁所创造的“互见法”，指的是将历史任务或者事件分散，放在不同的篇章里进行呈现，各有侧重，以避免重复。“互见法”的使用，减少了叙事的拖沓，有详有略，呈现出历史事件的叙述完整、情节突出，彼此独立成篇又互补的局面。

《史记》一出，其正史体例的地位得到确立。其叙事体例及史学精神为后世所推崇。鲁迅评价《史记》为“史家之绝唱，无韵之离骚”，给予《史记》很高的史学和文学评价。魏晋、唐代小说，宋元的讲史、戏曲、小说等都往往取材于《史记》，可见其对后世的影响之大。

（二）汉乐府与文人诗

在汉代诗歌中，最值得称赞的是乐府民歌与文人五言诗。

汉乐府本来指的是国家所设立的音乐机构，以诗、乐、舞为主；到了六朝，人们将此机构所采集的乐歌统称为乐府，乐府也由原来的机构名称变成了一种诗体。汉乐府民歌的主要特点是“感于哀乐，缘事而发”，它与先秦时期的《诗经》的主题思想一脉相承，都反映了社会现实与广大人民的真实情感，主要内容涉及战争、徭役之苦、人民的苦难与积极的反抗以及婚恋题材，其代表作主要有《孔雀东南飞》《上山采蘼芜》《白头吟》《有所思》等。

文人诗产生于东汉时期，其中《古诗十九首》是汉代文人诗的代表作。《古诗十九首》主要涉及的内容有底层文人宦游、仕途的失意等，如《青青陵上柏》；对郁郁不得志的悲愤与生命短暂的叹息，如《驱车上东门》；表现在外游子思念家中妻子的，如《涉江采芙蓉》。其中，最具代表性的是《行行重行行》，其开头这样写道："行行重行行，与君生别离。"生离死别是人生的两大愁苦，相比而言，生离要比死别多，因为生离会时时刻刻在，只要活着就要受到煎熬，这首诗以思妇的角度来描写夫妻二人对对方的思念之情。《古诗十九首》由多位文人所作，字里行间散发着温雅气息，在遣词造句上也是有意作诗，因此诗作是有意而作、有感而发的，所表现的是一种浑然天成的艺术风格。

后人对《古诗十九首》的定位极高，称其为"五言之冠冕""千古五言之祖""五言之《诗经》"等。

第三节　魏晋南北朝时期的文学概述

一、魏晋南北朝的时代特征及文学概况

魏晋南北朝时期，中国进入了大动乱时期，从220年到589年，中间经历了三国（魏、蜀、吴）、西晋、东晋、五胡十六国、南北朝。南北朝的得名是由于这个时期南方与北方处于长期对立的局面。

东汉末年，宦官、外戚专权，各方势力不断争权夺利，战乱不断，土地兼并现象严重，大多数百姓被推向衣食无着落的境地。于是各地纷纷开始起义反抗，各地政权不断镇压。国家失去了安定的环境，导致民不聊生，生灵涂炭。196年，曹操勤王，挟天子以令诸侯，成为北方的实际统治者。这一时期的文学作品更多的是表现社会的动乱与百姓的疾苦，文人们有感于民生之艰、生命之短暂，在积极奋进的同时，也表现出壮志未酬的感慨。这一时期以曹操、曹丕、曹植"三曹父子"及"建安七子"[①]为代表。文学史上称这一时期的文学作品风格为"建安风骨"。

之后是曹氏与司马氏之间长达十几年的权力之争，这一时期的士人为了免遭迫害，逐渐消磨了积极进取的奋进精神。于是人们开始纵酒谈玄，保全性命。所谓谈玄，指的是以老子道家学说为基础的哲学思潮，表现为形而上学，脱离实际。玄学的兴起是这段时期特定的历史背景及环境所造成的，玄学的盛行促进了老庄哲学的发展，也影响了当时士人的思想、价值、人生态

① 建安七子为孔融、陈琳、王粲、徐干、阮瑀、应玚、刘桢。

度等。这一时期的文学以嵇康、阮籍、山涛、向秀、刘伶、王戎、阮咸七人为代表。他们七人常常聚在一起谈玄，先有七贤之称，因常在当时的山阳县（今河南辉县一带）竹林之下喝酒、纵歌、谈玄，肆意酣畅，后被称为“竹林七贤”。

正始之后，中国的文学逐渐向士族化方向过渡，当时的作家刻意追求用词绮丽，讲究对偶对仗，并大量仿效拟古诗作。拟古风气的流行表现出从前代诗歌汲取养分的热情。玄言诗的出现表明玄学开始由影响人们的思想进而影响文学创作了。玄言诗的主要特征是诗歌中渗透着大量的玄学。山水田园诗是继玄言诗之后在诗歌领域的一次探索，是诗歌题材方面的重大突破，其中以陶渊明、谢灵运的山水田园诗为代表，两人又有各自独特的风格与艺术特色。

到了齐、梁、陈时代，士族的文学创作开始倾向于放纵享乐，表现在诗歌中注重个人感情的细腻表达，在整体风格上偏于敏感、细腻，在诗歌体裁上有宫体诗、永明体。这个时期的文学理论有了较大的发展，钟嵘的《诗品》和刘勰的《文心雕龙》等的产生，丰富了我国文学理论及评论上的内容。

南北朝前后跨度约400年，呈现出朝代的频繁更迭。这一时期的文学主题有所提升，将重点转向对人的现实生活与精神世界的探索，人成为文学的主题。魏晋南北朝社会的动乱也在一定程度上解放了思想，为文化思想与文学艺术等提供了一个相对自由的发展空间，这个特定的历史时期产生了较多的文学形式。

二、魏晋南北朝时期的代表作品

（一）建安风骨

建安风骨指的是在诗歌创作上，十分注重诗歌的现实主义与慷慨悲凉的艺术风格，在诗歌创作上脱离了经学的附属地位，注重独特个性的抒发，具有慷慨雄健的阳刚之气，风骨凛然，在当时颇受追捧。建安风骨以“三曹父子”“建安七子”为代表。

曹操在诗歌创作上敢于突破前朝的桎梏，在表现形式上自由随性，追求实际的功用，通过诗歌表现其深刻的思想。他创作的诗歌有四言、五言、杂言，其中四言诗的表现力最为突出，呈现出“苍劲有力，慷慨苍凉”的基调，《观沧海》《龟虽寿》《短歌行》是他的四言诗代表。五言诗主要是对时事的有感而发，具有“诗史”的意义，如《蒿里行》《苦寒行》等。

曹操的儿子曹丕自立为魏文帝，他较为重视文学的作用，指出文章是经国的大业、不朽的盛事，声名可以流传千秋万代。他的诗歌留下来的有40首，其中《燕歌行》是中国诗史上第一首成熟的七言古诗。在文学批评史上有文学专论《典论·论文》，首次提出了“文以气为主”的见解。

与曹丕相比，曹植更富于诗人的气质。他早年任性而行，不自雕励，后来成为权力斗争中被排挤和迫害的对象，游仙题材一度成为他诗歌的主要内容。曹植的遭遇并未掩盖他在诗歌上的造诣，他在后世获得了“建安之杰”的称号。曹植喜欢写五言诗，喜欢炼字造句，沿用诗经比兴的传统，表现诗人丰富独特的思想感情。

（二）山水田园诗

这一时期的代表诗人有谢灵运、陶渊明。

谢灵运是中国诗史上第一个大量创作山水诗的诗人。他的山水诗的特点表现在他喜欢用较为工整的语言进行描述，对山水的描述加入了声音、形状、心情等素材。他往往在游历山水的过程中直接书写，与玄言诗相比，让人有一种耳目一新的感觉。

“不为五斗米折腰”的陶渊明是这个时期的田园诗的开创者，“采菊东篱下，悠然见南山”成为脍炙人口的诗句。陶渊明经历了宦海沉浮，最终选择了归隐，还有一个重要的原因是他对自我经历的透彻理解，“觉今是而昨非”，于是选择归隐。其诗歌主要表现的是田园之乐、山水之乐，如《归去来兮辞》《归园田居》等。陶渊明的诗歌整体呈现出一种平淡的风格，但其中又蕴含着深刻的哲理，在平淡之中见真纯。

（三）南北朝的乐府民歌

在汉乐府民歌之后，出现了另一个乐府民歌创作的高潮。南朝乐府民歌以《西洲曲》为代表。由于南北地域的差异，北方的民歌大多豪放慷慨，南方的民歌婉约细腻，其中以北方民歌《木兰辞》为代表。《木兰辞》属于长篇的叙事诗，讲述的是木兰替父从军、报效国家的故事，生动地刻画了木兰巾帼不让须眉的气魄，最终胜利归来。全文很少拖沓，叙事采用快节奏的方式，详略得当，且形象鲜明，让读者记住了木兰的鲜明形象。此外，木兰也经常出现于后世的诗歌、小说、戏曲当中，其形象深入人心。

（四）魏晋南北朝的其他代表作品

魏晋南北朝时期出现了骈体文，骈体文产生的背景与“文笔之辨”有很大的关系。文笔之辨中的“文”指的是文学性的作品，“笔”指的是一些实用性的作品。骈体文强调的是句式上的工整，音律上的平仄有序，语言上的优美流转。到了南北朝时期，骈文大盛。骈体文的代表是庾信，他是这一时期骈体文创作成就最高的作家。

在文学理论和文学批评上，有《典论·论文》《文赋》《文心雕龙》《诗品》等。魏晋南北朝时期还出现了志人小说与志怪小说。志怪小说的代表作为《搜神记》，主要讲述的是当时社会的生活和文化状况，记述了一些神仙鬼怪的事；志人小说的代表是《世说新语》，主要记载人物的言行、逸闻趣事，可以反映出当时的时代风貌。

第四节　隋唐五代时期的文学概述

一、隋唐五代时期的文学概况

581 年，杨坚建立了隋朝，结束了近三百年的分裂局面，统一了全国。隋朝于 618 年灭亡，前后不到四十年，在文学上呈现出由南北朝文学向唐朝文学过渡的趋势，由于大一统的建立，南北方的文学出现了融合的新局面。

618 年，李渊在关中称帝，国号唐，定都长安，开启了中国封建社会最强盛的王朝。唐朝是我国古代经济、文化、国力等方面最强盛的时期，在文学上也表现出了高度的繁荣。唐代文学的繁荣表现在诗歌的题材、内容、思想、流派等呈现出多样化的发展趋势，其主要表现在以下几个方面：首先，诗歌的数量创历史新高，远远超过了以往的诗歌数量。这一时期的诗歌的作者众多，且诗人辈出、群星璀璨，出现了李白、杜甫等千古大家。其次，诗歌题材范围空前拓展，反映了普通大众的生活。在唐代的诗歌中，既有渴望建功立业而对国家繁荣昌盛的讴歌，也有蔑视权贵，发出“我辈岂是蓬蒿人”的豁达；既有对祖国大好河山和自然风物的描写，也有揭露和评判统治阶级奢侈腐朽的讽刺；既有抒情诗，也有叙事诗，可谓包罗万象。再次，唐代的四言、五言、七言、杂言的古体诗、乐府诗歌、绝句、律诗等诗歌体裁也发展成熟，并呈现出繁荣的景象。另外，唐代是产生诗歌流派最多的时代，有田园山水诗派、边塞诗派、新乐府诗派等，诗仙李白、诗圣杜甫、诗鬼李贺等在诗坛争相竞放，呈现出一派繁荣的景象。按照唐诗自身的发展阶段，可以分为初唐、盛唐、中唐、晚唐四个时期。

唐代的散文发展发生了一件大事——“古文运动”。其倡导者是韩愈、柳宗元，他们提倡要矫正六朝以来的骈文习惯，要言之有物和采用清新刚健的语言进行书写。“古文运动”揭开了散文发展的新篇章，为散文的发展建立了新的标准和范式。唐代的小说叫唐传奇，它的出现标志着我国古代小说的成熟。唐代的变文、俗赋、话本、词文等成为新的文体，通常以讲和唱为主，其表达形式较为灵活，在用词上通常将散文和韵语相互掺杂，唱词和说白相结合，说唱的内容主要有历史重大事件、历史故事、民间故事或者当时的重大时事，其塑造的人物较为典型，形象鲜明。

唐代的民间词目前仅存的是敦煌曲子词，其以社会生活为题材，风格独特，为大众所喜爱。唐代中后期的文人词以张志和、温庭筠、刘长卿、韦应物等创作的词为代表，五代时期又出现了花间词派等。可以说唐五代的词丰富了文学艺术的表现形式，从民间向文人过渡，从萌芽开始走向成熟。

二、唐五代文学大繁荣的归因

唐五代文学全面繁荣，一方面取决于当时大的时代背景和社会环境，另一方面是文学本身不断变革的结果。究其原因，主要有以下几个方面。

第一，最重要的原因是国力的强大，空前的统一。隋唐开创了大一统的局面，开始着力发展农业，社会经济呈现繁荣景象。唐代的统治者实施了“均田制”，将国有的土地分配给无地、少地的农民。在徭役上，也实施减徭役、减赋税的政策，正是这一系列符合经济发展、社会稳定的政策，使唐王朝迅速强大。到了唐太宗时期，对外战争也持续获胜，唐朝版图一度向东北延伸至朝鲜半岛，西北至中亚细亚，北至蒙古，南至印度支那。在交通方面开通了“丝绸之路”，发展了商贸，繁荣了文化。

第二，统治者对文学的好恶直接关系到文学的发展进程。唐代的历位统治者都喜欢文学，崇尚风雅。唐太宗时期，特别开设了文学馆与弘文馆，从事编纂、整理文学的工作，相互唱和，文学活动异常活跃。另外，科举制的实施也促进了文学的繁荣。文人参加科举考试，所考核的标准是以诗取仕，文人只有熟谙诗歌、具有较高的文学素养才能进入仕途。这些诗人因为出身较为平凡，诗作中的内容与社会生活相接近，内容上言之有物，形式上多种多样，促进了文学的繁荣与发展。

第三，较为宽松的创作环境。唐代的综合国力强盛，统治者对内有较强的自信心，在文学创作上表现为创作环境宽松。此时文人的思想也较为自由，所以在诗歌的内容上出现了多样化，涵盖了社会生活的方方面面。在情感抒发上，诗人通常直抒胸臆，面对不合理的事实能进行批判，表达自己的真情实感。

第四，唐代文学的繁荣，也是文学不断发展的必然结果。可以说唐五代之前的文学创作，为唐朝文学的繁荣奠定了基础。唐代文学是在前代文学的基础之上发展而来的，唐五代对前代文学进行批判式继承，所呈现的是各领域接连不断推陈出新。例如，从初唐四杰的创作风格到后来陈子昂所提倡的“风雅比兴”“建安风骨”的主张，从李白诗歌的革新到杜甫开创的即题式的未来，从韩愈的“古文运动”到柳宗元在散文上的巨大突破等，唐代的文学家始终坚持在批判中继承，不断进行创新，将文学推向一个新的创作高峰。

第五，唐代诗歌创作的主体得到前所未有的拓展，社会各阶层、社会的不同角色都在诗作上有所体现。诗歌不再拘泥于文人创作的“小圈子”，而是拓展到社会的各个阶层。白居易作诗的风格是，使写出的诗歌上至达官贵族，下至牛童马走都能进行吟诵。可以说，诗歌创作已经成为人们生活的一部分，大大推动了诗歌向前迈进。

三、唐分期的代表诗人及作品

（一）“初唐四杰”

“初唐四杰”指的是王勃、杨炯、卢照邻、骆宾王，他们四人以文章齐名天下。他们的诗作摒弃了前人诗中的庸俗，赋予诗歌以一种崭新、饱满的精神气质。在诗歌的题材上他们善于发现日常生活的细节，并以此为题材进行叙述，大大拓宽了诗歌的表现领域。

“初唐四杰”的艺术成就最突出的表现是对七言古诗的完善与确立。在这之前七言古诗的创作篇目较少，远远落后于五言古诗，到了“初唐四杰”这里，七言古诗飞速发展，不仅诗篇的数量多了起来，质量也得到了大幅度提高。例如，王勃的《滕王阁序》《采莲曲》、卢照邻的《长安古意》、骆宾王的《艳情代郭氏答卢照邻》等都是极佳的七言古诗。

“初唐四杰”为五言律诗的发展奠定了基础。其创作的诗篇中五言律诗数量较多，“四杰”中多的可达到其平生创作的二分之一，少的也能占到四分之一。这其中还有许多脍炙人口的诗句，如王勃的“海内存知己，天涯若比邻”，杨炯的“宁为百夫长，胜作一书生”等。

在语言追求上，“初唐四杰”诗歌的语言呈现出清新秀丽的风格，尤以王勃为代表。例如，王勃的《滕王阁序》《山中》等，还有“影浓山树密，香浅泽花疏”（杨炯），“娼家日暮紫罗裙，清歌一啭口氛氲”（卢照邻），“蝉鸣稻叶秋，雁起芦花晚”（骆宾王）等诗句，笔触呈现出细腻、清新的特征，格调意境上更高一层。

（二）盛唐诗人及作品

盛唐时期，名家辈出，诗体也走向了成熟，现实主义与浪漫主义在各自领域大放光芒。以李白、杜甫为代表的盛唐诗人，将诗歌的创作推向了高潮。各个诗歌流派也特征鲜明、独具特色。

1. 山水田园诗派

山水田园诗派以王维、孟浩然为代表，王维诗歌的风格是形神兼备，在语言方面注重诗歌语言的凝练，在诗中多勾勒出一幅幅具有明亮色彩的山水画卷，写静态景物时语言上清新明快，在静谧的境界里富有闲情逸致。例如，《鹿柴》《竹里馆》《临湖亭》《山中》等都是意境优美、意味深长的小诗。不仅如此，王维各种题材的诗歌兼有，诗歌的取材范围也非常广泛。孟浩然诗歌创作的主要特点是语言质朴、感情纯正、意境高远。例如，孟浩然的《望洞庭湖赠张丞相》：

八月湖水平，涵虚混太清。气蒸云梦泽，波撼岳阳城。欲济无舟楫，端居耻圣明。坐观垂钓者，徒有羡鱼情。

这是一首投赠诗，诗中描写了面对烟波浩渺的洞庭湖，想要渡过却无舟楫可用，只能看着身边的垂钓者钓鱼，空有一腔对鱼的羡慕之情。诗中表达了作者希望得到张丞相，也就是张九龄的引荐。诗歌的前四句写的是洞庭湖的壮阔场景，后四句借景抒发自己的政治热情，希望得到“伯乐”的引荐，以实现自己的政治抱负。诗中对洞庭湖的描写气势磅礴，塑造了一种雄壮之美。

2. 边塞诗派

边塞诗派以高适、岑参为代表。所谓边塞诗，指的是投身边疆，对军旅生活、边疆风景的描述。高适的《燕歌行》详细地描绘了从将士应征入伍、转战，到战败、被围、不屈不挠，最后为国捐躯的悲惨场面。在诗歌的表现上，时而斗志满满，时而沉郁感伤，各种心情交织在一起，军中将帅的昏庸无能、战士戍边的辛苦以及对统治阶级的不满，都在字里行间表现出来。在思想上和艺术上都有较高的文学价值，因此成为边塞诗中的杰作，是高适的“第一大篇”，流传千古。除此之外，高适的边塞诗还有《别董大》《听张立本女吟》《营州歌》等。

岑参与高适齐名，并称为“高岑”。岑参是一位积极进取的诗人，他的早期诗歌中常常体现出建功立业的雄心壮志，而理想与现实的差距，使他又生出怀才不遇的感慨，因此发出了“丈夫三十未富贵，安能终日守笔砚”(《银山碛西馆》) 的叹息。后来，岑参出任安西及关西节度判官，来到了边塞，其诗歌转向对边塞生活的描述。边塞广阔无垠，带给诗人以新的人生体验，他的诗歌中往往描写边塞风景与激烈的战争，整体风格豪迈激昂，气势恢宏。代表作有《走马川行奉送出师西征》：

君不见走马川行雪海边，平沙莽莽黄入天。
轮台九月风夜吼，一川碎石大如斗，随风满地石乱走。
匈奴草黄马正肥，金山西见烟尘飞，汉家大将西出师。
将军金甲夜不脱，半夜军行戈相拨，风头如刀面如割。
马毛带雪汗气蒸，五花连钱旋作冰，幕中草檄砚水凝。
虏骑闻之应胆慑，料知短兵不敢接，车师西门伫献捷。

此诗抓住有边地特征的景物来描写环境的艰险，从而衬托士卒们大无畏的英雄气概。诗的开头极力渲染环境恶劣，风沙遮天蔽日；接着写匈奴借草黄马壮之机入侵，而封将军不畏天寒地冻，严阵以待；最后写敌军闻风丧胆，预祝唐军凯旋。诗虽写征战，却以叙寒冷为主，暗示冒雪征战之伟功。语句豪爽，如风发泉涌，真实动人。全诗句句用韵，三句一转，节奏急切有力，激越豪壮，别具一格。岑参的其他代表作有《白雪歌送武判官归京》《轮台歌奉送封大夫出师西征》等。“语奇体峻，意亦造奇”，道出了岑参诗歌创作的独特性，是区别于其他边塞诗人的主要特征。

盛唐的边塞诗人除了“高岑”外，还有王昌龄、王之涣、崔颢、李颀等，一些著名的边塞诗还有王昌龄的《从军行》《出塞》、王之涣的《凉州词》、李颀的《古从军行》、崔颢的《黄鹤楼》等，都为后世所喜爱。

3. 浪漫主义诗人——李白

在唐代，一谈论诗歌，不能不提及李白与杜甫，这两位杰出的诗人为唐代的诗歌做出了卓越的贡献。李白开创了诗歌浪漫主义先河，杜甫则开创了诗歌现实主义先河。

李白，字太白，号青莲居士，有《李太白集》传世，被后人誉为“诗仙”。李白的一生大致分为蜀中读书时期、宦游求仕时期、京城出仕翰林时期、再次漫游时期。李白是一位集理想主义、浪漫主义、英雄主义为一身的诗人，这在他的诗歌中常有体现；李白又有一身傲骨，他爱憎分明、不愿屈身权贵，造成了他仕途上的不得志。纵观李白的一生，虽有积极入仕的意愿，却并未实现其抱负，但现实与理想的落差并没有打倒他，他的诗歌始终表现出积极、乐观、自信的一面。

李白嗜酒，自称“酒仙”。李白爱酒，有诗为证：“李白斗酒诗百篇，长安市上酒家眠。天子呼来不上船，自称臣是酒中仙。”李白常常在饮酒之后作诗，诗歌一气呵成，表现出的是豪放的诗情与呼之即出的诗才。酒与诗的融合，所表现出的是行云流水、飞扬恣肆的风格，因此李白也被称为“诗仙”。

（1）李白诗歌的丰富内容。

①个人理想抱负的抒发与愤世嫉俗的表达。儒家的济世思想对李白的影响很大，他早年表现出积极入仕的愿望，在他的《梁甫吟》《古风五十九首》等诗歌中，通过对古代的名臣的赞美，表达了自己的济世思想。李白在仕途上的不得志转化在诗歌中，则表现为对权贵的蔑视与对自由的大胆追求。他的代表作有《将进酒》：

君不见黄河之水天上来，奔流到海不复回。
君不见高堂明镜悲白发，朝如青丝暮成雪。
人生得意须尽欢，莫使金樽空对月。
天生我材必有用，千金散尽还复来。
烹羊宰牛且为乐，会须一饮三百杯。
岑夫子，丹丘生，将进酒，杯莫停。
与君歌一曲，请君为我倾耳听。
钟鼓馔玉不足贵，但愿长醉不复醒。
古来圣贤皆寂寞，惟有饮者留其名。

陈王昔时宴平乐，斗酒十千恣欢谑。

主人何为言少钱，径须沽取对君酌。

五花马、千金裘，呼儿将出换美酒，与尔同销万古愁。

诗人在政治上被排挤，受打击，理想无法实现，常常借饮酒来发泄胸中的愤懑。人生快事莫若置酒会友，作者又正值“抱用世之才而不遇合”之际，借酒兴诗情以抒发不平之气。于是，在他的《将进酒》中有“五花马、千金裘、呼儿将出换美酒，与尔同销万古愁”的豁达胸怀。诗人并非没有政治上的不得意所造成的失落，那么诗人如何排解呢？只能通过借酒浇愁。五花马、千金裘这些代表功名与富贵的东西，在诗人看来都是短暂的，不如拿来换酒，洒脱过活。

②描绘盛唐的大好河山。李白的一生中，大多数时间都在游历，他写下了大量描绘祖国大好河山的诗作。例如，《望庐山瀑布》：“日照香炉生紫烟，遥看瀑布挂前川。飞流直下三千尺，疑是银河落九天。”对于瀑布周围的雾气，诗人将其想象为香炉周围的紫烟，将瀑布直下的色彩感表现出来；用“三千尺”“落九天”等数词描写瀑布的壮观，突出了庐山瀑布的大与美。其他的诗作，如《早发白帝城》《望天门山》《西岳云台歌送丹丘子》等，祖国的壮美河山在李白的笔下有了独特的色彩，表达了诗人对自然山川的热爱之情。

③反映社会现实生活与底层人民疾苦的诗作。李白的《丁都护歌》《战城南》等表达了作者对人民饱受战争之苦、徭役之苦的同情。李白的其他诗作，如《白头吟》《乌夜啼》《宿五松山下荀媪家》等对妇女所遭受的痛苦进行描述，表现出作者不同的视角。李白对劳动人民饱含真情，有感于劳动人民的纯朴与善良，写下了许多有关与劳动人民深厚友谊的诗篇，如《赠汪伦》中的“桃花潭水深千尺，不及汪伦送我情”，表达了对友人汪伦的深情厚谊的感念。

（2）李白诗歌的艺术特点。

①浪漫主义创作手法。李白的浪漫表现在诗歌上，首先是他能自如地运用夸张的手法，形成一种宏大的意象，体现豪放不羁的特点。例如，“白发三千丈，缘愁似个长”(《秋浦歌十七首·其十五》)，“燕山雪花大如席”(《北风行》）等，运用夸张的手法，使描写的对象形象更加突出。

其次，李白诗歌的想象力丰富。李白的眼光异于常人，能够将事物以独特的想象描绘出来，在出人意料的同时又带有几分天真与新奇感。例如，李白将月亮描述得惟妙惟肖，他诗中的月亮便有了人格化的特质。李白可以问月、揽月、伴月，在他的诗中，月亮成为诗人的知己，能与诗人共饮，也能陪伴在诗人左右，与诗人进行谈心。在李白的诗中，描写月亮的诗句有很多，如“俱怀逸兴壮思飞，欲上青天揽明月”“举杯邀明月，对影成三人”等。人格化之后的明月是一个了解作者喜怒哀乐的知己，这里的想象多了一份温馨与陪伴。李白的夸张与想象，不受时间、空间的约束，现实的世界常常无法满足他的理想，于是构造出另一个想象的奇幻世界，塑造出仙境，体现出诗人对美好与光明的追求。

再次，比喻的运用也是李白诗歌的主要特点。这些比喻的运用，使诗歌的形象灵动、雄伟，许多平凡的事物在作者笔下独立成意象。例如，“轻言托朋友，对面九疑峰”（《箜篌谣》），山峰之间峰回路转，蜿蜒不绝，以此来比喻朋友之间的猜忌，也是九曲回肠，用山峰之间的蔓延与高低错落，形容人与人之间的起起落落。比喻新奇独特，又将猜忌表达得淋漓尽致。

②意象群的塑造。在李白的思想中，兼具儒家、道家的思想，其道家思想表现在许多方面，其中大鹏意象的塑造最具代表。例如《上李邕》：

大鹏一日同风起，扶摇直上九万里。
假令风歇时下来，犹能簸却沧溟水。
世人见我恒殊调，闻余大言皆冷笑。
宣父犹能畏后生，丈夫未可轻年少。

大鹏具有非凡的气度，是作者理想的寄托，因此诗人对大鹏赋予了超强的能力，大鹏只要飞翔，就不受束缚，扶摇直上，傲视苍穹，其自在逍遥，无所畏惧。

同时，李白的诗中出现了猛虎、苍鹰、骏马，以及气势恢宏的长江与黄河的意象。另外，还有神仙与酒、侠客与剑、明月等意象群。这些意象群为诗人所用，诗人通过对这些意象的叙述，抒发了独特的感情。借助这些意象，诗人可以将诗意尽情宣泄，直抒胸臆，创造出恢宏有气势的意境，是其自我价值的充分体现。

③语言方面的清新自然。李白诗歌语言方面的特点，可以用“清水出芙蓉，天然去雕饰”来概括。他的诗歌读起来朗朗上口，没有太多华丽辞藻的堆砌，往往运用较为自然的语言一气呵成。李白的诗歌语言是为感情抒发服务的，在表达的过程中，通常是情到哪里，语言就到哪里，所表现的思想

随心情而定。或是清丽，或是婉转，或是静寂，或是喧闹，都让人有一种身临其境的感觉。清新自然是其诗歌的主要特点，同时兼有其他风格的诗歌语言，语言风格多样化。另外，李白对诗歌体裁的涉猎也较为广泛，尤其是古体诗和七言绝句，其语言的运用符合诗歌体裁的需要，表达也很流畅，为后世所喜爱。

李白的性格洒脱，个性张扬，具有独特的人格魅力，李白的气质，亦如大唐的气质，散发出自信与光芒。他的诗歌中追求的浪漫主义精神及艺术表现手法，影响了后世的诗歌创作，是一笔巨大的财富。

4. 现实主义诗人——杜甫

杜甫是一位恪守儒家正统思想、积极入仕又忧国忧民的诗人，杜甫所处的时代，经历了一个由盛转衰的阶段，所以杜甫所记录的是社会现实的各种矛盾及人民生活的苦难。这些社会现象对诗人的影响是巨大的，爱国、爱家却又无能为力的情感常常在诗歌有所体现，因此使诗歌中呈现出一种沉郁顿挫的风格。

（1）杜甫的思想。

杜甫一生大致分为读书与漫游、长安十年、经历战乱、漂泊西南四个时期。诗人青年时期的漫游为日后的诗歌创作提供了题材，后来仕途失意，生活惨淡，曾经拮据到“卖药都市、寄食友朋”的境地，他的小儿子还被饿死，生活贫困潦倒。社会现实与人生经历使杜甫对现实有了深刻的认识，他开始在诗歌中描写惨淡的社会与人生，初步形成了其“沉郁”的诗歌风格。

这样的生活随着安史之乱的到来每况愈下，在遭遇国破家亡的苦难与贬谪的不幸之后，杜甫与社会、人民有了更密切的联系。在这一时期，其现实主义的写作手法也达到了新的高度。杜甫的晚年也在漂泊中度过，由于社会动荡不安，他在诗歌创作上表现出的是对百姓疾苦的关怀与忧国忧民的思想。杜甫恪守儒家的“穷则独善其身，达则兼济天下”的思想，不管自己的人生际遇如何，始终不忘家国，是儒家思想中比较典型的代表。

（2）杜甫诗歌的主要内容。

杜甫注重对社会政治、经济、生活、文化等方面的描写，同时在他的诗歌中能体现出唐代由盛转衰的历史转变，以及对百姓因战乱而导致挨饿、离散、贫穷等表现出忧思沉重，因此他的诗歌兼具“诗史”的特点。所谓“诗史”即诗歌能反映历史，通过诗歌能了解当时的时代状况。

①深刻表现人民之苦是杜甫诗歌的主要内容之一。例如，《三吏》《三别》

写出了百姓的兵役之苦。《自京赴奉先县咏怀五百字》中的“朱门酒肉臭，路有冻死骨”一句，用强烈的反差控诉统治阶级对百姓的剥削与压迫，揭露出现实社会存在的极其不公平的现象。底层人民所遭遇的苦难在杜甫的诗中得以淋漓尽致地展现，在描绘苦难的同时，诗人也为读者描绘出自己的人生与政治理想，《茅屋为秋风所破歌》中的“安得广厦千万间，大庇天下寒食俱欢颜，风雨不动安如山。呜呼！何时眼前突兀见此屋，吾庐独破受冻死亦足”，表达出作者的愿望是国泰民安，让天下贫寒的士人们不再遭受苦难，自己即使受苦受难也不足为惜。

②表达忧国忧民的主题。在诗人看来，国家的盛衰与个人的喜怒哀乐有着密切的关系。在安史之乱之前，杜甫创作了许多揭示朝政腐败与荒淫无度的诗歌，如《丽人行》《自京赴奉先县咏怀五百字》等。到了安史之乱以后，忧国忧民仍是其诗歌的主题，如《悲陈陶》《悲青坂》中沉重哀悼参加战争的士兵，对叛军进行了强烈的批判。在《春望》中，作者对着三春的鸟与盛开的花也能伤心流泪。如下：

国破山河在，城春草木深。
感时花溅泪，恨别鸟惊心。
烽火连三月，家书抵万金。
白头搔更短，浑欲不胜簪。

这是一首五言律诗。诗的前四句写春日长安凄惨破败的景象，饱含着兴衰感慨；后四句写诗人挂念亲人、心系国事的情怀，充溢着凄苦哀思。这首诗格律严整，颔联分别以“感时花溅泪”承接首联国破之叹，以“恨别鸟惊心”应颈联思家之忧，尾联则强调忧思之深导致发白而稀疏，对仗精巧，感情悲壮，表现了诗人的爱国之情。

③表现祖国大好河山题材的山水诗也是杜甫诗歌的主要内容。对山水的描写是为了烘托作者的忧国忧民之情，这在《登高》《题桃树》《登楼》《岳麓山道林二寺行》等都有所体现，将山水的描述与忧国忧思相结合，如“无边落木萧萧下，不尽长江滚滚来”“锦江春色来天地，玉垒浮云变古今”等，都是情景交融的代表。

（3）杜甫诗歌的艺术风格。

“沉郁顿挫”是杜甫诗歌艺术的总体风格。杜甫诗歌对前人的继承主要表现在他对《诗经》、汉乐府的现实主义传统的继承与发展上，诗人崇高的人格与忧国忧民的情思，都是现实主义的典范。

①现实主义的创作手法。杜甫诗歌的取材多为现实中的人物，都是作者的所见所闻，诗人将其引入诗歌中，就事论事进行表达，组成了一个个个性鲜明、有血有肉的形象。这些形象不是普通的、大众的，而是较为典型的，能反映一些事物的本质。杜甫对这些形象的描写并非平白直述，而是加入了自己强烈的感情，在描写底层人民的苦难时，表现的是同情；在描绘统治者的荒淫无度时，则采取的是批判、斥责的态度；在对形象的刻画中，将感情自然地流露出来。例如，《丽人行》：

三月三日天气新，长安水边多丽人。态浓意远淑且真，肌理细腻骨肉匀。绣罗衣裳照暮春，蹙金孔雀银麒麟。头上何所有？翠微盍叶垂鬓唇。背后何所见？珠压腰衱稳称身。就中云幕椒房亲，赐名大国虢与秦。紫驼之峰出翠釜，水精之盘行素鳞。犀箸厌饫久未下，鸾刀缕切空纷纶。黄门飞鞚不动尘，御厨络绎送八珍。箫鼓哀吟感鬼神，宾从杂遝实要津。后来鞍马何逡巡，当轩下马入锦茵。杨花雪落覆白苹，青鸟飞去衔红巾。炙手可热势绝伦，慎莫近前丞相嗔！

全诗通过描写杨氏兄妹曲江春游的情景，揭露了统治者荒淫腐朽、作威作福的丑态，从侧面反映了安史之乱前夕的社会现实。诗分三段，先泛写游春仕女的体态之美和服饰之盛，引出主角杨氏姐妹的娇艳姿色，然后写宴饮的豪华及所得的宠幸，最后写杨国忠的骄横。全诗场面宏大，鲜艳富丽，笔调细腻生动，同时含蓄不露，诗中无一断语处，却能使人品出言外之意。

②杜诗中有鲜明的浪漫主义色彩。杜诗中的浪漫主义主要表现在其诗歌中的理想主义上，诗人的理想主义是与广大人民联系在一起的，极具人道主义精神。这表现在诗人对情感大胆、热烈的表达上，如在《闻官军收河南河北》一诗中，其一改平日的“顿挫”气质，对喜悦之情的表达一气呵成，“白日放歌须纵酒，青春作伴好还乡”是一种收复失地之后的朝气蓬勃之意，强烈感情的抒发带有浓重的浪漫主义色彩。《茅屋为秋风所破歌》描绘了作者的理想生活图景，在理想的世界里，社会不再有不公平的现象，贫寒的士人可以不再挨饿受冻，可以大声欢笑，这样的生活图景同样是杜诗中浪漫主义的体现。

③杜诗中的意象群与沉郁顿挫的整体风格。杜诗的沉郁顿挫的风格通过诗歌中所构建的独特意象群来展现，如瘦马、古塞、病柏、哀猿等，这些意

象的选取，往往营造出一种悲凉的气氛，其诗的感情基调也是较为深沉的，为其沉郁顿挫的整体风格奠基。例如，《登高》：

风急天高猿啸哀，渚清沙白鸟飞回。
无边落木萧萧下，不尽长江滚滚来。
万里悲秋常作客，百年多病独登台。
艰难苦恨繁霜鬓，潦倒新停浊酒杯。

诗歌的意象很密集，在总体上给人一种萧瑟荒凉之感，将个人身世之悲、抑郁不得志之苦融于悲凉的秋景之中。诗人半生艰难，仍然忧国忧思，极尽沉郁顿挫之能事，使人读来，感伤之情喷涌而出，如火山爆发般一发不可收拾。

杜甫的沉郁顿挫风格的形成是建立在诗人的忧国忧民的思想之上的，他运用遒劲的笔触再现社会生活，展现动荡社会之下百姓遭受苦难，在字里行间形成一种顿挫、沉郁的风格，用平实的语言和工整的对仗将所见所感表达出来。

④诗歌语言上体现出精练、准确的特点。杜甫曾在诗中写道：“为人性僻耽佳句，语不惊人死不休”，表现出对词语斟酌的注重，其诗歌语言都是经过深思熟虑与仔细推敲的。例如，“万里悲秋常作客，百年多病独登台”集中多个意象，将悲秋与自己无所依靠的孤独和盘托出，用简练的笔触表达出丰富的内容。又如，“朱门酒肉臭，路有冻死骨”所展现的画面感极其强烈，通过这样一对比，所揭露的社会的普遍不公平与统治阶级的荒淫无度，就具有了高度的概括性。此外，杜诗中还有许多的俗语、俚语，富有生活气息。

杜甫的人格魅力表现在他忧国忧民的思想上，这种思想伴随着他的一生，所折射出的是我国古代知识分子对家国情怀的坚守，即无论贫穷或富贵，都要为家国做贡献，这是我国古代知识分子的可贵之处。杜甫的诗歌的艺术手法与艺术风格，进一步扩展了诗歌的题材与风格，具有“诗史”的社会功能。他所兼具的浪漫主义与现实主义的诗歌创作及“沉郁顿挫”的诗歌风格，对后世产生了极大的影响。

5. 韩孟诗派

韩孟诗派指的是以韩愈、孟郊为代表的诗歌流派，主要成员有贾岛、李贺、卢仝等，他们在诗歌上求新求变，独树一帜，在诗歌的整体风格上呈现出“奇险怪僻”的特点。

韩愈在诗歌创作上推崇前人陈子昂、李白、杜甫的诗歌创作，提倡诗歌上的革新，矫正平庸，以其深厚的才学与胸襟，形成了独特的诗歌风格，对宋诗的影响极为深刻。韩愈的诗歌呈现出散文的特点，代表作有《早春呈水部张十八员外》《南山诗》《春雪》《山石》《八月十五夜赠张功曹》等，诗味独到，自然流畅。

与韩愈齐名的诗人孟郊，在诗歌创作上也多有突破。他和韩愈并称为“孟诗韩笔”，其诗歌多表现现实生活及抒发自己对穷、愁的感慨，代表作有《长安早春》《贫女词寄从叔先辈简》《伤春》等。他的《游子吟》：“慈母手中线，游子身上衣。临行密密缝，意恐迟迟归。谁言寸草心，报得三春晖。”诗歌采用白描的手法，通过回忆一个看似平常的临行前缝衣的场景，凸显并歌颂了母爱的伟大与无私，表达了诗人对母亲的感激以及对母亲深深的爱与尊敬之情，此诗情感真挚自然，千百年来广为传诵。

孟郊的诗歌创作主张对后来的“江西诗派”有着深刻的影响，其“瘦硬”风格的直接来源就是孟郊的诗歌创作。贾岛以“苦吟”著称，以炼字炼句为首要追求目标，代表诗作有《题李凝幽居》《寻隐者不遇》等。

第五节　宋辽金时期的文学概述

一、宋辽金时期的文学概况

960 年，赵匡胤建立了政权，国号“宋”。宋代延续唐代的文学态势，仍然是我国古代文学繁荣发展的时期。这一时期，社会稳定，特别是一些技术上的革新，带来了经济上的繁荣，城市的繁荣与市民阶层的崛起是这一时期的主要特点，市民阶层的出现催生了一些新的文体的产生，如戏曲、白话小说等。另外，活字印刷术的出现，使书籍能被大量地印制，促进了文化的普及。

宋代对文人礼遇有加，出现了大文学家同样也是杰出的政治家的情况，因此在文学上也表现出鲜明的政治性。宋王朝的民族矛盾也较为突出，北宋被金所灭，南宋被蒙古族所灭，所以这个时期的民族矛盾是非常激烈的。在文学表现上，经常有爱国主义情感的抒发和抗敌意愿的表达，由此抗战爱国也成为该时期诗作的主题。

宋代的诗歌在唐代的基础上进一步发展，其成就并未超越唐代，但也有其独特的特点。宋代在散文上的发展要超过唐代，其中有“唐宋八大家”与古文运动，宋代的散文内容丰富，与诗歌一样擅长议论，形式呈现出多样化的特点。

宋代是词发展的高峰，也被认为是宋代文学的代表。词在写作题材，表现形式、手法及风格上都有所拓展。宋词摆脱了唐五代时期的浮夸艳丽的风格，尤其是到了苏轼这里，在各个方面都有了新的突破，呈现出繁荣的景象。

宋代在散文领域进行了“古文运动”，在抒情、叙事、议论方面有所突破，散文中的“唐宋八大家”①，宋代占了六人，可见其散文成就之高。

辽代是契丹族建立的北方政权；金代是女真族建立的北方政权，代表诗人有元好问，在戏曲方面的作品有《西厢记诸宫调》等。

二、宋辽金时期的文学特征

（一）爱国主义精神的强调

这一时期民族矛盾的升级，在文学创作上表现为强烈的爱国主义精神贯穿始终，在文学作品中常常表现为破敌立功的壮志雄心。反映爱国主义的题材在宋代之前是很少见的，因此成为宋代文学的主要特征。

（二）各种文体在宋代有了长足的发展

词产生于唐代，从唐朝末年到五代时期，其作为秦楼楚馆的唱词被传唱，具有轻靡的特征；到了北宋初年，士大夫流连歌舞，经过柳永的创新，词开始风靡一时。当时的文人也热衷于词的创作，在词的理论方面也多有建树，如晁补之认为词是“当行家语”，李清照提出了词应该“别是一家”，认为词应该与诗歌一样自成一体。到了大文豪苏轼这里，词在内容与风格上都有所拓展，并将诗歌的写作方式融入词中，“以诗入词”。到了辛弃疾那里，采用“以文为词”的方式，进一步拓展了词的写作范围，并且打通了词与诗歌、散文的界限，词从此深入到社会的方方面面。

① 唐宋八大家指的是唐代的韩愈、柳宗元和宋代的欧阳修、苏洵、苏轼、苏辙、王安石、曾巩八位。

随着市民阶层的发展，市民的娱乐活动也越来越多。在众多流行的活动中，以演绎小说、讲史等最受欢迎。小说涉及社会的方方面面，包括一些灵怪、传奇、公案、发迹等；讲史主要是讲述历代战争、朝代更迭的故事，主要以历史事实为主，但也穿插着一些故事在其中，增加了可听性。话本是市民阶层娱乐化的体现，话本的主要内容围绕着市民来展开，反映市民的生活，迎合了市民的心理特征，因此受到广泛欢迎。话本因为面向的群体并非读书人，在语言上较为通俗，采用口语化或是浅近的文言文进行叙述，所刻画的人物通常富有个性，具有较强的可读性。

在散文方面，提倡“尊古”，北宋的柳开提倡古文，他在《应责》中说：“吾之道，孔子、孟轲、扬雄、韩愈之道；吾之文，孔子、孟轲、扬雄、韩愈之文也。”开了尊古之风。欧阳修为了改变宋初的文风，开展了古文革新运动，扩大了对古文之道的认识。他认为道并不仅限于儒家的仁义之道，提倡“文从字顺”，主张“沉浸浓郁”，欧阳修学古主要选取了较为通俗的内容，力求文章呈现出平易畅达的风格，对后世具有深远的影响。

（三）宋代加强了思想上的控制

宋诗在讽喻上的强度要低于唐诗，很大一部分原因是宋代在对文人政治上宽松的同时，在思想上有所限制。例如，苏轼因“乌台诗案”被捕入狱，后遭流放，就与他在诗中反映新法推行的弊端有关。在宋代，统治阶级为文人编制了一张网，文人在网内可以自由生发，但不可以扩展到网外，这张网在后世愈演愈烈，文字狱就此产生。当然，宋代的文化氛围较为宽松，这也是这一时期文学成就较高的一个重要原因。

三、宋金辽时期的文学家及作品

（一）北宋的诗文革新运动

首先，欧阳修是诗文革新运动的代表人物，他在文学上的成就也是极高的。

在散文上，他主张文章要与“道”联系。他认为，“道”是内容，如金玉；文是形式，如金玉散发的光芒。他反对“弃百事而不关心”的主张，注重文章的平易与言之有物，从而摆脱了韩愈提倡的“道统观”，使文章与现实生活紧密联系起来。欧阳修的政论文具有鲜明的政治色彩和批判精神，代表作有《与高司谏书》《五代史伶官传序》《朋党论》等。他的叙事散文、抒情散文具有较强的感染力，如《醉翁亭记》写的是滁州醉翁亭的四季及早晚情况，所传达出的是摆脱束缚、自由洒脱的一面。《秋声赋》采用各种各样的比喻，模拟秋天的声音，具有很强的代入感，让人可听可闻。总之，欧阳修的散文呈现出“平易畅达”的风格，各类散文通晓流畅，深入浅出，因而成为北宋文学成就的代表。

欧阳修善于在诗歌中进行议论或是将诗歌散文化，避免了晦涩难懂的弊病，诗歌整体风格清新自然。在诗歌的内容上，主要以抒发个人独特情感为主，还有一些题赠诗、唱和诗。另外，他也有一些反映民生疾苦的诗作，具有现实性。欧阳修是宋代重要的政治人物，他还重视对后辈中有文学天分的人才进行扶持提携，苏轼、苏辙、曾巩等皆出自其门下。

（二）王安石

王安石是宋代有名的政治家，早年做过地方官，取得了很高的政绩，并且推行了新法。在文学创作上，王安石自觉将文学与政治联系在一起，强调文学的功用，他说：“文者，务为有补于世用而已矣。”因此，他的诗文中的政治色彩较为浓重。

散文方面，王安石的议论文较多，代表作有《本朝百年无事札子》《答司马谏议书》《读孟尝君传》等。他以政论见长，最有特点的是诗文的逻辑性与概括性；诗歌方面，王安石早期的诗歌中多表现自己远大的抱负，通常对民生的疾苦、社会的矛盾发表大胆的言论，代表作有《河北民》《阴山画虎图》《明妃曲》等。晚年的诗歌风格，与他的隐居生活有着很大的关系。他开始转向描述日常生活及山水的小诗，诗歌仍然延续前期凝练的特征，更加清新自然，诗歌的体裁多为七言绝句，被称为“半山体”，《书湖阴先生壁》《泊船瓜洲》等是这一时期的代表作。下面举《书湖阴先生壁》一首为例：

茅檐长扫净无苔，花木成畦手自栽。
一水护田将绿绕，两山排闼送青来。

这首诗是题写在湖阴先生家屋壁上的。前两句写他家的环境，洁净清幽，暗示主人生活情趣的高雅；后两句转到院外，写山水对湖阴先生的深情，暗用“护田”与“排闼”两个典故，把山水化成了具有生命力和感情的形象，山水主动与人亲近，有力地表现了人的高洁。诗中虽然没有正面写人，但以山水暗指人，景与人处处照应，句句关合，融化无痕。诗人用典十分精妙，读者不知典故内容，并不妨碍对诗歌大意的理解；而诗歌的深意妙趣，则需要明白典故的出处才能更深刻地体会到。

（三）柳永

柳永，原名柳三变，是宋代第一个专注于词的创作的作家，现留存的词作共二百多首，可以说是位多产的词人。柳永的词以反映城市、市民日常的生活为主，或写景，或抒发市民的爱恨情仇，或借景抒情，或情景交融，代表作有《望海潮·东南形胜》《笛家弄》《迎新春》《定风波》等。柳永的词中有一部分是写自己怀才不遇的，如《鹤冲天·黄金榜上》。此外，柳永的词中还有抒发自己江湖漂泊的孤独之作，如名作《雨霖铃》：

寒蝉凄切，对长亭晚，骤雨初歇。都门帐饮无绪，留恋处，兰舟催发。执手相看泪眼，竟无语凝噎。念去去，千里烟波，暮霭沉沉楚天阔。

多情自古伤离别，更那堪，冷落清秋节！今宵酒醒何处？杨柳岸，晓风残月。此去经年，应是良辰好景虚设。便纵有千种风情，更与何人说？

这首词是词人在仕途失意、不得不离开京都（汴京，今河南开封）时写的，是表达江湖流落的感受中很有代表性的一篇。这首词写离情别绪，达到了情景交融的艺术境界。词的主要内容是以冷落凄凉的秋景作为衬托来表达和恋人难以割舍的离情。宦途的失意和与恋人的离别，两种痛苦交织在一起，使词人更加感到前途的暗淡和渺茫。

柳永对词的发展所做的贡献不仅表现在对词题材的拓展上，他还改变了词的体制，从民间汲取养分，大量创作慢词。艺术上表现在以铺叙、白描为主要特征，大量运用口语，语言上“浅近平易”，使词更接近于大众的日常生活。

（四）苏轼

苏轼，字子瞻，号东坡居士。苏轼在诗歌、词、散文方面都颇有建树，是宋代文学成就最高的一位作家。苏轼善于吸收儒家、道家、佛家的精髓，政治上持有积极进取的态度，在内心深处又向往老庄哲学，有着洒脱的人生观与价值观。苏轼在政治上不得志，被贬之后面对恶劣的生活环境仍能保持达观的人生态度与乐观的生活观念，这一点是难能可贵的。

在文论方面，苏轼强调文学的社会功能。他主张文章要言之有物，他说："有意而言，意尽而言止者，天下之至言也"；同时，他注重文章的艺术价值，认为文章要达到艺术性与创造性的统一。

在散文方面，苏轼的散文同韩愈、柳宗元、欧阳修三家的散文并称，在整体风格上延续了欧阳修的平易畅达之风，代表作有《策略》《策别》《策断》等，在行文过程中善于辩论，气势恢宏。苏轼在散文方面的成就还表现在书札、杂记、小赋中，这些散文以小见称，但感情充沛，生动活泼，能够再现生活中的乐趣与真实情况，也表达了对人生、生活等的看法，其文学魅力不输其他散文。例如，《文与可画筼筜谷偃竹记》《赤壁赋》等，尤其是在《赤壁赋》中，采用诗化的语言再现了赤壁夜晚的美景。作者在星空下追忆历史英雄，不免深思，由此阐发人生与宇宙的哲理，在描述中又加入了自我的身世之叹，成为他的抒情小赋的代表。

苏轼在诗歌创作上融入的题材更广泛、更全面，内容涉及政治、历史、社会、人物、山川大河、唱和等。首先是一些反映民生疾苦的诗作。在诗歌中他强烈谴责官吏的不作为与贪得无厌，抒发出他对国家命运的忧虑，《荔枝叹》《吴中田妇叹》就是其中的代表。其次，苏轼抒发个人情感及歌咏大自然的诗作，对后世的诗歌创作有着重要的影响。总的来说，苏轼有才，却政治失意。如何排遣这种失意？他通过抒发思念故乡、怀念亲友、赞美山水的感情来进行表达，《游金山寺》《和子游渑池怀旧》《六月二十七日望湖楼醉书》《新城道中》等是其代表作。最后，苏轼的一些理趣诗见解独到，富有独创性。如"不识庐山真面目，只缘身在此山中"（《题西林壁》）表达出对事物本质的认识，需要跳出藩篱，才能获得真知。赵翼在他的《瓯北诗话》中概括苏轼诗歌的成就，他说："以文为是诗，自昌黎始，至东坡益大放厥词，别开生面，成一代之大观。"

苏轼将诗文革新的精神也贯穿在词的创作中，扩大了词的题材范围。宋词主要描写男女恋爱、离愁别绪等，在一个较小的范围内进行，苏轼词作一出，大大提升了词的境界与地位，将词的范围拓展开来。例如，有表达想要建功立业的愿望的词，以《江城子·密州出猎》为代表：

老夫聊发少年狂，左牵黄，右擎苍。锦帽貂裘，千骑卷平冈。为报倾城随太守，亲射虎，看孙郎。

酒酣胸胆尚开张，鬓微霜，又何妨！持节云中，何日遣冯唐？会挽雕弓如满月，西北望，射天狼。

作品以出猎开始，却以将利箭射向敌人这种出人意料的结局收尾；利用巧妙的艺术构思，把记叙出猎的笔锋一转，自然地表现出了他志在保卫国家的政治热情和英雄气概，把一首生活随笔式的小词写成了充满爱国激情的作品。这首词读起来韵调铿锵，气势雄浑，感情奔放，境界开阔，是一首表现苏轼豪放风格的典型之作。

苏轼的词有描述恬静舒适的农村生活的《浣溪沙・徐门石谭谢雨道上作》；有表现离别，却又从容乐观的《水调歌头・明月几时有》；有追慕英雄、抒发迫切地想要建功立业的感情的《念奴娇・赤壁怀古》。在词的语言运用上，苏轼善于引入一些口语，突破了音律的限制，给人一种清新自然之感。

苏轼是豪放词的开山之人，在任何时候都表现得达观豪放是少有人能及的，体现在文学创作上，则为豪放洒脱，对后世的影响巨大。他的才华也引来了一大批追随者，如以黄庭坚、秦观、张耒、晁补之为代表的“苏门四学士”，为宋朝的文坛上注入了新鲜的血液。

（五）李清照

李清照是宋代有名的女词人，她是一个才女，在诗歌、散文、词等方面都有所成就。

李清照的词作多是感怀身世的。她往往在缅怀身世的同时，展现自己的爱国主义精神，如歌颂民族气节的诗歌“生当作人杰，死亦为鬼雄。至今思项羽，不肯过江东”（《夏日绝句》）。在诗风上，呈现出刚健清新、遒劲有力的特点，不似其他女性作家的纤细婉约之风。

李清照的散文代表作是《金石录后序》，其主要内容为记录《金石录》的成书过程与内容介绍。在文中，李清照回忆了她婚后短暂的幸福生活，以及南渡之后的悲惨感受，展现的是社会的动乱与百姓内心深处的惶恐不安，是一篇感情丰富、真实感人的杰作。

李清照在文学上的造诣还表现在词的创作上，以南渡为界，分为前期与后期。前期的词作细腻独特，主要描写新妇婚后生活的美好，整体展现出一种柔和之美，尤其是“莫道不销魂，帘卷西风，人比黄花瘦”表现了离愁之苦，后世难以超越。此外，还有一些优秀的词作如《如梦令・昨夜雨疏风骤》《醉花阴》《一剪梅》《凤凰台上忆吹箫・香冷金猊》等，都是李清照的名篇。试举《如梦令・昨夜雨疏风骤》一首为例：

昨夜雨疏风骤，浓睡不消残酒。试问卷帘人，却道海棠依旧。知否，知否？应是绿肥红瘦。

这首词借对宿酒醒后询问花事的描写，委婉地表达了作者怜花惜花的心情，充分体现出作者对春天与大自然的热爱，也流露出了作者内心的苦闷。全词篇幅虽短，但含蓄蕴藉，意味深长，委曲精工，轻灵新巧，对人物心理情状的刻画栩栩如生，以对话推动词意发展，跌宕起伏，极尽传神之妙，显示出作者深厚的艺术功力。后人对此词评价甚高，尤其是“绿肥红瘦”一句，为历代文人所激赏。

因为丈夫的病死，李清照的生活发生了巨大变化，因此她后期的词作多描述乱世之中的孤苦生活。这些词作虽然是写个人，但在客观上反映出南渡之后宋人普遍的心声，因此带有较强的时代感。在遣词造句上，李清照的词语多表现心情的沉痛，此外她的词中也有部分爱国内容，这一时期的代表作有《声声慢》《永遇乐》《菩萨蛮》《添字采桑子》等。李清照的词延续的是婉约派的风格，又兼有豪放的词风，如《渔家傲》流露出作者对安定、美好生活的向往，充满着浪漫主义情怀。李清照的词作，采用明白如话的语言表达细腻的感情，不刻意进行雕琢，呈现出自然、婉约之风。

（六）陆游

到了南宋前期，中原陷落，人民生活颠沛流离，这种现实状况激发出一大批文人的爱国之情。他们从各个角度取材，去反映时代现状，表达民众的愿望，陆游正是这一批文人中的代表。陆游是一位多产的诗人，现存的诗作有 9 300 多首，内容广泛，涉及宋朝社会的方方面面。在他的反映民族间的矛盾与冲突的诗歌中，充满着积极的浪漫主义色彩和强烈的战斗性。

1. 陆游诗歌的主要内容

陆游的爱国主题是他诗作的重要组成部分，在他的诗歌中总能找到壮志豪情，但当时的时代背景是朝廷的一再求和，壮士报国无门。因此，他的诗作中常出现对投降派的讽刺，如“战马死槽枥，公卿守合约”（《醉歌》），“诸公可叹善谋身，误国当时岂一秦。不望夷吾出江左，新亭对泣亦无人”（《追感往事》），将矛头直指求和派。他的诗作中也充满着对岁月流逝的感慨与报国无门、壮志未酬的愤懑，较具代表性的诗作有《书愤》。

早岁那知世事艰，中原北望气如山。
楼船夜雪瓜洲渡，铁马秋风大散关。
塞上长城空自许，镜中衰鬓已先斑。
出师一表真名世，千载谁堪伯仲间。

这首诗是宋孝宗淳熙十三年（1186）春陆游居家乡山阴时所作。陆游时年 61 岁，这已是时不待我的年龄，然而诗人被黜，只能赋闲在乡，想那山河破碎、中原未收而“报国欲死无战场”，感于世事多艰、小人误国而“书生无地效孤忠”，于是诗人郁愤之情喷薄而出。“书愤”者，抒发胸中郁愤之情也。

陆游报国的愿望还通过梦境和幻想来实现，现在流传下来的陆游写梦境的诗歌将近百首，他在梦里驰骋沙场、破敌立功，实现了现实中无法实现的愿望，如《秋思》《楼上醉书》《十一月四日风雨大作》等。陆游的作品中也有反映广大人民生活的诗作，如《游山西村》《书叹》《农家叹》等，表达了作者与人民的深厚友谊，也反映了民风的淳朴。陆游的性格豪放积极，对身边的美好事物进行歌唱，诗句中充满生活的气息和无穷的乐趣。

2. 陆游诗歌的艺术成就

现实主义与浪漫主义的结合，是陆游诗歌的主要特点。陆游的现实主义与杜甫相似，他始终关心国家的前途与命运，并且不止一次地表达出为国牺牲的决心。陆游的诗作能够全面地反映当时社会的面貌，也有“诗史”的特征，在这一点上也与杜甫有相同之处。由于现实与理想间的巨大反差，陆游常常借助梦境与想象来进行表现，这就形成了浪漫主义的感情基调。其代表诗作有《醉歌》《融州寄松纹剑》《长歌行》等。在诗歌中，陆游经常运用夸张的手法，进行浪漫主义的表现，呈现出悲壮、奔放的感情色彩。

在语言方面，陆游的诗歌呈现出自然精练、平易晓畅的特点。陆游作诗反对奇险的追求，受白居易的影响较大，因此诗歌的整体风格呈现出“功夫深处却平夷”的特点。在体裁上，陆游诗歌各体兼备，尤其擅长写近体诗，其中七律诗歌最为后人称道。“放翁七言律，对仗工整，使事熨贴，当时无与比埒”。(《说诗晬语》)

陆游在浪漫主义与现实主义风格上均有所继承和创新，用诗词表现出了时代的最强音，为后世的文坛带来深远的影响。陆游的爱国主义更是在有志之士中引起了共鸣，成为后世的典范。

（七）辛弃疾

辛弃疾，字幼安。辛弃疾的词作现存有六百余首，他的词往往呈现出苍凉沉郁的风格，表达出抗战复国的迫切心情。

1. 辛弃疾词作的内容

辛弃疾的词作多表现对北方故土的怀念之情以及对抗金斗争的歌颂之意。他的诗中经常出现“西北”，以表达对北方故土的深切思念。例如，在《破阵子·为陈同甫赋壮词以寄之》一词中，引入金戈铁马，使词充满了气势，体现了作者的英雄气概。

醉里挑灯看剑，梦回吹角连营。八百里分麾下炙，五十弦翻塞外声，沙场秋点兵。

马作的卢飞快，弓如霹雳弦惊。了却君王天下事，赢得生前身后名。可怜白发生！

此词通过对作者早年抗金部队豪壮的阵容和气概的描述以及自己沙场生涯的追忆，表达了作者杀敌报国、收复失地的理想，抒发了壮志难酬、英雄迟暮的悲愤心情。通过雄奇意境的创造，生动地描绘出一位披肝沥胆、忠贞不贰、勇往直前的将军形象。

全词在结构上打破成规，前九句为一意，末一句另为一意，以末一句否定前九句。前九句写得酣畅淋漓，正为加重末五字失望之情，这种艺术手法体现了辛词的豪放风格和独创精神。

辛弃疾的一些词中表现了其满腔热血无处施展和怀才不遇的压抑。辛弃疾以英雄自诩，一直抱有英雄主义的理想，如“了却君王天下事，赢得生前身后名”就是他想干一场大事业的决心。但南归之后，辛弃疾受到猜忌，其抱负不得施展，充满着愤懑之情。于是，辛弃疾登高怀古，将自己的满腔热血融入对历史的怀想与回忆中，在他的登临怀古之中，怀着历史感与忧患感，写抱负，写孤愤，写现实……

辛词中也有一些描写农村景色的，清新自然，生机盎然，如《清平乐》《西江月》《浣溪沙》等。辛弃疾的词里面还有许多佳句被后人传颂，“蓦然回首，那人却在灯火阑珊处”“少年不知愁滋味”等词句不仅朗朗上口，还富有哲理性。

2. 辛弃疾词作的艺术成就

辛弃疾的词风整体上呈现出豪放的特点，在词的题材上进行了拓展，进一步扩大了词作的表现范围。他将诗歌、散文、辞赋的创作特点融入词中，丰富了词的表现手法与创作技巧，形成了辛弃疾词作上的豪放之风。

首先，辛弃疾创造了雄奇壮阔的意境。辛词中多出现沙场点兵、历史英雄，既有宏大的战争场面，又有满腔热血的抒写，这些都构成了辛词的豪放特点。在词的创作上，辛弃疾与苏轼并称“苏辛”。两人共同构成豪放词风，但两者又有区别：苏轼是文人，其豪放之风更多地表现在胸襟和气度的豁达上；而辛弃疾是武将，他的豪放主要表现在其不得志与被压抑的英雄气概上。“东坡是衣冠伟人，稼轩则弓刀游侠”（《谭评词辨》），用来概括苏轼与辛弃疾很是贴切。

其次，辛词中比兴手法的运用较多。辛弃疾在朝廷中遭到排挤和猜忌，政治上郁郁不得志，想要表达自己的政治见解或个人情感，不得不用较为隐晦的方式。其中，词作中比兴手法的运用较为常见。它延续了屈原的“香草美人”的形象，通过比兴手法表现对个人遭遇的不平与对国势日渐颓靡的堪忧，《摸鱼儿》就是其中的代表。

最后，辛词好用典故进行描述，他还吸收了散文、骈文、民间的口语入词，以文为词。他的词作大量运用典故，以达到托古喻今的目的。

在辛弃疾的影响下，南宋中叶出现了类似辛词的风格、题材的词作，文学史上将这些词作统称为“辛派”。金代的元好问、后世的梁启超等对辛弃疾推崇备至。

第六节　元明清时期的文学概述

一、元代文学概况

1271 年，成吉思汗的孙子忽必烈建立了元朝。1279 年，忽必烈灭南宋，统一了全国。这一时期正统的诗歌、词、散文等形式被杂剧、散曲等俗文学代替，俗文学逐渐成为文坛的主流。

（一）元曲兴盛的原因

元曲是元杂剧与元代散曲的合称，是元代文学的主要形式，它与唐代的诗歌、宋代的词一样具有崇高的地位。这一时期，元曲迎来了发展的黄金时期，除元曲之外，南戏也有较大的发展。

第一，元曲的发展是民族融合与民族矛盾的结果。一方面，元代是我国第一个由少数民族建立的政权，其对汉族的压迫衍生出一种描述人们所受压迫的文体；另一方面，蒙古族本身爱好歌舞戏曲，在一定程度上影响了汉族的爱好，有利于戏曲的发展。

第二，城市的繁荣促进了元曲的发展。元代的城市和商业有了较大的发展，由于市民阶层的壮大，加上元曲的形式简单、语言通俗易懂，且娱乐性很强，很快迎合了市民阶层的兴趣和爱好，呈现出商品化的特点。

第三，知识分子的地位低下，有意向元曲创作靠拢。元代废除了科举制，文人的地位低下，他们过着拮据的生活，混迹于市井之中，为了生计开始转向戏曲创作。知识分子与市民的融合，为元曲的创作注入了活力，提升了元曲的文化内涵。

第四，元代在政治上实行高压政策，但在文化上较为宽松，这也为元曲的繁荣提供了较为宽松的发展空间。

（二）元代文学的代表作家及作品

1. 关汉卿

关汉卿是元代最多产的戏曲家，他一生中创作了六十多种杂剧和一些散曲作品。关汉卿的杂剧从思想内容上划分，可以分为三类：

（1）歌颂底层人民的反抗精神，勇于揭露社会的黑暗与统治阶级的残暴。代表作品有《窦娥冤》。

（2）对底层妇女的悲惨生活的描写，突出她们在恶劣的环境中所表现出的勇敢与机智，这种不妥协的精神散发着独特的光芒，如《救风尘》。

（3）歌颂历史英雄的杂剧，充满着英雄主义与民族感情，如《单刀会》《西蜀梦》等。

关汉卿的杂剧在于反映广阔的社会环境，在他的杂剧中，不仅有底层人民与黑暗势力的斗争，斗争的最终结果往往还是底层人民取得了胜利。这体现了现实主义与浪漫主义的结合。可以说，他的杂剧能够触及当时社会繁荣的本质特征，具有一定的时代性。

在塑造人物上，关汉卿善于塑造个性鲜明的人物形象，同时，又带有不同阶层的属性。将人物的个性放在强烈的戏剧冲突中进行展现，通过一些细节来揭示人物的内心活动。在安排杂剧的关目时，关汉卿善于安排紧凑的场面，许多与典型无关的内容被删除，突出具有典型意义的事件。

关汉卿戏曲语言的魅力在于他可以根据剧本的需要和人物的风格，变换不同风格的语言，以此来还原杂剧人物的语言。语言本色朴实，富于生活气息是关汉卿杂剧的语言特色。除此之外，在创作一些历史剧的过程中，他善于从典雅的语言中汲取灵感，典雅的语言与通俗语言进行相互碰撞，形成了“文而不文，俗而不俗”的风格，迎合了当时市民的兴趣，达到了雅俗共赏的效果。

关汉卿是元杂剧的奠基人，对后世的戏剧创作产生了深远的影响，尤其他富有理想的现实主义精神，为后世作家所借鉴。其中《窦娥冤》《拜月亭》《单刀会》等为后世的舞台形象提供了参考。

2. 王实甫与《西厢记》

王实甫在董解元的《西厢记诸宫调》的基础上进行了改写，删去了一些烦琐的情节，使故事更为完整，人物形象更加丰满。

《西厢记》是一部描写青年男女大胆追求爱情的戏曲，剧本以崔莺莺与张生的爱情为线索，以红娘、老夫人为配角，故事围绕崔莺莺、张生、红娘大胆冲破封建束缚追求爱情的一方，与守旧、保守的老夫人一方的斗争而展开。双方经过激烈的斗争，最终以崔、张的胜利为结局。在剧中，崔莺莺是相国之女，为大家闺秀，养在深闺，渴望爱情。在偶遇张生之后，大胆地表达了爱意。崔莺莺又是一个性格矛盾的人，一方面她渴望自由的爱情；另一方面，她又带着贵族女子的软弱与娇嗔。作者有意为之，塑造了一个性格多重的人，这是来源于生活的例子，也表现出在追求爱情的路上，从来都是充满艰难的。

书生张生对爱情执着专一，被视为“志诚种”。王实甫写了他的痴情、他的迂腐与他的软弱，但仍然以他的专一与叛逆精神为中心，塑造了一个有血有肉的热血青年。

红娘的角色很重要，她是情节发展的助推者。她聪明、泼辣、善良，富有同情心与正义感。她促成了崔、张的爱情，使他们在由爱情到婚姻的路途上，迈出了决定性的一步。

老夫人是封建礼教家长的代表。她的一言一行都恪守封建礼教的规范，时刻维护“相府门第”的门面，因此她强烈反对出身草根的张生，并积极促成与郑尚书家的婚约。

崔、张爱情的最终胜利，具有反封建礼教的重要意义。剧终提到了“愿天下有情的都成了眷属”，大胆地宣扬了对爱情的自由追求，在当时引起了强烈的反响，对后世的戏曲创作敢于冲破藩篱具有积极的作用。

《西厢记》在艺术上最突出的特征是利用不同的性格特征和复杂的戏剧冲突塑造出典型的艺术形象。《西厢记》在人物形象的塑造上，善于运用冲突，使人物形象在不停周旋中得到生动展现，使人物性格富于个性。

对景物的描摹为气氛的烘托与人物内心活动的展现提供了契机，例如：“对着盏碧荧荧短檠灯，倚着扇冷清清旧帏屏。灯儿又不明，梦儿又不成。”借助孤灯、清夜，营造出一种冷清寂寥的氛围，与张生初恋时的心情形成了鲜明的对比，又与张生的落寞与寝食难安相互映衬。

《西厢记》的语言有高雅之词，也有口语入戏曲，因此既有传统文学的清正典雅之美，又有俗文学的活泼生动之美，两者在戏曲中相融相生，毫无违和感。另外，《西厢记》打破了一本四折的传统，采用联本的形式，用了五本二十一折，将故事情节完整地串联起来。

二、明代文学概况

1368 年，朱元璋建立明朝，到 1644 年明朝灭亡，前后经历了 276 年。明朝是中国封建专制进一步加强的时代，思想禁锢越来越严重，政治上更加腐朽。明朝的商品经济有所发展，并出现了资本主义的萌芽。在文学上，与经济发展相适应的小说、戏曲等进入了繁荣发展的黄金时期。

（一）《三国演义》

章回小说是由宋元时期的“讲史”话本发展而来的，它由若干回组成，每个回目构成一个相对完整的故事，每个故事都有一个独立的标题，用于概括故事的梗概。章回小说完成了从说唱到文字呈现的转变。《三国演义》《水浒传》等就属于章回体的小说，它们的出现标志着章回小说的定型，预示着我国小说的发展迈入了一个新的时期。

1.《三国演义》的思想内容

《三国演义》的作者是罗贯中，以三国魏、蜀、吴的斗争为内容，将错综复杂的历史事件贯穿其中，通过对社会黑暗与腐朽的描写，表现了对国家统一、明君仁政的希冀。

首先，《三国演义》描写的是从东汉末年至西晋初期的社会生活，在镇压黄巾起义的过程中发展了多方势力，各势力之间为了争夺利益开始了连年的征战，给人们带来了无尽的苦难，有诗“欲知三国苍生苦，请听通俗演义篇”（《三国志通俗演义引》）之说。战乱年代，遭殃的是老百姓，和平安定对他们来说是梦寐以求的事情。小说从侧面表现了痛恨各方势力混战、同情底层百姓苦难的思想感情。

其次，小说在叙述过程中，始终围绕着渴望统一、反对分裂的思想倾向，虽然也有“天下之事，分久必合，合久必分”的论述，但最终指向的是统一。在小说中，作者把曹操塑造成一个“奸雄”的形象，小说中的曹操性格多疑、猜忌、霸道，集中反映了统治者的恶劣行径，这是小说大胆的一面。小说还塑造了蜀汉集团刘备这一正面形象，他以匡扶汉室为己任，招贤纳士，为了请诸葛亮出山，曾三顾茅庐，成为礼贤下士的佳话。在刘备看来，君臣犹如手足，不可缺少，因此身边招来一批忠心护主的忠义之士。这一点反映出作者渴望圣君贤相、实现统一的愿望。但是，蜀汉最终未能实现大一统，小说带上了浓重的悲剧色彩。

再次，小说中对英雄的塑造是一大亮点。在《三国演义》中，有众多的英雄形象，如关羽是刚毅忠义的化身，诸葛亮是忠义智慧的化身，还有张飞、赵云等一批英雄人物，这些英雄人物为了实现自我的政治理想而进行不屈不挠的斗争，他们实际上是作者对民族精神的提炼与凝聚，是对正向、积极的民族精神的阐释。

最后，小说在叙写宏伟历史场面的过程中，还有许多战争中的策略的讲述，集中体现了古代军事的智慧，如对一些战争策略、军事策略、论辩方法等都有精彩的描述。

2.《三国演义》的艺术价值

《三国演义》是历史演义小说中的代表作，是小说发展史上的一个重要标志。其主要的艺术价值表现在以下几个方面。

（1）严密的结构塑造宏大的叙事模式。《三国演义》以魏、蜀、吴三国的矛盾为主线，以蜀汉为中心，在叙事的过程中，始终未离开这一框架结构，故事情节合理安排，层次分明，井然有序。

（2）利用巧妙的故事情节，将各方势力之间的利益冲突形象地表现出来，尤其是对战争的描写，将各势力与各势力内部之间的复杂与矛盾表现出来。对战争双方的兵力与战略等进行对比，善于揭示决定战争胜负的关键因素，战争虽多，但各有特色。代表战争有官渡之战、赤壁之战等。

（3）特点鲜明的人物形象。在小说中，一些人物形象深入人心，如诸葛亮、曹操、刘备、关羽、张飞、赵云、周瑜、鲁肃等。小说主要通过情节的发展表现人物的性格特征，并运用夸张、对比、烘托等表现手法，将人物置于实际的环境中进行描述，在突出其正面英雄形象的同时，也加入了人物的一些性格缺陷。例如，关羽既忠肝义胆又居功自傲、张飞既勇毅果敢又暴躁寡恩等，使人物不再被理想化，而成为有血、有肉、有感情的普通人。

（4）语言方面，半文半白的语言特色。《三国演义》中的语言有“文不甚深，言不甚俗”的特点。这种语言明快、自然，并且雅俗共赏。小说中的语言很有特色，如人物对话，根据不同人物的性格进行语言塑造，呈现出个性化的语言。例如，张飞的话豪爽粗犷、刘备的语言较为文雅、曹操的语言豪迈中带有奸诈等。

（二）《水浒传》

在《三国演义》广为流传的同时，《水浒传》开始风行。关于《水浒传》的作者，目前尚无定论，或为罗贯中，或为施耐庵。根据《水浒传》的语言风格来看，其异于《三国演义》，因此其作者为施耐庵的可能性较大。

1.《水浒传》的思想内容

《水浒传》取材于北宋末年的宋江起义，这一时期社会动荡不安，人民面对无尽的压迫，走向了反抗的道路，“官逼民反”成为以反抗为主题的小说的主要表现形式。小说阐释了统治阶级的腐朽与对人民的压迫，歌颂了英雄人物的斗争精神。小说中塑造了个性鲜明的正反两派的人物，反面人物以西门庆、镇关西等土豪恶霸为典型；正面形象以鲁智深、李逵、武松、林冲等敢于反抗强权的英雄人物为代表。

《水浒传》中的108个英雄，并非同一时间投奔梁山的，而是逐渐由星星之火发展为燎原之势。《水浒传》与《三国演义》一样，也是一部具有浓厚悲剧色彩的小说，起义最后以失败告终。作者总结了起义失败的内在原因：领导者宋江“忠义报国”的思想，使起义走向招安的道路，最终导致起义的失败。

2.《水浒传》的艺术成就

（1）在人物塑造上，作者将人物放在预设的角色上，按照人物的家世、地位、境遇等进行还原，从而形成了不同的性格特征。在人物塑造的过程中，运用了夸张、渲染、对比的手法，将人物的形象在亦真亦幻中描绘清楚，其中夸张手法的运用，对人物的英雄形象塑造起到了助推的作用。例如，鲁智深只用了三拳就将镇关西打死，还有他酒醉倒拔杨柳；武松挑战了“三碗不过岗”的烈酒，还打死了老虎；等等。这些情节未必是真实的，却带给读者一种新奇感，将情节的展开写得合情合理，令人信服。

（2）关于小说的结构，它由一个个独立的故事串联起来，形成一个整体。单篇的描写，在结构上紧凑细密，随情节波动，以人物活动贯穿在整个结构中，相当精彩。而最后的悲惨结局又与开头进行呼应，结构紧凑，一以贯之。例如，“林教头风雪山神庙”一章就体现了结构上的生动性与曲折性。

（3）语言方面，《水浒传》源于话本，语言上通俗易懂，具有很强的可读性。个性化语言为人物性格塑造服务。小说的前半部分语言较为鲜明，突出了人物性格；后半部分人物的性格失去了鲜活性，语言上也显得僵化，减弱了小说的魅力。

（三）《西游记》

继《三国演义》《水浒传》之后，在很长的一段时间内，长篇小说处于沉寂期。在消沉了一百余年之后，又有一部著名的长篇小说问世，这就是《西游记》。《西游记》的故事源自唐代玄奘取佛经的历史，作者是吴承恩。小说描写的是唐玄奘与他的三个徒弟——孙悟空、猪八戒、沙僧一路降妖除魔，到达西天取得真经的故事。

1.《西游记》的主要内容

《西游记》属于神魔小说的范畴，采用章回体小说的方式进行叙事，全书共 100 回。大致可以分为以下三个部分：

第 1 ～ 7 回，介绍孙悟空的来历与被压五指山的背景，主要描写的是孙悟空大闹天宫的始末。孙悟空原是石猴，汲取天地之精华而成，它超越了生死轮回，大闹天宫，敢于与天权、皇权抗衡，显示出了一定的反抗精神。

第 8 ～ 12 回，主要为西天取经做铺垫，主要写了如来说法、观音访僧、唐僧出世等。

第 13 ～ 100 回，则是取经的全过程，唐僧所经历的九九八十一难，有七十七难在这一部分，最终唐僧师徒取得真经。这一部分既叙述了师徒四人齐心协力斗妖魔的过程，又展现了各种各样的矛盾冲突。作者着力刻画的是孙悟空的形象。孙悟空有灵性，他的疾恶如仇、除恶扬善、乐观自信、聪明机智在这一部分得到了充分的体现。而中途也掺杂着师徒间的“小插曲”，如孙悟空与唐僧、孙悟空与猪八戒之间的磨合过程。

总之，《西游记》所呈现的是魔幻世界的现实主义的表达，也在一定程度上反映出作者对现实的愤慨。

2.《西游记》的艺术特色

首先，《西游记》的浪漫主义是其主要基调。作者塑造了仙界、人间、地府、妖界的故事，为神化、妖魔化的众生赋予人的性格，使他们有了爱恨情仇。在整体的表达过程中，其既彰显了浪漫主义，又具备细节、结构上的合理性。

其次，《西游记》擅于将善意的嘲笑、辛辣的讽刺和严厉的批判结合在一起，以此来表达作者的思想感情。

再次，《西游记》在结构上将师徒四人斩妖除魔贯穿始终，对一些事物原因的叙述又独立在一章当中，显得有条不紊，结构严密。各个小故事既可以独立存在，又相互串联，以此来推动小说情节的发展。

最后，小说的语言采用韵语与散语相结合的方式，大量汲取民间的俚语与俗语。韵语的运用主要出现在身份的展现与气氛的渲染中，散语则多在人物对话中出现，中间还穿插着方言、俗语，别有一番风味。通过细致的语言描写来展示人物的心理活动，显示出作者高超的驾驭语言的能力。

（四）汤显祖与《牡丹亭》

明代的戏曲以汤显祖的《牡丹亭》为代表，作者汤显祖是一位多产的作家，其《牡丹亭》成为当时以至后世家喻户晓的作品。除了《牡丹亭》外，当时著名的戏曲还有《紫钗记》《南柯记》《邯郸记》，这四部剧被称为“临川四梦”，对当时剧坛的影响很大。

《牡丹亭》的全名为《牡丹亭还魂记》，取材于明代话本《杜丽娘慕色还魂记》。描写的是杜丽娘与柳梦梅生死离合的爱情故事，体现了反对封建礼教束缚、追求自由爱情的精神，以及主人公强烈的个性。杜丽娘生活在一个被封建礼教层层束缚的环境中，其父母及教师都是封建教条的执行者。杜丽娘在这样的环境中感到压抑，一度叹息青春就此虚度。她把自己的理想寄托在偶尔梦到的书生柳梦梅身上，并且因情而死；当她的魂魄找到柳梦梅时，又因情而生。在全书中，始终以“情”字贯穿其中，作者在《牡丹亭记》题词中写道：“情不知所起，一往而深。生者可以死，死者可以生。生而不可与死，死而不可复生者，皆非情之至也。”杜丽娘是青年妇女为追求自由爱情而进行积极斗争的代表，在“情”与“理”的冲突中体现了坚持真性情、反对假道学的艺术主张。

《牡丹亭》具有很高的艺术成就。首先，表现在情节的设置上。主人公杜丽娘因情而死，又因情而生，具有大胆的创新精神，突出了“情”的神奇性。在封建礼教的束缚下，杜丽娘为情可以不顾生死，体现了其对自由爱情的强烈向往。其次，在书写人物的内心活动及感情时，常常采用抒情诗的方式，具有很高的艺术性。最后，戏曲的语言既有北方曲目的豪放直接，也有南方词的婉约优柔，两者结合在一起，给人以新奇之感。

三、清代文学概况

（一）清代文学特征

清代文学是古代文学的总结。明末清初是我国思想史上的活跃时期，清代是满族建立的朝代，统治者为了加强统治，在思想文化上推行了严酷的政策，从康熙帝到乾隆帝，文字狱就有七八十起。为了加强思想上的控制，清王朝还以推崇理学、八股取士、编纂图书等手段对文人进行思想上的控制，编辑了一些图书如《康熙字典》《四库全书》等，从而达到控制学术、控制文人的目的。清王朝注重文学的社会作用，注意对文人的笼络，对历代作品、学术著作的整理也颇有成就。清代成就最大的仍然在小说与戏曲领域。传统的诗歌、散文、词等在清代也有所发展，各学派你方唱罢我登场，主要有王世祯的“神韵说”、沈德潜的“格调说”、袁枚的“性灵说”、翁方纲的“肌理说”等，这些学说对诗歌的创作有着积极的影响。

（二）清代的代表作家及作品

1.《长生殿》

《长生殿》主要围绕唐明皇与杨玉环的爱情而展开，具有强烈的悲剧色彩。唐明皇与杨玉环的题材在诗歌、戏曲、小说中多有体现，诗歌如白居易的《长恨歌》、李商隐的《华清宫》等；戏曲如白朴的《梧桐雨》、吴世美的《惊鸿记》等；小说如陈鸿的《长恨歌传》、乐史的《杨太真外传》等。洪昇在这些题材的基础上，将两人的爱情与社会动乱联系起来，歌颂"真情"，总结历史教训，使《长生殿》超越了这类题材，不仅具有了丰富的思想内容，还被赋予了现实的政治意义，取得了同类题材中的最高成就。

《长生殿》的主要内容分为上、下两卷，上卷写李、杨的爱情与享乐，下卷写李、杨之间的悔恨与相思，歌颂了二人坚贞的爱情，也体现了作者寻求真情的表达。剧中有这样的阐发，《长生殿》第一出里的那曲《南吕引子·满江红》："今古情场，问谁个真心到底？但果有精诚不散，终成连理。万里何愁南共北，两心那论生和死。笑人间儿女怅缘悭，无情耳"，就将坚贞不屈的爱情表现得淋漓尽致。剧中除了男女爱情，还歌颂了"臣忠子孝"之情，并指出其是情之所至，剧中所看重的"情"由儿女私情，扩展为广义的感情，有着较为明显的政治倾向。

作者在总结李、杨的爱情悲剧时指出"逞侈心而穷人欲，祸败随之"（《长生殿》自序）的历史教训，但作者在描写爱情悲剧的同时，也对朝政的腐朽与人民的苦难倾注了大量的笔墨，还提到"哪里是西子送吴亡，错冤做宗周为褒丧""休只埋怨贵妃娘娘，当日只为误任边将、委政权奸，以致庙谟颠倒，四海动摇"，并没有延续"女人祸水"的论调。《长生殿》的进步之处在于以传统的爱情宣扬"真情"，能跳出历史的局限性，进行理性分析，具有一定的思想进步性。

《长生殿》在艺术上的成就主要表现在将浪漫主义与现实主义相结合，它不仅借鉴了《梧桐雨》《浣纱记》通过爱情的描述来写历史的更迭，还从《牡丹亭》理想化的表现中汲取养分，兼有现实主义与浪漫主义的色彩。《长生殿》中的人物个性鲜明，作者将浓重的感情色彩倾注在对人物形象的塑造上，剧中的人物爱憎分明，寄托着作者的思想感情。在场面描写上，《长生殿》的气氛随着情节的发展而变化，上卷一边写爱情，一边写社会矛盾，为下卷做铺垫；下卷写安史之乱所带来的社会动乱和生离死别，笼罩着浓浓的悲剧色彩。

2.《桃花扇》

《桃花扇》一共四十四出，叙写的是南明的兴亡。剧本以南明王朝作为明代三百年基业衰败的一面镜子，以侯方域与李香君的悲欢离合为主线，揭示南明兴亡的历史悲剧。尤其是对李香君人物形象的塑造，将她坚持正义、蔑视权贵、忠于爱情、积极斗争的精神描摹得淋漓尽致，成为古代光辉女性形象的代表。

《桃花扇》的艺术性主要表现在三个方面。首先是独特的艺术构思。侯方域的经历反映出南明王朝的内部矛盾，李香君的遭遇则反映出南明王朝的腐朽堕落与苟且偷安。其次，真实性与艺术性的统一。作者在创作《桃花扇》的过程中，对历史进行了客观的叙写，重要的人物与事件都能找到历史原型。缜密的结构、紧凑的情节等都凝聚了作者的创造力，实现了历史的真实性与文学的艺术性的统一。最后，《桃花扇》的语言贴合人物的性格设定，善于将诗歌中的怀古、咏史因素加入戏曲创作中，为后人所称道。

3.《聊斋志异》

在明代，文言小说有了一定的发展。蒲松龄的《聊斋志异》总结了文言小说的创作经验，用写传奇的方法来写志异，成为我国文言小说的新高峰。

《聊斋志异》在思想内容上主要表现为三个方面：

（1）爱情题材的作品具有强烈的反抗封建礼教的精神。例如，《婴宁》《莲香》《小谢》《香玉》等，写男女之间两情相悦的美好;《鸦头》《连城》等，表现了男女爱情的忠贞以及对封建礼教的反抗。

（2）对腐朽的科举制度的抨击。例如，《司文郎》《于去恶》讽刺了考官的贪财造成考场混乱，让卑劣之徒高中，而真正的有才之士被埋没;《王子安》《续黄粱》，则表现了科举制度对士子的毒害至深，为了功名利禄醉心科举的丑恶灵魂。

（3）揭露社会的黑暗与统治者的残暴，赞扬人民积极的反抗精神。例如，《促织》篇写的是帝王贪图享乐，给人民带来了无尽的灾难。还有揭露土豪乡绅的霸道行径的，如《成仙》；表现复仇精神与反抗精神的，如《席方平》《商三官》等。

另外，还有一些揭示人生哲理的小故事，如《画皮》《崂山道士》等。《聊斋志异》中的一些经典故事被拍成了电视剧或电影，深受广大观众的喜爱。

《聊斋志异》在反映广阔现实的同时，具有很高的艺术价值。首先，《聊斋志异》塑造了一系列个性鲜明的艺术形象，如爱笑的婴宁，通过她的笑展示出她天真烂漫的性格，笑的背后是对封建礼教的反抗。蒲松龄还注意将妖的形象与人物的性格结合起来进行形象塑造，如《绿衣女》写的是绿蜂幻化为人，具有了人的喜怒哀乐，但仍然保持着绿蜂的原型的特点。作者善于通过对话、细节、对比描写来刻画人物的性格，随着故事情节的发展而凸显人物性格与个性。其次，《聊斋志异》的情节曲折离奇，给人以跌宕起伏的感受。最后，作品由于采用文言写作，语言较为精练，并且呈现出词汇上的丰富性与句法上的灵活多变。在语言表现方式上，既有古文的使用，也有方言、口语的融入。另外，小说中的句子以散句为主，又夹杂着典雅之语，充满表现力，体现了文人的特质。

4.《儒林外史》

《儒林外史》为讽刺小说的开山之作，作者是吴敬梓。其主要取材于明代，体现出强烈的批判性。作者以科举、八股文、功名富贵等为核心，客观地反映出当时的社会风气、人伦关系、官僚制度等，充满揭露与批判精神。主要包括以下几个方面：

（1）《儒林外史》塑造了为求取功名而醉心科举的典型形象，士子通过了科举考试，世人便另眼相看，随之而来的是地位与财富，这是士子热衷于科举的重要原因，揭示了科举制度对士子的毒害。范进与周进就是其中两大代表。

（2）士子中举之后不为良吏，反成贪官，揭示出当时官场的乌烟瘴气，反映了社会和政治的黑暗。

（3）塑造了一批假名士、伪君子的鲜明形象，反映出文人灵魂上的空虚，深刻揭示了科举制度对士子的毒害。

（4）揭露黑暗现实。当时流传着“钱到公事办，火到猪头烂”的说法，有钱能使假中书变成真中书，这样的黑暗统治将百姓置于水深火热之中。

《儒林外史》具有较高的艺术成就，主要表现在以下几个方面：

（1）它继承与发展了讽刺的传统，将讽刺艺术推向了一个新的高度，具有多方面的艺术表现力。

首先，写实与讽刺相结合。作者对人情世故只进行了客观的概括与叙写，不加入自己的感情与感受，将事情的不合理、可笑之处客观、如实地呈现出来，充满了讽刺性。

其次，夸张手法的运用。在一些篇章中，常运用夸张的手法来揭示事物的本质，如范进中举之后发疯，运用夸张的手法对其进行描述，收到了强烈的讽刺效果。

再次，讽刺的程度不同。有的讽刺是无情的批判，如对汤知县、严监生的讽刺；有的讽刺带着同情，如对王玉辉、马二先生的讽刺。

最后，以矛盾的笔触来达到讽刺的效果。通过人物言语或行为上的矛盾让自相矛盾的事进行自我嘲笑，以实现讽刺的目的。

（2）在小说的结构上，有“虽云长篇，颇同短制”的特点。小说中没有可以贯穿全书的主要人物，主要通过场景的转换、前后呼应等方式，将各个故事衔接起来，在整体布局上较为松散，但并不影响其讽刺效果及反映现实的作用。

（3）在小说的语言上，呈现出准确性与精练性，三言两语就将人物形象描绘得淋漓尽致，即所谓“穷形尽相”，富有表现力与艺术张力。

5.《红楼梦》

《红楼梦》与之前的《三国演义》《水浒传》《西游记》并称为我国古代四大名著，是我国传统文化的精髓。《红楼梦》的作者曹雪芹，是一位多才多艺的文学家，他不仅对古代文学中的诗词歌赋样样精通，还对音乐、美术、雕塑、建筑、艺术、养生、宗教等方面都有所涉猎，因此创作出的《红楼梦》具有深厚的文化功底。从《红楼梦》创作于清代来看，也正体现了清代文学对整个封建文学进行总结的特点。

小说的背景是乾隆时期，以贾宝玉和林黛玉、薛宝钗的爱情、婚姻线索来展开，真实地再现了封建社会的种种人情事态。小说通过对贾府这个集权势、财富、地位于一体的贵族世家的描写，展现了封建大家族的腐朽与没落。贾府的盛衰变化其实是中国封建社会的一个缩影，主要表现在以下方面：一代不如一代，由兴盛走向衰落；经济恶化，常常入不敷出；生活荒淫无度，道德沦丧；贾府内表面平和，其实矛盾重重，积重难返。

在人物形象的塑造上，贾宝玉的身上有着诸多的闪光点，性格上有些叛逆。贾宝玉的叛逆主要表现在他的价值观、女性观和爱情观上。首先，贾宝玉不爱读《四书》《五经》，讨厌八股，排斥科举，而将兴趣放在一些“无用”之学上；在对待女性上，他没有男尊女卑的观念，认为“女儿是水做的骨肉，男人是泥做的骨肉”“凡山川日月之精秀只钟于女儿，须眉男子不过是些渣滓浊沫而已”，对待丫鬟也不看重名分，对其分外爱惜；在爱情观上，贾宝玉追求自由的婚姻，他与林黛玉的爱情完全是惺惺相惜的结果。贾宝玉的身上展现出一些新的思想光芒。

《红楼梦》中的爱情并非才子佳人的模式，而是赋予爱情以新的内涵与意义，主要表现在三个方面：

一是看重知己之爱。贾宝玉与林黛玉的爱情主要表现在对一些世俗看法的相同上，在思想上也达成了默契，相互之间已成为知己，远远超过了郎才女貌的“般配”，而是寻求一种更高层次的精神上的默契，这是爱情观进步性的表现。

二是贾宝玉很少涉及风流韵事。作者在描述宝玉与黛玉、宝钗的关系时，笔墨纯净，宝玉的感情不是玩弄，而是真性情的付出，是建立在相互理解、相互尊重的基础之上的。

三是小说打破了大团圆的模式。曹雪芹是一位现实主义者，贾府衰落的基调贯穿书中，从始至终都是悲剧，而宝玉的爱情注定也是悲剧，无论是“金玉良缘”还是“木石前盟”，充满浪漫主义，但最终都要为现实服务。“空对着，山中高士晶莹雪；终不忘，世外仙姝寂寞林。叹人间，美中不足今方信；纵然是齐眉举案，到底意难平”，爱情婚姻到头来都是悲剧，通过人生之缺陷来表现现实主义特征。

《红楼梦》的艺术特色主要表现在三个方面：

（1）表现在人物形象的塑造方面。人物形象是《红楼梦》的一大亮点，人物不但多，而且形象鲜明、有血有肉。

鲁迅曾评价《红楼梦》说：“其要点在敢于如实描写，并无讳饰。”[①] 首先，主要表现在按照现实的生活来塑造人物形象，为现实生活服务。例如，薛宝钗既有圆滑世故的一面，又有通情达理、才华横溢的一面。探春富于胆识，能灵活处理众多复杂的事件，呈现出精明能干的一面；然而，她又是极其冷酷的，她受封建传统礼教的影响，不认自己的亲妈赵姨娘，只认有正统地位的王夫人。其次，注重将人物放在错综复杂的社会关系中加以显现，从不同的侧面展示人物性格的多样性。贾宝玉就是一个具有多重性格特征的典型。贾宝玉对功名不屑，他懒得与那些士大夫有交集，还厌恶封建官僚代表，鄙视追求功名利禄的人。他与追求道统的父亲性格完全不同，却能与众位姐妹惺惺相惜。在复杂的社会关系网中，贾宝玉是一个敢于冲破封建藩篱、具有叛逆性格的人物形象。最后，对比、反衬手法的运用，突出人物个性。例如，黛玉与宝钗对待“仕途经济”的态度，黛玉不屑，宝钗看重，映衬出二人不同的性格特征。由此可以看出，在内心深处，宝玉、黛玉具有相同点，从价值观角度也厘清了两人的爱情线索。《红楼梦》还擅于营造大场面、大事件，在激烈的矛盾中凸显人物形象，长于对人物内心的心理活动的描写，在塑造的意境中表现人物的性格与气质。

① 鲁迅．中国小说的历史的变迁 [M]. 西安：西安大学出版社，1925.

（2）小说在情节处理上，做到了复杂中严谨、跌宕中完整。贾府的盛衰过程是小说的大背景，在这一背景之下以宝玉和黛玉、宝钗的爱情、婚姻为出发点，将纷繁复杂的事件逐一梳理，在事件中刻画人物形象，在人物交往中推动情节展开，整体呈现出一种宏伟、严密、完整的特点，是其他小说难以超越的地方。《红楼梦》大致可以分为几部分：

小说在第 1 ～ 5 回写故事的开端，起到了提纲挈领的作用。

第 6 ～ 18 回，主要写贾府的日常生活状态，通过第三人——刘姥姥的视角来展开。通过描写元妃省亲、秦可卿之死等，来展示贾府的兴盛，可谓“烈火烹油，鲜花着锦”。

第 19 ～ 54 回，主要通过事件串联写贾府的逐渐衰弱。

第 55 ～ 78 回，写贾府的矛盾由内在隐性的危机，逐渐外化成现实的激烈的冲突。

第 79 回之后主要是续写贾府及众人的遭遇，充满着悲剧色彩。

每部分都各有侧重，围绕重点有序展开，并且在情节展开的过程中引入人物与事件。这些人物、事件相互交叉在一起，为中国的文学提供了较为成功的结构案例。

（3）全篇语言优美，在性格刻画的过程中具有传神的作用，形成了很高的语言艺术。通常人物语言随人物而变化，充分展示了人物的性格特征，没有因为人物多而出现千篇一律的情况，这也是曹雪芹写作手法的高超之处。

《红楼梦》一直是后世讨论的热点。关于《红楼梦》小说中所涉及的各个领域，后世都进行了进一步的探索，逐渐形成了专门的“红学”，这也从一个侧面反映出广大读者对它的喜爱。

晚清文学又被称为近代文学，其时间跨度是从 1840 年鸦片战争的爆发到 1919 年的“五四运动”。近代文学呈现出新旧文学交替的过渡时期的特征，在文学的内容与形式上均有所发展，为之后新文化运动的到来储备了力量。

第二章　中国古代文学的特征及基本精神

第一节 文学与史学、哲学的跨学科属性

中国古代文学呈现的特点是文学兼具史学、哲学的功能。现代文学中不仅有历史的因子，现代研究中还有一个重要的研究方法，即文史互证。此外，文学中还有许多哲学的精髓，如儒释道不仅有文学价值，还是哲学研究的重要范畴。因此，综合起来，有“文史哲不分家”的说法。文学与史学、哲学之间的关系及具体表现，需要进一步厘清，以便更好地把握。

一、古代文学与史学的关系

在传统文学中，文学与史学的关系十分密切。刘勰在《文心雕龙》中提及了古代文学的特点，往往是兼具文学与史学的特点，常常是既论述文学也涉及史学，融史论于文论之中。文学需要崇经仰圣，史学同样如此。文学与史学本是同源，并没有文学与史学的绝对划分。其中，许多文学家也是史学家，他们具有较深的史学素养和丰富的史学知识，如韩愈、欧阳修等，都有很高的史学修养。司马迁是史学家，他的《史记》中也有着浓厚的文学意味。

文学与史学的特殊关系最典型的代表出现在先秦的文学中。先秦时期的历史文献的范畴在“泛文学”与“泛历史”之间，出现了文学与史学混合与并举的形态，主要表现在两个方面：一是虽然是文学，但是会对历史事件进行叙述；二是虽然是史学，但会采用各种表现手法，具有形象化的特点。因此，先秦时期的文献也被称为史传文学，就是对这一特点的概述。因为先秦时期是我国文学的开端，与史学结缘很深，较易受历史因素的影响，所以呈现出一种特殊的传统，显示了我国早期文学独特的魅力。

中国最早的一批文字记录的文献兼具文学、历史的特征。它们出自史官之手，从实用的角度出发，如甲骨卜辞、钟鼎铭文、《尚书》等，都是对社会生活的直接反映，虽然带有很强的迷信色彩，但确实表现出文史的特征。春秋战国时期是文化空前发展的时期，这一时期出现了“百家争鸣”的现象，给文学、史学带来了空前的繁荣。这一时期出现的一些作品，如《左传》，在循着历史线索叙事的基础上，加入了曲折的情节、鲜明的形象、人物细节的刻画、个性化的语言等，以历史为经线，以文学为纬线，形成了一个有机统一的整体，共同为作者表达思想感情服务。

总的来说，先秦时期的“史传”是文学与史学相融的一个代表性特征，这一时期所体现的是文学与史学合二为一、水乳交融的特点。

二、古代文学与哲学的关系

对于文学与哲学的关系，西方涉及的部分是“诗与哲学”的关系，“古希腊就已肇始的诗人与哲人之争，始终是西方文论发展历程的底色……对它的描述始终如一，即诗人应当成为预言家和立法者”[①]。先秦时期的文学与哲学也有密切的关系，尤其是百家争鸣时期，各个学派的代表作品中都渗透着各自的哲学思想。这一时期是哲学的酝酿期与奠基期。哲学的酝酿期主要表现为先秦作品中的哲学观念的形成，在一些思想家的著作中，先后产生了天、命、德、象、阴阳等概念，这些哲学的思想渗透在文学中，是通过不断思考所呈现出来的最终结果。例如，《论语》中不仅有对作者思想感情与政治主张的描绘，也有各种各样的哲学观念蕴含其中，以“仁”为中心进行论说，使作品在具有文学性的同时，在思想层次上也达到了一定的高度。

先秦是我国哲学的奠基时期，作品中兼具文学与哲学意味，呈现出的显著特征是文史哲的相融共生。文学中渗透着哲学，哲学又需要文学的手法加以表现。例如，有着浓重的哲学意味的道家著作，以老子的《道德经》为代表。道家学派的代表老子，其核心的观点是“道”，“道”是老子哲学的最高境界。老子认为“道”是根源：“道生一，一生二，二生三，三生万物。万物负阴而抱阳，冲气以为和。”《道德经》的语言简单精练，却韵味无穷，朗朗上口，更多的是哲学层面的体现。以“道”为本的哲学体系的构建，在中国的哲学史上有着重要的影响。“道”不仅确立了我国的唯心主义哲学，还开启了唯物主义与唯心主义的论争。

三、文史哲不分家的传统

中国古代的文献典籍呈现出整合性、整体性、系统性的特点，所以一些思想家、文学家的作品不仅是优秀的文学作品，还是优秀的史学作品、哲学作品，呈现出文史哲的相互交融、彼此共生。这是文史哲研究对象难以截然分开的具有中国传统特色的一个重要表现。

春秋战国时期，各种学说呈现繁荣景象，各派代表纷纷著书立说，繁荣了思想界。诸子散文，风格迥异。儒家经典是诸子散文的重要组成部分，对

---

① 杨慧林．西方文论概要 [M]. 北京：中国人民大学出版社，2003.

中国的文学、史学、哲学影响深远，其中以《论语》《孟子》《荀子》为代表。

《论语》的主要体例为对话体与语录体，通常还通过叙事的手法来记录孔子及其弟子的言行，集中体现了孔子“仁”的思想主张、政治主张、道德及教育原则。《孟子》主要记录孟子的言行，其中的对话充满着气势，尤其善于采用纵横家的气势对各诸侯进行诘难，利用对方的心理因势利导。在一些说理的部分，常常采用比喻手法，用生活现象或事实进行说理，既表达准确又形象贴切。另外，寓言的使用增加了反讽的效果，使语言更具哲理性。《荀子》的题材涉及广泛，主要包括文学、史学、哲学、军事、政治等方面。《荀子》中有些专论的文章，具有很强的逻辑性。从《论语》到《孟子》再到《荀子》，是儒家思想及理论完善的过程，在具备文史哲特点的基础上，又呈现出各自的特征。

第二节　中国古代文学的审美主体意识

审美主体是指审美关系的构成要素，与“审美客体”相对，包括认识、欣赏、评判审美对象和创造美的人。一般认为，审美主体主要由四种人组成，即创作者、欣赏者、表演者和评论者。由于年龄、心理、文化、素养和审美能力的差异，不同的审美主体有着不同的审美需要，面对同一审美对象时，会做出不同的审美判断。艺术家创作的艺术品应适合不同年龄段和不同心理特征的审美主体的审美需要。艺术家作为审美主体，其审美能力也在一定程度上制约和影响着其创作的倾向及其艺术品的价值。

中国古代文学在审美上的价值，体现在文学审美的主体意识上。说起审美，必然涉及文本、读者、作者等方面。文学文本是一种具备可读性、可感性、可生发性的作品。读者的主体意识，包括对作品的解读与解构，表现为对作品真实的理解。文学层面的文学创作与文学审美是相辅相成的，两者缺一不可，共同构成文学活动的基本要素。

一、文学文本的内涵

中华五千多年的文明史造就了文学形式上的多种表现手法，文学文本主要有诗歌、散文、小说、剧本等文学形态，它是一个具体的语言系统，通过语言的描述形成具有艺术性的、表现某种主题的特定的语言系统。而对文学文本的进一步深化与鉴赏，就构成了文学解读。在解读的过程中，完成对文本的丰富与精神层面的升华。

一般来讲，文学的四大要素指的是生活、作家、作品、读者，这四大要素最早是由美国现代学者艾布拉姆斯提出的，其中作品是四要素的中心，其他三个要素围绕这一要素展开。文学作品最初的灵感来源于生活，但这时形成的文字只是作品的雏形，没有经过读者阅读的，只能算是文学文本，经过读者的阅读生发之后便具备了审美的性质，呈现出源于生活但高于生活的审美意蕴。由此可以看出，文学文本必须经过大众的考验，才能具备真正的审美价值。

在现代文本解读过程中，加入了新的元素，即文学文本还通过大众化的媒介向读者进行传播，传播媒介成为一个较为关键的要素，直接影响着传播的效果，从这一点看，文学应该包含五个要素：生活、作家、作品、读者、传播媒介。从传播媒介这一要素看，它是实现文学文本向文学作品转化的关键一步，具有重要的意义。

二、中国古代文学中审美主体意识的具体表现

儒家思想与道家思想构成了中国古代文人的两大精神追求。中国古代文学的审美主体一般指的是古代具有一定的文学素养的知识分子。知识分子一词是现代人对文学主体的称谓，指的是除了具备相应的专业知识储备以外，还具有对国家、社会、人民的关怀的人。这种关怀体现出无私性与普遍性，是超越个人层面的关怀。只具有知识的人不能称为“知识分子”，只有兼具知识与社会责任感的人才能称为“知识分子”。在中国古代，“士”作为中国独有的承担文化与社会责任的团体，一直发挥着“知识分子”的作用。中国的“知识分子”的产生，最早可以追溯到春秋战国时期，以孔子为代表的儒家思想是知识分子的典型，而我国古代文学的观念，也是在这个时期产生的。另外，以儒家思想与道家思想为代表的思想形成了中国古代文学审美的两大趋势：遵循儒家积极入仕的思想而领略现实美与遵循道家思想的远离世俗的自然美、精神美。前者崇尚刚毅、积极进取；后者自然洒脱，淡泊明志。

以儒家为代表的现实美，是对现实的写照，它与社会、民生等紧密联系在一起，如杜甫就是以儒家思想为导向的现实主义代表。以道家思想为代表的自然美，以回归自我为核心，如陶渊明的“采菊东篱下，悠然见南山”中的悠闲，就是对自我的追求。因此，审美主体的大方向主要就是这两点。综观中国古代文学，由对是否符合社会规范的行为做出判断，而产生了“文由

怨生”的思想。例如，屈原对满腔抱负无法施展的抒发，以《离骚》呈现；司马迁怀揣着对自己身世遭遇的不满，完成了《史记》；钟嵘《诗品》中描述了诗与怨的密切关系，再到韩愈的“不平则鸣”、欧阳修的“诗穷而后工”等，都是与社会范畴紧密联系在一起的。审美的源头在于社会，又与社会的“世积离乱，风衰俗怨”联系在一起。从这个角度看，文学审美所表现出的更多的是自我复归、精神境界方面的写照。

从今天的审美发展来看，无论是社会还是自然，都有着某种历史的局限性。然而上述两大审美又在一定程度上有着某种契合，它们的审美倾向都离不开人们对社会的改造与实践。对社会的改造与实践是审美的源头，它是以事物的自然属性为主要依据，赋予文学作品以特定阶段的时代性，且一直遵循对现实的改造与实践的原则，使审美主体与客体之间有了现实这一连接桥梁，相互共生。

“言志”与“缘情”是文学审美主体的两大范畴，“言志”是文学美与人品的关系；“缘情”是文学美与感情的关系。所谓“言志”，即要抒发自我感情，是作者的审美感受与审美判断的具体呈现。叶燮在《原诗》中说，才气、胆气、见识、力度等是言志的具体体现。另外，如孟子的“我善养吾浩然之气”、韩愈的“气盛言宜”、严羽的“别材”等都是代表说法。“缘情”主张情感的表达，是对情感思维宣泄与心路历程的探索，通常运用想象、灵感进行生发。例如，陆机的“浮藻联翩”说、严羽的“妙悟”说、汤显祖的“灵气”说等，都是因情而生，为了深化意象、提高审美主体的艺术感受和促进情感而抒发的。

总而言之，中国古代文学审美理论的研究范畴中，审美感知一方面源于审美客体，另一方面又显示了古代文学家的审美能力与审美创造。审美感知是被主体化的客体，也是由客体转化而来的，是为审美主体服务的。

反映现实中客体的文学美，需要借助审美感知，将其转化为审美意象、艺术形象来表达作者的思想感情。另外，作为客体的社会、自然等也需要创作者发挥主观能动性，来实现文学审美的主体与客体间的相互转化。文学审美过程中的主体客体化与客体主体化是两个重要的概念。主体客体化，也叫主体对象化，指主体和客体的相互作用，谓之客观对于主观的必然；客体主体化，也叫客体非对象化，与主体客体化相对，也指主体和客体的相互作用，谓之主观对于客观的必然。两者之间既是相融并生的，又是可以相互转化的。“目既往还，心亦吐纳”指的是通过反复地观察自然景物，人的内心就会有所触动并且想要把它抒发出来。这正是主客体相互影响的结果。在审美过程中，既要有再现的因素，也应该有表现的因素。只有表现的“象内之象”是远远不够的，还要有所提升。跨越到“象外之象”的审美范畴，则成为我国古代文学美学的最高境界。

作为中介的审美感知，最早表现为中和之美，《文心雕龙》里有“折中”说。到现代社会，人们对审美中介的理解，则为对审美对象的加工与改造，将审美主体、客体进行关联，具备了主体性与客体性的双重属性。客观上，审美受一定的时代与社会背景的影响；主观上，审美中介既需要审美经验的积极引导，也需要适当表露创作主体的心声，随着创作主体的情感变化而变化。

三、古代文学审美的接受方法

在20世纪60年代，接受方法颇为流行，其源于德国的康斯坦茨学派，随即广泛流行于欧美各国。接受方法理论的代表人物是汉斯·罗伯特·姚斯（Hans Robert Jauss）、沃尔夫冈·伊赛尔（Wolfgang Iser），其主要观点是将文学文本视为读者接受的一个历史性的永恒的对象，通过研究文学文本在接受过程中的关系，强调读者在接受与鉴赏过程中的重要作用。下面从接受理论的受意过程、受意方式、受意方法三个方面进行解读。

（一）受意过程

接受理论认为完整的文学过程包括作者、文学文本、读者三个要素，其是一个动态的过程，主要分为创作与接受两个阶段。创作过程主要是创作主体（作者）赋予文本某些潜能；接受阶段主要由接受客体（读者）通过阅读进一步挖掘文本的潜能。受意过程以文本为中间点，与作者、读者进行互动，呈现出作者、文本、读者的双向关系，但这样的出发点是作者而非读者。如果考察读者对文本的审美，则应该将重点集中在读者身上，因此顺序就变成了读者、文本、作者，读者一般只需要阅读文本，从语言符号中去领略文本的思想感情与情感寄托，无须再去揣摩作者的构思及创作意图。而对于进一步研究的高级读者而言，则需要进行进一步的研究，从观其文进而观其人，从观其人再到观其文，从而实现一个循环的过程。

这一循环的过程也分为两个阶段：第一个阶段——顺向接受阶段，即按照读者、文本、作者的顺序展开。

首先，由现有读者到文本。读者阅读文学文本之后，文学文本的社会价值及艺术价值才得以体现。文学作品之所以成为文学作品，是因为其是作为一个长期的、较为稳定的艺术产品而存在的，读者从中仔细识别，将其审美具体化。例如，“春风”一词，指的是春天的风，白居易笔下的“春风吹又生”、王安石笔下的“春风送暖入屠苏”等都是用的“春风”的本意。但是，“春风”一词并非一直停留在本意上，它的审美意义进一步扩大了，如“春风又绿江南岸”“春风不度玉门关”“春风疑不到天涯”等，这些“春风”不仅指它的字面意思，还具有另外一层意思，即朝中的暖风，指的是“皇帝的恩惠”。而李白的“春风不相识”则采用拟人的手法来渲染环境气氛，孟郊的“春风得意马蹄疾”则用春风与得意相辅相成来表达喜悦之感，在这里春风也有了温度。

其次，是由文本到作者的阶段。经验丰富的作者在创作文学作品时，非常注重“隐含的作者”的语言与审美能力，因此会给读者留下一些能生发与回味的体验。读者不仅可以读到文学文本本身，还可以领悟到作者对文学文本所寄予的思想感情与良苦用心。例如，贾岛的《寻隐者不遇》：

松下问童子，言师采药去。
只在此山中，云深不知处。

此诗首句写诗人问童子，后三句都是童子的答话。诗人采用了寓问于答的手法，把寻访不遇的焦急心情描绘得淋漓尽致。诗中以白云比喻隐者的高洁，以苍松比喻隐者的风骨，写寻访不遇，愈衬托出寻者对隐者的钦慕高仰之情。全诗遣词通俗清丽，言繁笔简，情深意切，白描无华，是一篇难得的言简意丰之作。

这首诗有不少留白是留给读者的。首先是首句“松下问童子”，问的问题是什么，作者没有明说，需要读者自行想象；作者因为何事需要去询问隐者、与隐者又是怎样的关系等，也是需要读者思考的问题。还有诗歌的题目是“寻隐者不遇”，最后作者见到隐者了吗？隐者又是谁？或者隐者是否就是作者本人？等等，这些都留给读者想象的空间。

第二个阶段——逆向接受阶段，即主动受意的阶段，也分为两步。首先是作者复归文本。结合贾岛的人生经历，贾岛虽然人在尘世间，内心向往的却是佛家的空本思想。这次上山云游，是对内心佛性的追寻，虽然隐者并未找到，但与童子的一番对话已经得到心灵上的慰藉，朋友之间讲究心灵相通，不再拘泥于现实中的见与不见。其次，逆向接受的第二步是从文本再回归读者的过程。读者在了解了作者的生平、思想、创作背景等内容之后，再看文本则会生发出更多的感受，以此来进行再创作。文学批评就是读者发挥主观能动性对文学文本的再创作，其中加入了读者的思想与体验，成为一个独立的新的文学文本。例如，《西厢记》就是对前代传奇小说的改写，王实甫在文学文本的基础上进行了二次创作，取得了巨大的文学成就。

（二）受意方式

读者对文学作品的接受方式主要为历史接受、比较接受、审美接受等，这三种接受方式较为常见。

所谓历史接受，是时间上的范畴。在一定程度上，文学作品从读者阅读成为文学作品之后，就已成为历史，无论作品所呈现的是过去的还是现在的，甚至是未来的题材，在这一点上都相同。因此，从历史接受的角度看，读者需要从传统中去寻找文学文本中相对确定的因素进行把握；同时，要依据现有的经验进行一定的生发，产生一些不确定的因素，为文学作品的当代性服务。

所谓比较接受，指的是通过对比的方式，发现作品的独特魅力，以此进行作品价值的阐发。比较可以分为横向比较与纵向比较两种。例如，从不同阶段的相同内容点寻找线索：陶渊明、王维、孟浩然、范成大等都写有山水田园诗，对后世的影响极为深远。陶渊明开创了田园诗的先河，在他的田园诗里，充满着浪漫主义色彩；而王维、孟浩然则着重于对田园诗的深层韵味的生发，其感情体验较之陶渊明要逊色很多；范成大的诗歌反映现实，还扩展了田园诗的题材，他的作品中有许多表现剥削的内容。因此，几个诗人比较下来，我们发现，在审美价值上，王维和孟浩然诗歌的艺术成就最高，而范成大田园诗的政治成分较浓，他们三人的田园诗都是在继承陶渊明的诗歌基础上发展而来的。

横向比较，指的是将相同时期的文学作品进行比较，突出诗人在思想感情、个性上的不同。例如，陶渊明、谢灵运都是当时有名的山水田园诗人，都以崇尚自然美为宗旨，对后世的山水田园诗的创作产生了一定的影响。但陶渊明在诗中与政治的关系是相决裂的，态度较为坚决；而谢灵运的诗表现政治上的因素较多。所以，在思想价值与艺术表达上，陶渊明的诗歌艺术成就要比谢灵运高。

所谓审美接受指的是读者对文学作品的题材、内容、作家的创作意图的接受，超越现实层面，进入一个更高的层次，属于艺术审美的范畴。审美接受按层次划分，又可分为一般的审美接受与高级的审美接受两种。一般的审美接受是以个体的形式呈现的，个体读者根据自己的审美感受进行生发，去理解文学文本的意义，没有太多的要求，不需要去过多地顾及作者的创作意图和社会的群体意识；而高级的审美接受，则需要受一定的社会道德与审美标准的制约，需要考虑作者的创作意图和遵循社会的群体意识，需要考察作品所带来的社会效果。

（三）受意方法

从读者的角度看，要想对文学文本有更深层次的了解，就需要在接受的过程中掌握一定的受意方法。一般来讲，受意的方法具有多样化的形式，这里介绍两种方法。

1.“以意逆志”“知人论世”

孟子倡导“以意逆志”“知人论世”，强调的是读者在接受文学文本的时候要做到“不以文害辞，不以辞害志，以意逆志，是为得之”。其意思是不要拘泥于文字而误解词句，也不要拘泥于个别词句而误解作品完整的意思，能以自己的切身体会去推测作者的本意，才是懂得了阅读作品的正确方法。这里主要强调读者的主观能动性，要发挥自我的审美经验，去体验创作者的创作意图，通过具体的语言表达还原作者外化的心理，理解作品思想层面的意义。“以意逆志”需要与“知人论世”联系在一起进行探讨，单纯的“以意逆志”即单靠读者的思维去揣摩创作者的意图容易呈现较多的主观因素，只有与“知人论世”相结合，才能对作品进行全面的解读与解构。孟子的“知人论世”指的是在读了作者的诗书，了解了他的生平之后，就能较全面地了解他的作品；把握了作品创作的时代背景与作者所处的人生阶段，对了解作品有积极的作用。

孟子的“以意逆志”与“知人论世”是哲学上的辩证法。《醉翁亭记》是欧阳修的代表作，其是一篇优美的散文，通过对滁州醉翁亭的描述，抒发自我的真实感情，作者自比醉翁，“醉翁之意不在酒，在乎山水之间也”；后来又继续说，“山水之乐，得之心而寓之酒也”。那么，醉翁之意到底是山水还是酒呢？作者也未较为明确指出，但如果用孟子的“以意逆志”“知人论世”来看，就较为容易了。从“知人论世”方面来看，欧阳修在给梅尧臣的信中有：“某此愈久愈乐，不独为学之外有山水琴酒之适而已。小邦为政，期年粗有所成，固知古之人不忽小官也。”看完这段话，醉翁之意一目了然，是山水，是酒，是小邦为政。欧阳修治理的小邦，一年就初有成效，作者心中很是欣慰。欧阳修由于为范仲淹主导的革新运动上书，遭到顽固势力的排挤，被贬至滁州，自己的政治抱负未得以施展，但在小地方短短一年，却收到了不错的政绩，字里行间也隐含着对抱负难以施展的不平之气。

2.“好读书，不求甚解”

另一种方法就是“五柳先生”陶渊明的“好读书，不求甚解”，字面意思指的是读到的书可以停留在知其然的层面，不要到达知其所以然的层面。尤其是对于诗歌的鉴赏，因为诗歌的魅力在于“言有尽而意无穷”，更应该“不求甚解”。明代的谢榛也提出了“诗有可解，不可解，不必解，若水月镜花，勿泥其迹可也”。

“不求甚解”为后世一些人所误解，在一些只言片语上钻牛角尖，有的还进行主观揣测，偏离了作者的创作意图。如何正确使用“不求甚解”是关键，不求在字词上进行透彻的了解，但需要在情感、意义、理趣上加以生发。这句话对现代读者的启示：不读书“不求甚解”是庸人，无真才实学；好读书“求甚解”，超越适度原则，只能成为愚昧的读书人。陶渊明对诗词的理解，其实是高层次的理解，是超越字词之上，真正领会作者的情感与创作意图等，重在把握作品和作者的“志”。

第三节　中国古代文学的艺术审美观念

一、中国古代文学的中和之美

所谓中国古代文学的中和之美，指的是与崇高相对应的审美范畴。突出了审美过程中主体与客体、人与自然、感性与理性及各种形式美因素的协调统一，给人以愉悦、轻松的感觉。中和之美是处于优美与壮美两极之间的刚柔相济的综合美，情感力度适中，具有含蓄、典雅、静穆等特性。中和思想所体现的是哲学上的辩证论，中国古代的思想认为，天地有阴阳之分，天下万物也具有这样的特点，其中阳为刚，阴为柔，需要阴阳相融，刚柔相济。在审美范畴中，有阳刚之美与阴柔之美，二者的结合为中和之美，这是我国古代文学的艺术审美中的理想审美境界。

（一）儒家的“中和”思想

文学是社会的产物，也是实践的产物。文学的产生必然会受到作家主观的创作意图的支配，而人的社会性的特点决定了作者一定会受到某种思想的影响，然后再反映到作品中。儒家思想是我国古代的正统思想，自汉代起，为历代统治阶级所推崇，所以儒家的思想无论在政治、经济还是文学方面，都具有很深的影响。其中，最重要的就是儒家的“中和”思想。

《礼记·中庸》中说：“喜、怒、哀、乐之未发，谓之中。发而皆中节，谓之和。中也者，天下之大本也。和也者，天下之达道也。”这是儒家中和之道的核心。“中”就是在喜、怒、哀、乐这些情绪没有升起时的状态，是宇宙的本源，是抛开欲望的自我的本真存在；“和”指的是情绪升起后能控制，符合节度，就是修行的大道。“中”蕴含的是事物的本源，“和”则是天下人追求的最高理想。“中和”看上去好像很简单，其实里面隐含了很深的道理。以“中和”思想所形成的中和观，成为古代社会人们的人格理想、社会理想。

“中和之美”是审美范畴的一种追求，在文学创作中要以“中”的审美方法，以“和”的辩证内核，在一种平衡动态中去指导文学创作。中和之美奠定了我国古代美学的审美风格与艺术追求，古人也不自觉地走向了以中和为美的创作道路，以实现中和之美为最高审美理想。

（二）中国古代文学作品中的“中和之美”

在中国古代文学作品中，具有中和之美的作品不胜枚举，在形式上表现为文与质的相辅相成、感性与理性的辩证统一、美与善的理想追求三个方面，下面进行详细探讨。

1. 文与质的相辅相成

文与质的实质是内容与形式，文与质的和谐统一就是作品内容与形式上的和谐统一。孔子有关于文与质的论述，他在《论语·雍也篇》中说：“质胜文则野，文胜质则史。文质彬彬，然后君子。”质朴多于文采就难免显得粗野，文采超过了质朴又难免流于虚浮，文采和质朴完美地结合在一起，才能成为君子。它高度概括了文与质的互补关系和君子的人格模式。文与质是对立统一、相辅相成的。未经加工的质朴是朴实淳厚的，但容易显得粗野；后天习得的文饰，虽然华丽可观，但易流于虚浮。质朴与文采是内容与形式的关系，是同等重要的。孔子的文质思想经过两千多年的历史实践，成为中国人“君子”形象最为鲜明的写照，对后世产生了深远的影响。在这里，孔子不仅论述了文章的文与质的关系，还生发出对君子的评判标准——只有兼具文与质，才能成为合格的君子。

孔子的这一论述成为后世的作家及理论家创作的参照，也作为衡量一篇作品优劣的评价标准被世人推崇。例如，汉代的“调墨弄笔，为美丽之观”，王充借以评判，并提出了文学作品要保持文质一致的论调。之后刘勰的《文心雕龙》对“文质彬彬”进行进一步补充，提出了“文附质”“质待文”的观点。他指出文质彬彬需要“以情志为神明，事义为骨髓，辞采为肌肤，宫商为声气”。意思是说，文章必须以思想感情为精神主宰，以内容的事实材料为骨骼，以文章的辞采为肌肉皮肤，以语言韵调为声气。将文章的各个要素串联起来，共同组成文学的整体形态，这是对文与质的关系的进一步拓展。之后唐代诗圣杜甫在诗歌创作上提倡以“诗骚”为参考蓝本，向六朝及初唐的文采学习，他认为“不薄今人爱古人，清词丽句必为邻”，提倡诗歌创作在内容与形式上的不断学习与改进。在诗歌创作上，杜诗不仅描绘了广阔的社会现实画面，还注重艺术层面的表达，达到了既反映现实又高于现实的目的，达到了文与质的完美统一，所以杜诗在中国古代文学史上具有极高的地位。

2. 感性与理性的辩证统一

中国古代文学中的一大功能是诗文的教化功能，这与儒家积极入世的思想有着直接的关系。儒家的入世思想是“修身、齐家、治国、平天下”，儒家的道德标准是“仁、义、礼、智、信”，儒家的伦理思想是“天地君亲师”。这些作为思想层面对文学创作的影响主要表现在文学要为反映社会现实服务，反映在文学作品中所表现的是社会的现实情况、民众的苦难、频繁的战争以及礼教伦理上的约束等，这些无不体现了文学的教化功能。

但如果太重理性而忽略感性，则会丧失文学的艺术魅力。文学作品是感性与理性的结合，无论是单纯的形式还是内容，都无法塑造一部完整的文学作品。在文学创作中，感性是作者的真实情感的外化，是对事物或感情的真实表达，所以文学作品中一定要有感性的成分，这是实现作者与读者之间联系的一个最重要的因素。好的文学作品一定是生动感人的，是符合大众审美心理的，而不是干巴巴的说理文。好的文学作品在表达感性的同时而不失理性，它不仅仅是表达自己的创作理念，还要让每一位读者都感受到它的精神内涵，自然地传达出作者的思想感情与创作意图，而不是让人费尽心思去猜测。任何一个文学作品，都是经过作者的感受、思考结合理性的手法赋予其新的内涵，若能长久流传，必是经过时间的考验的。中和思想影响下的文学创作，很好地把握了二者之间的适度原则，呈现出中和之美。

3. 美与善的理想追求

文学作品的较高层面的审美追求是对真善美的追求。其中，善是价值结构的核心内容，善不一定为美，但不善的一定是不美的，且善、美是在真实的基础上呈现出来的，文学作品中的真善美构成了文学作品的审美内涵。而真善美又有相应的对应关系，其中，“真”是艺术上的真实，“善”是“情感评价”，“美”与形式创造有关。真是基础，美是手段，善是灵魂，三者相辅相成。

儒家的入世思想与教化功能，表现在文学上为对美与善的追求，在真实的基础上，真从属于善，真为美提供参考。左思认为，这与西方的“为艺术而艺术”截然不同。

二、中国古代文学的审美特征

从美学范畴来看，审美是指人与世界（社会和自然）形成一种无功利的、形象的和情感的关系状态。审美是在理智与情感、主观与客观上认识、理解、感知和评判世界上的存在。美感首先是一种情感的满足，往往产生于主体与客体高度融合的瞬间，但时间的流逝并不意味着美的消逝，它会沉淀在文化传统和个体记忆中。正是这种文化传统和个体记忆滋养、丰富着人们的审美感知力，一个有着充分审美经验的人往往能够捕捉客观物象美的一面，比常人感受更丰富的美感。探求中国古代文学魅力的过程正是对美的追求与享受的过程，在审美上呈现出以下两个方面的特征。

（一）文学的形式美与韵律美

激昂铿锵、抑扬顿挫的节奏之美，是我国古代文学的美学特征，在行文过程中逐渐形成了固定的格式，因为诗、词等最早是伴随着演唱而来的，所以在一定程度上具有音乐的属性，有着韵律之美，配上有规律的节奏，读起来朗朗上口。这是节奏上的特点，而在诗歌发展的黄金时期，又呈现出了不同的风格特征：李白的诗飘逸洒脱，杜甫的诗沉郁顿挫，陈子昂的诗质朴刚健。

宋词对词的题材与词牌的拓展，将词的创作推向了高峰，由此，词与诗歌成为并立的体裁，各领风骚。词在表达思想感情方面较诗词更加细腻与丰满。例如，苏轼的《水调歌头·明月几时有》：

丙辰中秋，欢饮达旦，大醉，作此篇，兼怀子由。

明月几时有？把酒问青天。不知天上宫阙，今夕是何年？我欲乘风归去，又恐琼楼玉宇，高处不胜寒。起舞弄清影，何似在人间？

转朱阁，低绮户，照无眠。不应有恨，何事长向别时圆？人有悲欢离合，月有阴晴圆缺，此事古难全。但愿人长久，千里共婵娟。

这首词作于1076年，即宋神宗熙宁九年的中秋，作者在密州（今山东诸城）时所作。词前的小序交代了写词的过程："丙辰中秋，欢饮达旦，大醉，作此篇，兼怀子由。"苏轼因为与当权的变法者王安石等人政见不同，自求外放，辗转在各地为官。他曾经要求调任到离苏辙较近的地方为官，以求兄弟可以多加聚会。

1074年，苏轼到知密州后，这一愿望仍无法实现。1076年的中秋，皓月当空，银辉遍地，词人与胞弟苏辙分别之后，已七年未得团聚。此刻，词人面对一轮明月，心潮起伏，于是趁酒兴正酣之际挥笔写下了这首名篇。诗人将借月亮怀念亲人的心情表达得淋漓尽致。在写景抒情的同时，诗歌中的语言与韵律也很美，特别是下阕中的"人有悲欢离合，月有阴晴圆缺，此事古难全。但愿人长久，千里共婵娟"，成为后世吟咏月亮与怀人的名篇佳句。

其他文学作品中，如"究天人之际，通古今之变，成一家之言"的《史记》，体现了波澜壮阔而又严谨有序的特点。叙事诗中《木兰诗》《孔雀东南飞》等都是抒情诗的代表。戏曲《西厢记》《牡丹亭》中的唱词，是抒情诗的戏剧化，通常在剧本中有大篇幅的抒情唱段。总之，在欣赏优秀的文学作品时，不仅是对文字语言表面的诵读，更是心灵层面的共鸣与享受，它的美不是浮夸的，而是含蓄的，慢慢探索的，是挖掘不尽的。

（二）文学的神韵美与境界美

1. 神韵

中国古代文学中还表现出对神韵的推崇。所谓神韵，指的是言外之意、弦外之音、味外之旨。在中国古代文学作品中，很讲究语言的言有尽而意无穷的表达。明代的陆时雍对神韵很推崇，他说:“有韵则生，无韵则死；有韵则雅，无韵则俗；有韵则响，无韵则沉；有韵则远，无韵则局。”[①] 可以说，陆时雍对语言的神韵给予了极高的赞誉，有韵的语言具有较高的审美性，散发着睿智的光芒。

神韵也是含蓄、有余味的表达，呈现出“无理而妙”的艺术特色。所谓无理，指的是违反一般的现实及思维方式，通过反常的语言表述，来触及读者的艺术体验。读者通常根据自我的生活经验加以领会与理解，来达到对文学作品的艺术特色和作家的思想感情的领悟。例如,《西厢记》中的送别桥段:“碧云天，黄花地，西风紧。北雁南飞。晓来谁染霜林醉？总是离人泪。”泪水能将霜林染红吗？显然不能，但为了突出莺莺的离别之愁，作者运用夸张的手法，写离人的眼泪把漫天的霜林都染红了，在环境渲染上突出了离别时的忧愁。这些无理的描写，恰恰是作品最真感情的外露，这里不再注重一些规律的遵循，而是根据情感的逻辑进行艺术加工。

古代文学的神韵还表现为“其趣在有意无意之间”。明代的王世懋认为“绝句之源，出于乐府，贵有风人之致，其声可歌，其趣在有意无意之间，使人莫可捉着”[②]。叶燮也强调“妙在含蓄无垠，思致微妙，其寄托在可言不可言之间，其指归在可解不可解之会，言在此而意在彼”。的确，有时一个很短的诗句，却是妙语连珠，如果再进一步设身处地地想，就有“天造地设”的感觉。读者在欣赏的过程中，运用自我经验所得到的是一些确切的“可言”“可感”的表现形式，而那些“不可言”“不可感”的恰恰是审美愉悦的过程。

艺术语言之所以具有审美的价值，是因为它生动地传达出作者深层次的思想感情，通过字面的意思，表现欢乐或者悲凉的基调，而内在的感情通过言语进行表达，奠定了诗歌的感情基调。

2. 境界

中国古代文学中的神韵与境界是相联系的，语言只有在一个特定的有情、有景、有心理张力的境界中才能得以凸显。

清代的王国维在《人间词话》中说“言气质，言神韵，不如言境界”。境界原来为佛家的用语，王国维引用来探讨文学艺术，他指出文学有三重境

① 陆时雍 . 诗镜总论 [M]. 北京：中华书局，2014.

② 王世懋 . 艺圃撷余 [M]. 中国台北：台湾商务印书馆，1969.

界："昨夜西风凋碧树，独上高楼，望尽天涯路"是第一个境界。第二个境界是"衣带渐宽终不悔，为伊消得人憔悴"。这是执着地在既定的道路上坚定不移地追求真理，而为之"不悔"，为之"憔悴"。这里不仅有躯体上之苦乏，而且有心志之锤炼。第三个境界是"众里寻他千百度，蓦然回首，那人却在灯火阑珊处"。他还说："古今之成大事业、大学问者，罔不经过三种之境界。"他在《人间词话》中还说境界是诗词的根本，境界是最核心的内容。

境界类似我们平时所讲的意境，只有细细体会文学时，才能体会到境界之美。中国古代文学中很多诗歌创造了独特的意境，富有文学魅力，而对意境的探索，则是朝着文学的根本方向迈进。

第四节　中国古代文学的基本精神

一、中国古代文学中的政教伦理观

在漫长的封建制度的统治下，以儒家为代表的思想影响着我国古代的文人，围绕着"仁爱"这一核心，追求"修身、齐家、治国、平天下"，在文化上呈现出政治教化的功能。中国古代文人以"求善"作为道德目标，以"求治"作为政治目标，在古代文学中这两大目标形成合力，占据着文学观念的主体地位，从而展示了我国古代文学中的政教伦理的特征。它与古代社会的政治、经济、伦理等相互联系、相互影响。中国古代文学的政教伦理倾向的形成，在很大程度上受儒家正统思想的影响，在阐述文学的作用过程中，最终的价值导向会引申到文学的社会功用上来，很少只研究其艺术层面。每个朝代的价值取向虽然有一定的变化，但文学的最终指向仍是社会教化与伦理，这是各个时代的共同之处，给古代文学赋予了较强的政治伦理色彩。

古代文学在内容上多表现为政治与伦理方面的主题。在大量的文学作品中都有普通民众的生活写照，以及表达自我的宦海沉浮、表达国家的盛衰兴亡和表达人生的悲欢离合等，这些都是文学对政治、伦理的反映。一方面，儒家积极入世的精神鼓励人们实现自我价值，探索人的社会性，具有积极意义，突出反映了作者的政治热情、进取精神及强烈的社会使命感。另一方面，在"存天理，灭人欲"上又遏制了人们个性化的发展，对自我感情的抒发常常有所保留，使文学呈现出理性主义的色彩，也就是中和美。有着中和美的文学，没有那种歇斯底里的感情抒发，无论是喜是悲，都能在适度的范围之内进行抒发。这在诗歌中的体现尤为明显，中国诗词中的感情含蓄、节制，常常呈现出“言有尽而意无穷”的特点，这也是中国文学区别于西方的一个最显著的特点。

除了儒家正统思想之外，道家与佛家的思想也是中国古代思想的重要组成部分，并且儒家与道家在关系上更为密切，呈现出个人思想上的互补性。儒家提倡“修身、齐家、治国、平天下”“穷则独善其身，达则兼济天下”的主张，而道家主要以“道”为核心，主张“无为”，强调精神层面的重要性。因此，在文人的身上呈现出两种思想的交合，常常此消彼长：在人生得意时，表现出积极进取的精神；在失意时，又表现为归隐避世的思想。

虽然以积极入世为主的儒家思想是中国古代社会最重要的思想，但以老子、庄子为代表的道家思想对中国古代文人的影响也是巨大的，反映在文学上是艺术形式和艺术风格的呈现。在中国古代文学中，一些优秀的作品常常具有辩证的特点，呈现出虚实结合、有无相生的特点。《道德经》中说：“大音希声，大象无形。”越美妙的音乐听起来越无声响，越美好的形象越缥缈宏远，将审美范畴又提上了新的高度，是超越人为的自然之美。在道家思想指导下的文学创作，不追求刻意的描述，而是追求艺术的想象空间，给读者以很多的留白，通过读者的人生经验与感情体验去解读作品及作者，创造了一种“此时无声胜有声”的艺术境界。

道家还提倡“道法自然”，自然中所具有的淳朴、厚重、历史感等都是其他事物无法比拟的，因此要追求自然美。自然美是对自然景物的客观描述，是现实层面的追求；还有一种更高层次的追求是精神上的，主要表现为作者在创作过程中，会使用一定的技法来突出表现内容，但最后所呈现出的是一种崇尚自然、洒脱不羁的艺术风格——复归大自然的怀抱，追求田园诗意般的洒脱，是中国古代文人很乐意的。因此，道家的“自然之美”构成了中国古典美学精神，成为重要的美学研究内容。例如，淡泊之美——“采菊东篱下，悠然见南山”（陶渊明《饮酒》其五）；宁静之美——“山光悦鸟性，潭影空人心”（常建《题破山寺后禅院》）；空灵之美——“野旷天低树，江清月近人”（孟浩然《宿建德江》）。

二、中国古代文学中的审美意蕴

在文学审美的过程中，中国古代文学的作品呈现出情景交融与融洽亲和的审美意蕴。在审美的过程中，主要的活动形式表现为以下三个方面。

第一，因具体的情景或场景所触发的感情，即触景生情。这是最基本、最普遍的审美情感活动，是审美主体在欣赏自然景物或经历特定的场景时所触发的感受，结合自我体验与人生境遇所产生的感情。

第二，因某些契合点而表现出的感情上的认同，即情感共鸣。从接受角度看，读者在阅读每个文学作品时，因为人生际遇或是感情上与创作者达到了精神上的契合，就会产生共鸣。还有一种现象是读者因为看到作者某篇作品，进而对创作者产生兴趣，折服于其人格魅力，继而爱作者之所爱、恶作者之所恶，对作者形成价值观上的认同，这是审美的深入阶段。

第三，在创作的过程中，将主观的感情转移到客观事物上，反过来又用被感染了的客观事物衬托主观情绪，使人与景物、人与事件融为一体，从而为更集中地表达强烈的感情而服务，这种审美活动称为“移情”。

从以上三种活动形式可以看出，中国古代文学很注重感情的抒发，突出写意，让写实为写意服务。例如，宋代王安石的《泊船瓜洲》：

京口瓜洲一水间，钟山只隔数重山。
春风又绿江南岸，明月何时照我还？

这是一首著名的抒情小诗，通篇都在写景，“京口”“瓜洲”“钟山”“春风”“江南岸”“明月”等都是对景物的描写，但都是为了作者感情的抒发而进行的渲染，主要抒发了诗人眺望江南、思念家乡的深切感情。本诗从字面上看，是表达对故乡的怀念之情，大有急欲飞舟渡江回家和亲人团聚的愿望。这是第一层的思想感情。其实，在字里行间也寄寓着王安石重返政治舞台、推行新政的强烈愿望。

文学的艺术魅力在于创设一种情境，使读者在接受的过程中能获得一种美的体验。在中国古代文学中，所体验到的是一种融洽亲和的美的享受。这种亲和首先表现在与自然的和谐共生上，无论是太平盛世中的农村风光，还是隐士笔下的世外桃源，都能给人以一种清新、愉悦的感受。在这些审美世界里，更多的是艺术上的体验，将情与景进行融合，在情景交融中达到共生。此外，在中国古代社会中，儒家倡导的中和思想，包含着社会层面的柔和之道，在文学中能从容不迫、游刃有余地将所叙述的内容进行表述，给一些正面的、积极的描述镶上了一层柔和的光环。唐诗中的各题材诗歌，往往将中和之情渗透到所描绘的对象中，呈现出人与自然、人与人之间的融洽亲和之感。

三、中国古代文学中的济世精神

在古代，文人与济世就和文人与诗、文人与酒的关系一样密切。在儒家“积极入世”思想的影响下，经世致用成为文学的最重要的表达主题。古代文人的济世精神主要表现在施展抱负、关注人生以及忧国忧民上。

但凡文人，在其作品中都有对自己政治理想的抒发，这是文人的共性。在《奉赠韦左丞丈二十二韵》中，诗圣杜甫抒发了“致君尧舜上，再使风俗淳”的政治理想，表达了他希望能辅助皇帝成为像尧、舜那样的贤明君主，从而实现政通人和、风俗淳朴的理想。

对人生的抒写常常与远大抱负联系在一起，有对人生苦短的感叹，有对永恒境界的无限追求，有对壮志未酬的抒写，还有对人生的本质、宇宙的本源的探索等，总体呈现的风格是较为沉重的。例如，陈子昂的《登幽州台歌》：

前不见古人，后不见来者。
念天地之悠悠，独怆然而涕下。

这首诗写诗人登上幽州的蓟北楼进行远望，但眼前的情景很令人失望，“前不见古人，后不见来者”，故而悲从中来，并以“山河依旧，人物不同”来抒发自己“生不逢辰”的哀叹。语言奔放，富有感染力。在艺术表现上，前两句是俯仰古今，写出时间的绵长；第三句登楼眺望，写空间的辽阔无垠；第四句写诗人孤单悲苦的心绪。这样，前后相互映照，格外动人。句式长短参差，音节前紧后舒，抑扬顿挫，互相配合，大大增强了诗歌的艺术感染力。

但部分诗人也表现出对短暂人生的积极进取与追求精神。例如，曹操的《龟虽寿》：

神龟虽寿，犹有竟时；
腾蛇乘雾，终为土灰。
老骥伏枥，志在千里；
烈士暮年，壮心不已。
盈缩之期，不但在天；
养怡之福，可得永年。
幸甚至哉，歌以咏志。

诗歌中表现出曹操对生死的清醒认识，开头说神龟虽能长寿，但也有死亡的时候；腾蛇能乘云驾雾，但最终也会灰飞烟灭。对于生死，古代的统治者如秦始皇晚年沉迷于服食丹药，以求长生不老，但最终还是以失败告终。这里表达了诗人对生死的清醒认识——再长寿、再神通广大的事物也难免归于尘土，进而体现出生命的短暂。但作者并未沉迷在消极的情绪之中，而是自比一匹上了年纪的老马，虽然屈居枥下，但仍然有驰骋千里的雄心壮志。人生是短暂的，需要在有限的生命中，拓宽生命的广度，需要发挥主观能动性来施展抱负、建功立业。曹操对人生的清醒认识与在有限的时间内积极建功立业的抱负，在统治者中是难能可贵的。

忧国忧民的主题思想是每个时代表达最多的主题，时代的动荡、连年的征战、徭役的沉重，直接导致了百姓之苦。百姓之苦包括妻离子散、饥寒交迫、生离死别。这些苦通常是文人作品中表现的主题。除此之外，文人作品还表现更高的思想层次。例如：孟子的“生于忧患，死于安乐”，范仲淹的“先天下之忧而忧，后天下之乐而乐”等都体现了文人对民生的关注，都是居安思危、民本思想的集中体现。

四、中国古代文学中的批判精神

在中国古代文学中，美刺是诗歌一个重要的社会功能。“美”指的是歌颂，“刺”指的是批判。美刺是中国古代文学的传统，尤其是刺的运用，从《诗经》就开始了，体现了文学反映政治、生活，针砭时弊的社会政治功能。《诗经》试图通过对现实的批判，达到以诗为谏、以诗为刺的目的。《诗经》的主要表现手法是比兴，通过比兴手法的运用，可以进行情感的抒发。常见的借景抒情、情景交融、托物言志等都是比兴手法的具体体现。

在《礼记·檀弓下》中有《苛政猛于虎》一文，记载的是孔子和弟子子路路过泰山时，遇到一名身世凄惨的妇女的故事。当地经常有猛虎出没，每天上演着猛虎食人的场面。在亲人相继被猛虎吃掉之后，妇人独自在亲人的坟前哭泣。但妇人仍然不愿搬离此处，原因是当时统治者实施了很苛刻的暴政，致使人民遭受了无尽的苦难，所以宁愿冒着被老虎吃掉的危险，也不愿被残酷的现实压迫。在民众看来，统治者实行的暴政远比吃人的老虎更可怕，指明了统治阶级实行仁政的必要性。而“苛政猛于虎”也成为广为流传的用于劝解统治者推行仁政、反对苛政的成语。

司马迁的《史记》以“不虚美、不隐恶”的实录精神著称，对统治阶级的荒唐、暴政进行了大胆的批判。在写汉高祖刘邦时，塑造的是一个具有多面性的人物形象。在统一的过程中，刘邦知人善任、深谋远虑，是一名优秀的政治家；此外，他还有虚伪狡诈与流氓无赖的一面。而为了保全性命，刘邦在逃跑的过程中不顾妻子的安危，又体现了其自私的一面。司马迁的实录精神是在真实的历史与人物的基础上建立起来的，通过对人物形象的塑造，最终为真实的历史服务。而批判精神贯穿事件的始终，对史学、文学都有着很深的影响。

杜甫的“朱门酒肉臭，路有冻死骨”是对黑暗现实的强烈批判，在强烈的反差中，体现了艺术的张力，也时刻警醒着统治者关注民生、心怀天下。

第五节　中国古代文学的当代价值

一、文学与文化的关系

关于文化的定义，在《学文化词典》中是这样概括的：“所谓文化，就是人类实践能力、方式及成果的总称。”“文”既指文字、文章、文采，又指礼乐制度、法律条文等。古“文”字有纹理、花纹之意。后来，美好的言语、思想、行为、待人、处世等表之于外的都称为“文”。文明一词就是“文”的延续。“化”是“教化”“教行”的意思。而对于文学来说，它是人类认识世界过程中的情感外化的产物，因此文学无疑是文化的一个重要组成部分。我们应该认识到的是，文学是文化系统中的一个子系统，与其他的文化因素一起组成了文化，因此它所呈现的特征、所具备的功能都会受到文化的影响，随着文化的变化而变化。文学从根本上说，是受制于人类文化的发展规律的。文学分为形式与内容两个方面，无论是形式还是内容都与文化有着密切的联系。作品的内容自不必说，什么样的文化造就什么样的文学内容，文学形式的产生也与文化有着密切的关系。例如，新诗的产生与“五四运动”有关，法国哲理小说的产生与法国的启蒙思想有着密切的关系。以上例子都说明文化现象影响文学形式的产生，特定的文化现象造就了相应的文学形式。

（一）文学现象

文学与作家有着密切的联系，在某种程度上作家是文化模塑的结果。也就是说，文学特别强调作家的创作才能，但是真正伟大的作家是具有超越文化的能力的，这里的超越不是无限度的超越，而是有限的。作家最终所呈现的文化深层次的东西是不变的，这些东西积淀成民族的集体意识得以流传，成为中华民族的精神内涵。马克思曾经说过，人是历史的创造者，但创造并不是随心所欲的，而是以既定的事实为基础的。因此，作家总是享受着前人的成果，站在前人的肩膀上进行创造。虽然文学史上有时代的叛逆者，如魏晋时期的文人，他们有着超越时代的精神内核，遨游在超越时代的长河中，但绝大多数的作家仍然以现实主义为切入点来关照现实社会，在叛逆的背后，也可以视为对现实社会的一种逃避。

作者发而为声，就成了文学作品。作品是连接作者与读者之间的桥梁，是作者感情的外化，文学作品最终将作者的个人行为引向了群体行为。在文学产生的最初时期，作家进行创作之前，其实就有一个想象的受众群体。这个想象的受众群体的任务是与作品进行对话，直到作品面世。创作的过程，是具有社会性的活动。而文学也成为构筑文化的一个重要部分。

（二）文学与文化的生态关系

1. 文学与文化之间是密切的双向互动的关系

在组成文化的各个要素中，涉及政法、道德、宗教、哲学层面的文化，还有包括构成文化核心的人生观、价值观和世界观等都与文学有着密切的联系。文学反映文化的内容，在文学作品中能将文化具体化、艺术化，同时因为作家情感层面的影响，文学创作还能在不同程度上影响文化发展的进程。

首先，看政法方面的内容。中国古代社会采用“礼乐刑政”来维护统治秩序。礼，指的是道德伦理；乐，指的是文学艺术；刑与政，是政治、法律范畴的内容。在这一过程中，文学起着重要的作用。通过文学的创作与传播，客观上促进了统治阶级对政治、法律、道德标准的传播。政法与道德伦理是相辅相成的，一般来讲，如果道德伦理方面建设良好，就可以更好地为社会的长治久安服务，这也是现代社会如此看重德育的原因。文学的创作并不能直接反映政法及伦理道德，但可以通过文学独特的形式向人们传达真、善、美，在大众接受的过程中不能直接与政法、道德产生关联，但最终达到了宣扬政法及道德的目的。文学艺术的魅力在于使人们的精神世界得以升华，进而推动道德、伦理秩序的构建。

其次，宗教与文学的关系也很密切。这两者的共同之处在于，它们都不是具体的，而是抽象的，都需要想象才能达到。在古代社会，由于文史哲不分家，也常常产生文学与宗教掺杂在一起的情况。文学作品中有很多宗教色彩，在宗教中又渗透着许多文学的内容。宗教有迷信的成分，但在一定的条件下，宗教对社会的稳定有着巨大的贡献，成为维护国家统一和民族团结的有力武器。

最后，文学与哲学的关系最为密切，文学的高级层次是哲学，哲学通常需要借助文学来进行形象化的论述。读文学能得到审美上的愉悦，读哲学能得到精神上的升华。在中国文学早期的形式中，往往呈现出文史哲不分家的情况，慢慢地文学与哲学开始走向独立。到后来，文学主要通过形象的描述来表现客观世界，阐释人与自然和社会的关系；而哲学主要通过抽象的概括去阐释人与世界的关系，回答人与宇宙生存的基本问题。

当然，并不是所有文学作品都要表现政法观念、哲学和宗教，这样就成了政论文，政论文只是文学的一种形式。人们阅读文学作品主要是为了自我心灵上的审美愉悦，而一部优秀的文学作品必然包含着各个方面以及审美的综合体验，既包括社会的百态，也包含对人生的思考与深刻的哲理，兼具出色的语言描写、文学描写以及丰富的想象力。

2. 文学与文化的相互促进

文学与文化的相互促进主要表现在三个方面：一是文学作品是反映文化丰富内涵的主要形式，有时对文化表示认同，有时对文化持否定态度，在一定程度上促进或制约着文化的发展与进步。二是作家的精神状态因受到自己文化视野和文化信仰的制约，也可能使作品对文化的发展和进步产生消极与负面的影响；三是文化所形成的环境，既可能因其先进的趋势而使文学得益，使作家写出具有高度思想和艺术水平的作品；也可能因其颓败的趋势而阻碍文学的发展，使众多作家的作品走向平庸和颓废，跌落在创作的低谷之中。所以，创建良好的文学与文化的互动生态关系，成为我们今天所要特别重视的。

文化与文学的关系是相辅相成的。在文学史上，“大唐气象”就与当时的大唐包容、进取的文化有关。文化是文学赖以生存和发展的土壤，文学创作必须从时代文化中汲取营养。文化是文学的来源，丰富的文化孕育着丰富的文学，相反，贫瘠的文化也会造成文学创作的狭窄。对于作家来说，作家的文化素养越高，其作品呈现的思想深度越高。反过来，文学对解读文化和传播文化有着积极的作用，文学对文化的推动作用主要表现在促进读者的文化素养的提高上。

对于文学的发展要坚持中国一贯的文化政策与方针，包括“古为今用，洋为中用”“推陈出新”“百花齐放，百家争鸣”等。文学与文化的发展都需要依靠开放的态度与胸怀，尤其在现代社会，文化与文学都要保持开放包容、兼收并蓄的姿态，创设具有开放性与包容性，同时兼具正能量的文化与文学。只有这样，才有助于现代社会精神层面的建构。

二、优秀传统文化与“文化强国”“文化走出去”战略

（一）优秀传统文化与“文化强国”

2011 年 10 月 18 日，在中国共产党第十七届中央委员会第六次全体会议上通过了《中共中央关于深化文化体制改革推动社会主义文化大发展大繁荣若干重大问题的决定》（以下简称《决定》），会议全面分析了我国当前的形势和任务，认真总结了我国文化改革发展的丰富实践和宝贵经验，研究部署了深化文化体制改革、推动社会主义文化大发展大繁荣，进一步兴起社会主义文化建设新高潮，对夺取全面建设小康社会新胜利、开创中国特色社会主义事业新局面、实现中华民族伟大复兴具有重大而深远的意义。包括以下几个方面的内容：

（1）充分认识推进文化改革发展的重要性和紧迫性，更加自觉、更加主动地推动社会主义文化大发展大繁荣。

（2）坚持中国特色社会主义文化发展道路，努力建设社会主义文化强国。

（3）推进社会主义核心价值体系建设，巩固全党全国各族人民团结奋斗的共同思想道德基础。

（4）全面贯彻“二为”方向和“双百”方针，为人民提供更好更多的精神食粮。

（5）大力发展公益性文化事业，保障人民基本文化权益。

（6）加快发展文化产业，推动文化产业成为国民经济支柱性产业。

（7）进一步深化改革开放，加快构建有利于文化繁荣发展的体制机制。

（8）建设宏大文化人才队伍，为社会主义文化大发展大繁荣提供有力人才支撑。

（9）加强和改进党对文化工作的领导，提高推进文化改革发展科学化水平。

《决定》中提及关于优秀传统文化与“文化强国”的关系时，肯定了优秀传统文化的基础性地位，《决定》指出：“优秀传统文化……是发展社会主义先进文化的深厚基础，是建设中华民族共有精神家园的重要支撑。”

中国传统文化经历了几千年的历史积淀，留下了大量优秀的作品，具有丰富的思想内涵。中华传统文化涵盖思想、文字、语言、艺术等方面，是一个较广的范畴。最先产生的是六艺，也就是礼、乐、射、御、书、数，然后是生活富足之后衍生出来的书法、音乐、武术、曲艺、棋类、节日、民俗等。这些都是与人们的日常生活息息相关的，都是我们享受它而不自知的东西。之后就是以儒家学说为代表的“仁、义、礼、智、信”。儒家学者们强调“仁”，认为“仁者爱人”，又衍生出“泛爱众”“老吾老以及人之老，幼吾幼以及人之幼”“亲亲而仁民，仁民而爱物”“勿以善小而不为，勿以恶小而为之”；强调“义”，主张重义轻利；追求“礼”，即要树立一种人类社会共同的价值观，用以调整和约束人们的社会行为；追求“智”，构成四德或四端；追求“信”，讲究以诚信立人、以诚信立国。

我们认为，在仁爱、忠孝、信义、和平等元素中，“仁爱”的价值尤应予以深度的挖掘与阐发。“仁爱”是我国千百年来的核心价值体系中最为重要的价值，同时自启蒙运动以来，我国的“仁爱”这一“己欲立而立人，己欲达而达人”和“己所不欲，勿施于人”的价值观与西方“博爱”的理念早已经处在沟通与对话的过程之中，并成为我国对世界的一种贡献了。

中国古代讲究天人合一，讲究人与自然的和谐相处，承认世界具有客观性，在自然面前主张人与自然和宇宙的整齐划一。中国传统哲学有着天、地、人、物、我之间的相互感通，具有和谐相融的观念与智慧。中国人秉承天人合一的文化理念，认为人与自然是一个有机的整体，在天人、物我、主客、身心之间是有相关性的。它打破了自然与人之间的界限与隔阂。中国文化是以人为本的，是围绕人来展开的，注重对人在精神层面的挖掘，它的全部体系以人为中心进行辐射，人所构建的人文及道德体系就蕴含其中，产生着积极的意义和重要的作用。传统的诗、书、礼、乐代替了以往宗教的功能，开始注重强调教化的意义，表现为重视人文教育，但与宗教、自然、科学等的关系是相互独立的，并非相互对立。中国文化由此以人及人文为中心，不断地对其他的艺术形式进行消化与吸收，从而形成新的文化。这一文化平和而又理性，不会走向偏激与迷狂。而中庸之道所蕴含的“和而不同”“即凡即圣”等，充斥在文化之中，是能代表传统的优秀的中国元素。

从中国的传统文化中确实能找到适合中国乃至适合世界其他国家发展的参考和依据。中国传统文化中的诸多价值理念已超出了民族、国家的界限而具有世界的、普遍的意义。在五千多年文明的发展历程中，中华各族人民共同创造出源远流长、博大精深的中华文化，有着很强的现实意义。中华传统文化不仅是中国人民前进的精神力量，亦可以与现代西方文明起到互补的作用。我们既要弘扬民族优秀文化传统，又要按照《决定》的要求，“学习借鉴国外文化创新有益成果，兼收并蓄、博采众长”。我们要全面客观地挖掘、阐发传统文化的思想价值，使优秀传统文化成为新时代鼓舞人民前进的精神力量。

（二）在基础教育以及高校通识教育领域增加传统文化课程

中小学教育乃至高等学校的通识教育对一代代国民的基本素养的形成与提高最为关键。《决定》指出：“发挥国民教育在文化传承创新中的基础性作用，增加优秀传统文化课程内容。”我国传统的教育，特别重视培育孩子健康良好的心态、性格、情感与品行，使其具有一定的文化教养。古人说的“蒙以养正”或“正蒙”，即开蒙的时候一定要端正。这是说，由有德的家长与教师对儿童进行发蒙，教他立志做一个正直的人、有理想情操的人。传统文化宝库中有许多脍炙人口、传之久远的蒙学读物，如《三字经》《百家姓》《千字文》《千家诗》《弟子规》《幼学琼林》等，还有一些家训、家礼、家书等读物，剔除其时代局限与糟粕，可以作为幼儿教育和小学教育的教材。《四书》《史记》等经典中都有不少有益身心的圣哲格言，教育我们如何立志有恒，如何做一个对民族、对人类有用的人，可以作为中学以至大学阶段的传统文化教材。就取得全社会普遍的文化认同、伦理共识与终极关怀而言，每一个中国人都应当掌握好母语，具备中国历史文化的常识。

（三）在高等学校加强以“国学”为核心的传统文化学科与教学研究基地建设

“全面认识祖国传统文化”是“古为今用”的前提，这是高等学校相关人文学科的重要使命。与近现代西方学术注重分科的传统不同，中国传统学术一直强调文、史、哲、艺贯通，义理、经世、考据、辞章一体。清末民初，章太炎等用“国学”这一概念来概括中国传统学术，20世纪二三十年代，北京大学、清华大学、燕京大学等先后设立国学教学研究机构，倡导以国学教育为主旨的无锡国学专修学校在国学方面也很有影响力，“国学”高等教育体系初见规模。但是，在西方学术体系强势进入的大背景下，中国传统学术逐渐被分割为“文、史、哲、艺”，诸学科分别发展，独立的国学研究机构逐渐减少。

而且，国家学科主管部门至今未将“国学”列为单独的一级学科，使“全面认识祖国传统文化”的人才培养与学术研究遭遇了体制性障碍。我们认为，为了积极贯彻党的十七届六中全会的《决定》精神，必须尽快在高等教育领域设立国学一级学科（或学科门类），一定要下苦功夫，扎扎实实地培养深通古文字学，以及经、史、子、集和各民族、各断代、各地域主要历史典籍与文献的人才，并一代代传承下去，真正实现《决定》中提出的“全面认识祖国传统文化，取其精华、去其糟粕，古为今用、推陈出新”的目标。

三、中国古代文学的当代价值

在中国古代文学中，有多种多样的文学形式，其中诗歌和散文最具代表性，古代文人都有赋诗作文的传统，因此在古代文学中，诗歌、辞赋和散文的创作历史悠久。每一个时代都有自己相应的文学特点，从《诗经》、《离骚》、汉赋到唐诗、宋词、元曲、明清小说等，文学形式多种多样，文学作品的数量也是极为可观的。中国古代文学从历史的发展角度看，经历了五千多年的发展历程，积累了大量内容丰富、思想深刻、内涵独特的作品，对国内甚至国外都有着深远的影响。因此，我们将经典的文学作品作为中国古代文学珍贵的遗产加以继承和利用，对当代的文化建设有着积极的推动作用。优秀的文学作品经过一代代传承，往往具有一定的功用和社会价值。通常情况下，文学的价值功用可以分为观风、刺上、明德、经国、劝诫、载道、自娱、娱人等多种形式。在古代文学中，很多作品是用来回忆历史、传承经典、启迪思想、交流感情的，对丰富人们的精神世界、提高人们的审美能力以及推动中华文明的建设具有积极的作用。文学作品作为一种独特的审美形态，它的本质特点是具有审美魅力的文学作品通过对对象的客观描写，结合自身的感情体验创造出独特的艺术形象，是用以表达作者思想感情的媒介，给人以独特的美感享受。文学作品一旦离开了审美感染力，就会失去价值和存在的意义。正是因为审美价值、审美魅力的存在，中国古代文学才能绽放出绚丽的光彩。

中国古代文学具有文化、认识、教育以及应用的价值。具体表现在以下几个方面。

（一）古代文学的当代文化价值

中国古代文学是中国文化的重要组成部分，它凝聚着中国优秀传统文化的精髓与内涵。一般来讲，一部优秀的文学作品所凝聚的是民族的历史发展史、民族的心理发展史，以及民族的人生观与价值观的发展史。朱自清曾经提到，在教育过程中要阅读经典，因为经典的价值更多的是对文化的独特体验，所以中国古代文学中的经典最重要的价值在于对民族文化的积累与传承。在中国传统文化中，最具影响力的当属文学。文学是对现实生活的高度概括，它包含着作者的创作热情与思想内涵。通过对文学作品的阅读，我们可以了解当时社会的政治、经济、文化、思想等。文学作品蕴含着我们中华民族特有的精神内核和审美取向，这种包容性与创造性是其他形式所无法替代的。

（二）古代文学的当代认识价值

文学作品是一个复杂的存在主体，其中渗透着历史知识、文化知识及审美创造。文学的创造首先是对客观世界的反映，同时加入了对现实生活的审美反映，文学作品可以帮助读者更形象地了解当时所处的社会生活环境，因此文学具有认识价值。

这里要着重强调文学的审美性，文学作品并不是对现实生活的机械反映，而是作者深厚的思想与丰富的感情结合的产物，是对客观世界能动的反映。阅读一部优秀的文学作品可以找到与主人公产生共鸣的情感，在古代文学中，我们可以看到对美不懈追求的屈原、飘逸洒脱的李白、沉郁顿挫的杜甫，可以看到塞外“大漠孤烟直，长河落日圆”的塞外风光，也可以看到“小桥流水人家”的江南美景，这些都是古代文学所带来的独特形象和审美体验。

（三）古代文学的当代教育价值

所谓“腹有诗书气自华”，阅读中国古代文学、掌握文学经典有助于促进个人素质与教养的形成。中国古代文学独特的教育价值在于它能对人产生无形的影响，促进人的性格、气质、胸怀、气度、精神等的形成。中国古代文学有助于陶冶人的情操，提高人的文学素养，从而对完善我们的人格起到积极的作用。在当今时代，文学素养对一个国家、一个民族来说显得尤为重要。文学最大的功用应该是情感上的教育，文学所注重的是人的情感的抒发，在文学作品中可以领略主人公的悲欢离合，在现实中很容易与书中的人物同喜同悲，所以文学很重要的一点就是教育人应有同情心。文学还教会人欣赏美，在海量的优秀文学作品中，有很多作品是对大自然的美的客观描写，通过阅读古代文学作品，可以领略到祖国壮美的河山，这种壮美可以拓展人们的眼界与胸怀，这种独特美的体验是对精神世界的丰富。随着社会主义市场经济的不断发展，树立正确的价值观和人生观，对整个社会来说是重中之重。对精神世界的扩展表现在正确人生观和价值观的树立上，积极的进取精神、豁达的心胸气度等都是古代文学对社会主义现代化建设在精神层面的构建。中国古代文学固然不能解决所有的社会问题，但是古代文学在当代社会中有其独特的价值，因为优秀的文学作品所传达出的是正向的价值观，其中所蕴含的人文精神、思想内核、审美能力、处事智慧等，对现代人的心理有着积极的引导作用，可以指引现代人走出各种人生困境，因而我们每个人都需要将中国古代文学摆在恰当合适的位置并积极地去践行。社会主义现代化建设所要求的是经济、政治、文化各个方面的繁荣，中国古代文学作为文化建设的重要组成部分，在精神领域对经济、政治各个方面产生了影响，所以继承和发展中国古代文学对当代的社会建设来说是非常必要的。中国古代文学的许多教育理念是当代学校教育参考的蓝本，其中的教学思维、教学内容、教学原则及教学方法都成为现代教育体系的重要内容。比如，中国古代文学中的蒙学部分就有很高的教育价值，对儿童早期的智力开发和习惯养成具有积极的作用。

（四）古代文学的当代应用价值

中国古代文学更多地表现出非功利的价值，但除了这些以外，中国古代文学还有外在的较为实用的功利性的价值，这些可以帮助中国古代文学进行转化，实现其外在的价值体现。在中国古代文学作品中，诗人给读者营造的是一个共同的第二故乡，当踏上诗中所提到的地方时，人们会产生一种自然而然的亲近感，想去寻找诗人当年的所感所悟。

就目前来说，各地旅游景点开始注重对旅游景点的历史文化与故事的挖掘，如兵马俑和长城都与秦始皇有关。当时秦始皇不顾众人的意见修筑了万里长城，将人类历史上最浩大的工程留给了后世，如今成为当地旅游的一个地标建筑。兵马俑也是当地的一道独特的风景。这些都是旅游与古代文学的结合点，景点与人物的结合通常以历史与故事相结合的方式呈现。又如，隋代隋炀帝时期开凿的京杭大运河，当时是我国南北交通的动脉，促进了经济与交通的发展。如今运河的漕运功能已经逐渐衰退，河道慢慢地变窄，但它所沉淀的几千年的深厚文化却无法磨灭，当地在京杭大运河的基础上开发了旅游资源。我们看到的京杭大运河是隋炀帝当年力排众议建造的，隋炀帝当年生活奢侈，可以结合故事展开叙述。此外，各地的申遗工作很多都是与中国古代文学相联系的，具有悠久的历史与文化价值，这些都是促进中国古代文学进行功用转化的有效表现形式。

第三章　中国古代文学与当代文化

第一节　当代中国文化的内涵

一、当代中国文化

中国文化经历了从封建社会为代表的传统文化向社会主义的当代文化的转变。传统文化受到“西学东渐”的影响以及马克思主义思想的广泛接受与传播的作用，加之五四新文化运动的影响，发生了很大变化，主要表现在以下几个方面。

（一）文化的转变

中国的社会经历了巨变，由封建社会向半殖民地半封建社会转变，再由半殖民地半封建社会向社会主义社会转变，从时间跨度上大约经历了百年。在这百年时间里，社会的政治、经济、文化等都发生了巨大的变革。这两次的过渡并不是经济、政治与生产力变革推动而产生的，而是外国用武力的形式，打开了中国封建社会的大门。

首先是鸦片战争到五四运动之前的这段时间，中国“闭关锁国”“自给自足”的优越感被打破，开始向西方学习。一些向西方学习的举措如洋务运动、维新变法、辛亥革命等，虽然都以失败告终，但中国人西学东渐的脚步从未停止。学习西方，主要学习西方先进的文化与技术，但学习的程度仅停留在简单照搬和模仿阶段。封建传统几千年的束缚，导致新文化想要冲破封建藩篱，但旧文化又将新文化束缚起来。人们为了使两者达到平衡，开始了对“中学为体，西学为用”的探索。对于西学东渐，则是历史发展的必然趋势。

五四运动之后，中国的思想文化有了重大的转变，“五四运动以后二十年的进步，不但赛过了以前的八十年，简直赛过了以前的几千年”[①]。这主要表现在两个方面。首先是西方的资产阶级启蒙思想中的“德先生”与“赛先生”，即民主与科学在中国广泛传播，掀起了一场新民主主义革命。其次，马克思主义在中国的传播为中国的文化界注入了新鲜的血液。俄国十月革命胜利后，马克思主义传入中国，给中国无产阶级革命带来新的认知与方法论。

① 毛泽东．毛泽东选集：第 2 卷 [M]. 北京：人民文学出版社，1969.

1949年10月1日，中华人民共和国成立，马克思主义作为中国文化的指导思想与理论，得到深入的发展，继续发挥其巨大的功用，为我国的社会主义建设服务。1978年党的十一届三中全会以后，我国开始了改革开放，对外来的思想与观念有了更强的包容性，这就促使当代中国文化迅速发展与繁荣，呈现出百花齐放的局面。

（二）当代中国文化的特点和性质

1. 当代中国文化的特点

当代中国文化呈现出以下几个特征：

（1）当代中国文化的现实性。当代中国文化是在社会主义背景下发展的，是立足当下时代的需求与改革开放的，对于改革道路上所遇到的问题，从文化角度加以阐释，对社会主义的建设起到了巨大的推动作用，促进了物质文明与精神文明的发展，有助于促进社会主义和谐社会的构建，加快了建设小康社会的步伐。

（2）当代中国文化的广泛性。在古代，所谓文化，多限定在文史哲的范畴之内；而当下的中国文化，具有包容性与广泛性的特点，不仅表现在多种学科如社会学、政治学、历史学、哲学、伦理学、文学等的产生上，还表现在现代学科的跨学科交叉与渗透上。社会科学与自然科学不再有严格的界限，而是相互影响、相互渗透，呈现出综合的趋势。研究人类的语言、心理、思想、伦理、审美追求、生活方式、包容性等，都纳入文化的范畴中，具有普遍性、广泛性的特点。

（3）当代中国文化的世界性。随着全球化进程的不断加速，中国文化呈现出巨大的包容性与强大的生命力。一方面它需要不断地展示自我，获得全世界的认同；另一方面，需要不断吸收先进文化，来发展壮大自己，完成自我的更新与发展。中国文化正以崭新的姿态站在世界面前，以期获得最广泛的认同。

2. 当代中国文化的性质

我们将当代文化细化，其性质表现在以下几个方面：

（1）当代中国文化的指导思想与理论基础是马克思主义，这是中国社会经过反复实践得出的历史经验，应该一直坚持。

首先，中国文化必须在马克思主义开辟的道路上前行，一切与马克思主义背道而驰的思想都是不可取的。只有坚持马克思主义道路，才是坚持了文化发展的正确方向。

其次，避免偏激思想的干扰。当代中国文化呈现出的是它的包容性与广泛性，可以容纳不同的思想与文化，在发展的过程中，构建了一个符合中国特色的社会主义文化体系。这个体系具有勃勃的生机和很强的竞争力。

（2）当代中国文化需处理好古与今的关系。不可否认，当代中国文化之根仍然在传统文化之中，在自身发展的同时，又加入了马克思主义思想及西方文化。当代中国文化需要不断地从古代文化中汲取精华，在扬弃的基础上进行继承与发展。如果全盘否定古代文化，势必影响我国文化的发展。在对待古代文化时，要进行全面的梳理，汲取符合时代潮流的文化精华，舍弃不合时宜的文化糟粕，从而真正地将古代文化的血液注入当代中国文化之中。

（3）在发展当代中国文化的同时，要处理好中国文化与外来文化的关系。首先，要立足中国社会发展的国情，从现实需要出发。中国文化有自身发展的特征：一方面，中国人口众多，在经济发展的过程中呈现出不平衡的趋势。知识水平较高的对文化要求也高，而受教育程度较低的对文化的要求较低；另一方面，当代中国文化的文化心理仍然受自然经济、农业社会的影响。其次，在认清这些国情之后，要因地制宜地加以发展。在对待外来文化的态度上，当代中国文化需要以开放的姿态进行交流与借鉴，汲取外来文化中的精神成果，学习外来文化中的智慧，让其服务于社会主义现代化建设的发展，从而为我所用。

二、当代中国文化与社会主义先进文化的关系

社会主义先进文化指的是具有中国特色的，以马克思主义为指导的，以培养有理想、有道德、有文化、有纪律的“四有”公民为目标的，面向现代化、面向世界、面向未来的，民族的、科学的、大众的，积极向上的中国特色社会主义文化。

社会主义先进文化致力于发展与繁荣中国文化的文化价值体系，是先进文化的代表。社会主义先进文化是当代中国文化的主要组成部分，具有以下五个特点：

（1）社会主义先进文化离不开先进的社会生产力的发展。

（2）社会主义先进文化是科学的文化，是能为我国社会主义建设所用的文化，具有严谨的科学精神、丰富的科学内涵、先进的科学方法，经得起实践的考验。

（3）社会主义先进文化能在自身的发展过程中不断进行自我更新与发展，不受消极因素的影响，呈现出较强的生命力。

（4）社会主义先进文化与最广大人民群众紧密联系在一起，具有能创造物质文明与精神文明的功能。

（5）社会主义先进文化呈现出强大的包容性，是能海纳百川、博古通今的文化，来自人民群众的不断实践。

对于当代中国文化来说，社会主义先进文化的政治性更强，具有更加鲜明的指向性，而当代中国文化具有广泛性，除了社会主义先进文化之外，还包括外来文化、中国传统文化等。

三、古代文学指导当代文化的塑造

（一）文化与中国古代文学

所谓文化，指的是社会政治、经济之外的精神活动及其产物。文化又分为精神文化与物质文化。文化是人类发挥主观能动性在不断地探索自然和改造自然的过程中所形成的一种现象，它通过语言或是文字进行传承与发展。

文化与文学的关系表现在文学是语言文字的艺术（文学是由语言文字组构而成的），往往是文化的重要表现形式，以不同的体裁表现思想感情，再现一定时期、一定地域的社会生活。

中国古代文学是中国传统文化的外化之一，它凝结着中华民族的思想感情、行为准则与道德标准。人们通过分析中国古代文学作品，可以进行文化层面的探讨。因此，古代文学不仅有文学特性的存在，还有它独特的文化属性，承担着传播传统文化的重任。一个民族如果没有了文学性，就不会留下民族诗性的生产轨迹；一个民族如果失去了文化血缘，就不会再有未来的出路。从这方面看，文学与文化共同组成了民族的气质与风格，是民族固有的特征。

（二）当代中国文化与古代文学

当代中国文化具有普适的价值，对社会主义的发展有着重要的意义，特别是社会主义先进文化为推动我国社会的发展、改革的深化起到了积极的作用。而中国古代文学要想推进当代中国文化的建设，就要服务于时代发展的需要，将中国古代的优秀传统文化加以继承。中国古代文学具有深厚的文化底蕴，为当代中国文化的发展提供了不竭的动力。在利用古代文学构建当代中国文化的过程中，需要做以下几点：

第一，价值比兴趣重要。在学习古代文学的过程中，要选取适应当今潮流发展的内容。有的内容正是兴趣之所在，其所体现的文化价值正是时代的最强音，这样是最好不过的。但大多数情况是价值与兴趣相悖，这时候价值部分可能呈现出的并不是兴趣之所在，需要一定的意志力才能完成，我们需要做的是秉持正确的价值取向，使古代文学与当代文化和谐共生。而在这一过程中，需要强调的是，古代文学的价值与兴趣相比，更为重要，这关乎构建的文化能否为社会所需要。

第二，对古代文学的内容要进行扬弃。中国古代文学发展到今天，已经是一个集思想、文学、文化、哲学、史学为一体的庞大体系，而如何对古代文学的内容进行选择呢？这就需要有独特的方法，在古代文学中有这样一个现象，由于早期的文学晦涩难懂，后世对其加以解说，使其通俗化。而随着时间的推移，还出现了对解说再进一步解说的现象。这样发展到今天，逐渐呈现出卷帙浩繁的情况。因为在解说的过程中解说者加入了主观的情感体验与思想，所以越到后来，解说的内容与原作者的关系越疏离，对原作的把握也多从后世的较为通俗的著作中理解。殊不知，这样的方法并不是真正的扬弃。因此，汲取有些文化理念要从原著入手，虽然早期文字晦涩难懂，但其所呈现的才是典籍本来的样子。当下信息泛滥，现代传播媒介的发展更是呈现出纷繁复杂的局面，想要挖掘中国古代文化就必须回归原著，立足文学本身，只有这样才能正确解读传统文化的精髓。

第三，对优秀文化的传承关键在于传播手段。在解读古代文学的过程中，要注重对语言分析能力的培养，将语言与文学鉴赏联系在一起。另外，对一些经典的国学内容要进行强化记忆，从而将其内化。例如，现在中小学普遍开设了国学经典课程，加入了诵读的元素，这有利于传统文化的继承，也是弘扬我国优秀文化、构建现代文化的积极尝试。

第四，古代文学要想服务于当代社会发展的文化建设，就要不断强化其成果转化的时间。可以利用现代传播媒介，如网络、电视、广播等传播手段，进行广泛的推广，达到横向的扩展。要针对不同受众的特点与需要进行不同形式的宣扬，对于知识储备较少的群体，可以以科普的形式进行传播，加入一些当代大众喜爱的元素；对于具备专业知识的人士，可以采取讲座的方式，以权威、专业取胜，来进行传统文化的解读；在高校，可以开展不同形式的文化宣传，对于一些德育学科，可以加入传统文化的研究成果进行整合。总之，想要为当代文化服务，就得适应当代的国情，符合时代的发展要求，从而提高其价值转化的能力。

第二节　多领域发展的古代文学视角与思维

近年来，“国学热”在全国范围内呈现出升温的态势。一方面，“国学热”中加入了许多现代元素，体现了时代改革创新的精神；另一方面，也从侧面反映了中华民族藏在深处的自我意识的觉醒，随着我国社会主义制度的不断发展和社会主义市场经济的逐渐完善，民族自信心逐渐增强。

一、中国古代文论的创新性发展

中国古代文学开始觉醒，首先表现在中国古代文论的发展上。中国古代的文论研究与发展思路成为学术界研究的热点，研究古代文论的方法、语境、视角也呈现出多样性。

“中国传统的文论特点更多地表现为在直接基础上的一种猜测、感悟和体验，因而必然表现出模糊性和非逻辑性的特点。”[①] 这样的特点与西方文论的特点恰恰相反，西方的文论强调严密的逻辑性与思辨性，具有较强的理性色彩。但近几十年的中国古代文论的研究侧重于对西方文论的理论分析，这就造成了一些形象思维的剖析达不到准确的效果。我们在发展古代文论的过程中要注意本民族文论的特点，用发展的眼光、辩证的思维去发展中国古代文论，一味地削足适履去适应西方文论的观点，显然是不可取的。中国古代文论的现代转化，需要运用科学的方法去寻找突破口，探寻其与现代精神的契合点，从而进行深入的研究。

中国古代文论如何实现现代转换，走出现有困境，主要有以下几个值得实践的地方。

（一）实践中国古代文论的转换

在中国古代文论中，有许多很重要的观点值得后世的继承与发展。《论语》中的“《诗》，可以兴，可以观，可以群，可以怨”，《史记》中的“发愤著书”说，董仲舒的“诗无达诂”法，欧阳修的“穷而后工”说，都是古代文论的代表观点。这些观点清晰可感，可以直接为现代人所感知，直接进行解读。然而，也存在一些特殊情况，如“意境”“神韵”“旨趣”等，这

① 童庆炳 . 中国古代文论的现代意义 [M]. 北京：北京师范大学出版社，2001.

些词语的抽象性与模糊性很强，需要进行进一步的梳理，以寻求一种新的突破，实现与现代的连接。这时候，就需要将之与西方的文论进行结合，只有将其具体化、清晰化，才能为现代文论提供参考。比较典型的例子就是王国维的《人间词话》，将对境界的阐释化为境界说，并引入前代的诗词对三重境界进行解说，一下就将抽象、不可感的理论生动化。这些文论的现代转换过程中，不仅有现代元素的加入，还有人们对古代文论观点的新的认识，对文论意义的生成起到了重要的作用。

同时，古代文论的现代转换应该体现现代的视野与思维形式，从文化诗学的角度去解读古代文论就是一个代表。文化诗学涉及语言学、历史学、心理学、哲学等多个学科之间的内在联系，以多个学科的现代性来解读古代文论，必然会实现古代文论的现代性转换。

（二）古代文论与西方文论的结合

就当今的时代发展而言，开放是一个国家强盛的必然途径。就文化来讲，需要的是具有普遍性与世界性的文化展现。真正优秀的文化，不仅属于过去，还属于现在和未来。真正优秀的文化超越了国家、地区和民族的界限，不仅是属于民族的、属于世界的，还是属于生活在地球上的全人类的。

西方文学理论研究的时间较早，其体系较为完善，我们在继承优秀文论传统的同时，还需要从西方文论中汲取养料，学习西方的优秀文论研究成果，保持对话，实现继承发展古代文论与借鉴西方文论的两大方向的并行发展。在解读西方文论的过程中，语境、文化等方面的差异，导致文论解读很被动。尤其现在西方霸权主义愈演愈烈，西方的意识形态强势进入，文化西化的现象时有出现。彻底摒弃西方文论的做法与开放的观念相悖，显然是不现实的。

在文论翻译上，在翻译的过程中尝试从古代文论的视角去解读西方文论，吸收有益的部分进行发展。西方文论与古代文论之间具有较大的差异性，应充分利用西方文论中的优秀理论，运用现代方法与理念，与古代文论进行比较，加入创新性的方法，发扬古代文论的精髓，扩展新的文论观点。当今时代的发展模式就是求同存异、异质互补，与时俱进的观念对文化提出了更高的要求。孔子曾说过："三人行，必有我师焉。择其善者而从之，其不善者而改之。"这阐述的是个人的修行，将其扩展至国与国之间、文化之间同样适用。文论与文论之间需要进行不断的碰撞才能产生新的观点，我们需要保持一种虚怀若谷、兼容并收的态度，才能构建具有普遍性、世界性的文论体系，实现中国古代文论的现代转换。

二、当代精神文明建设与中国古代文学

中国古代文学的许多作品重视精神方面的传统，这使作品具有较高的精神价值，为构建当代精神文明建设提供了参考。

（一）当代精神文明

社会主义精神文明建设是民族文化一个重要的组成部分，与民族文化的发展具有同步性。21世纪的中国文化具有民族性与世界性。民族性要求立足民族文化本身进行阐释与发展；世界性是全球化经济的必然要求，不同的文化之间经过相互吸收与相互影响，形成了文化的世界性。当代的精神文明建设只有在时代大背景下，吸收现代性与继承传统性，才能走出一条创新之路。中国古代文学对精神文明建设的作用主要表现为提供精神文明的基本思想与观点，使精神文明建设有了具体的参考与评价的标准。

社会主义精神文明建设注重人本观念，“以人为本”贯穿过程的始终。精神层面的构建，最重要的是人性的构建。当今时代快节奏的发展，带来了物质方面的充裕，同时人的异化倾向问题日益凸显。社会的压力、环境的破坏、道德的滑坡、伦理的丧失都对人性造成了巨大的影响。在人际中，很难达到心灵与精神上的交流与共鸣，表现为物质上的富裕、精神上的贫穷。人类的价值取向与发展走向是一个亟待解决的问题，这些在中国古代文学中可以找到确切的答案。

（二）中国古代文学的社会性与个性

首先，中国古代文学中有着社会性的理性精神，体现出普遍性的特点，是我国古代社会的价值建构体系，对于今天的我们来说仍然具有重要的意义。儒家思想是封建社会的正统思想，对历代人们的思想与精神都具有极大的影响。在人格精神上，讲究“穷则独善其身，达则兼济天下”，从而将修身养性与积极进取联系在一起。另外，“百家争鸣”现象使文化呈现出繁荣的景象，对人们的精神世界也有较大的影响。一方面，表现在追求人格的圆满上。“我善养吾浩然之气”，在人格塑造上向大气、积极的人格方面迈进。另一方面，社会性还表现在文人的忧国忧民、关注民生疾苦的人文关怀上，表现出的是强烈的忧患意识与崇高的社会责任感。“生于忧患，死于安

乐”“先天下之忧而忧，后天下之乐而乐”“天下兴亡，匹夫有责”等都是各个时代社会性的外化，这些观点成为名言警句，也成为鞭策当代及后代为人处世的信条。历史上，大唐时期是我国封建社会发展的昌盛时期，这种精神在唐代得到凸显与升华，成为文人共同追求的典范，并且进一步形成了我们的传统精神与民族的内在性格。今天，在全球化的世界格局带来的经济、政治、文化等方面的激烈竞争中，中国文化想要凸显其核心竞争力，就必须将流传了几千年来的文化精髓传承下去，注入社会主义精神文明建设中，从而推动文化的核心竞争力的形成。

其次，与强烈的社会性相对的是人们精神上的自由。中国古代文学家很重视精神方面的建设，追求审美与自由，展示给当代人的是精神上的超然物外与洒脱。以道家为代表的无为，重视从现实生活中脱离出来，享受精神上的自由。老子与庄子都重视个体的精神体验，提倡能超越具体事物的束缚，追求相对的自由。这种重视精神层面的心境，是区别于西方的独特的精神体验，属于崇高的审美境界。可以说，以老庄为代表的道家思想与以孔子为代表的儒家思想互为补充，共同构建了古人的精神世界，对于今天的大众来说，也是极具价值的借鉴。中国古代文学中有务实的一面，也有理想的一面，指引着我们的精神家园的建设。

中国古代文学无论是社会性的理性精神，还是追求个性的精神自由，都深深渗透在中华民族的血液中。对于今天的社会主义精神文明建设来说，积极的人生价值导向能带来不断奋斗的动力，个性层面的追求能带来人文关怀与精神关怀，从这两方面汲取的文化精髓能够更好地指引精神文明的构建，促进公民的道德修养与基本素质迈向一个新的台阶。加强社会主义精神文明建设，要与中国古代文学的继承与发展同步进行，共同发展，共筑当代中国人民的精神家园。

三、中国古代文学的现代传播

在国家层面，对文化的建设也越来越重视。2017 年 1 月 25 日，中共中央办公厅、国务院办公厅为建设社会主义文化强国、增强国家文化软实力、实现中华民族伟大复兴的中国梦而印发了《关于实施中华优秀传统文化传承发展工程的意见》(以下简称《意见》)。《意见》对如何实施中华优秀传统文化传承发展工程做出了具体要求，是传承中华文化的指导性文件。

关于文化与古代文学的关系，在前面的章节已有所阐释，这里不再赘述。我们仅从“文化热”引起的“文学热”方面进行论述。

如何通过现代的传播方式适应现代大众的审美取向来继承与发展传统文化，让传统文化散发出独特的魅力是一个重要的实践过程。利用现代传播媒介进行中国古代文学的传播就是一个很好的尝试。在传统文学中，文学的教育作用是一个重要的功能。中国有“耕读传家久，诗书继世长”之说，慢慢地，中国的传统文化经历了其他教育观念，又逐渐回归。中国古代文学的古诗词与文言文也成为考试的重点，从多个学科与角度促进了古诗文教育教学的发展。

中国古代文学所体现的文化内涵融入生活是其必然发展之路。近年来，借助现代传媒手段进行古代文学的传播达到了一定的轰动效应，如《中国诗词大会》的走红，就彰显着我国文化的自信与传承。《中国诗词大会》入选诗词从中国诗歌的缘起《诗经》开始，包括楚辞、汉魏六朝诗、唐宋诗词、明清诗词，一直延续到当代名人诗词，时间跨度数千年。诗词选手所展现的是中华民族的谦谦君子的形象，表现出的洒脱自如的风度，是一般人所没有的，体现出的是“读书人”独有的气质，是“腹有诗书气自华”的最佳佐证。古诗词可以放在更宽更广的时间与空间尺度上加以探讨，放在人的一生来看，古诗词对人的滋养是长久的，是具有更高的教育附加值的。将古诗词放在今天白话盛行的环境中，显然有些难以融入，好在节目策划者在策划的过程中加入了一些现代元素，彰显了中华民族的文化精髓与妙义，在题目的设置上增加符合选手年龄段的诗歌，展现出巨大的文化魅力。

近年来，中国传统文化的传承与发展，不仅在中华大地上得到弘扬与发展，还在全球各地花开遍野，外国人对中国传统文化也表现出了浓厚的兴趣。事实上，近年来，莫言所讲的中国故事，《梁祝》及《高山流水》曲子，各地孔子学院的盛行，等等，都彰显了作为世界四大文明古国的文化魅力，为世界看中国提供了更为纵深的维度。

《中国诗词大会》的成功证明了“曲高”的古诗词也能引来众人“和”。越来越多的人已经认识到，教育绝不等于分数，更不等于应试；进一步来说，也不能与《中国诗词大会》节目中侧重考验记忆和背诵画上等号。要从古代文学中找到适合现代发展的方法，最关键的是能否找到符合大众文化追求、生活节奏和欣赏方式的传播途径，还要顺应传统文化的传播规律，在节目形式上创新传播形式，继而实现从传统的、与大众有距离的文学到有意思、有意义的文学形式的转变。

第三节　比较视角下的中国古代文学的当代审视

从中西方的视角看，中国古代文学有着不同的表现形式及内涵的呈现，比较视野之下的中国古代文学在中西方的文化中呈现出不同的特点。随着经济的不断发展，我国的国际地位也越来越高，文化自信也不断增强，在西方视角下看待中国古代文学形态，成为古代文学发展的一个重要方面，具有当代价值与普适意义。

在西方视角下的中国文学，主要由域外汉文学与域外汉学两部分组成。所谓域外汉文学，指的是古代的西方作家用汉语写就的文学作品；所谓域外汉学，指的是国外研究中国古代文学的学者用他们的母语写成的关于中国古代文学的作品或著述。这两大部分都和中国古代的文学与文化有关，是西方看待中国古代文学的主要观点与重要参考。研究中国古代文学从内出发是站在本民族的视角上深挖精髓，并加以继承与发展；向外延伸是从西方的视角中发现他们对古代文学及文化的态度，以便全面地把握古代文学的本体性与延展性。

一、域外汉文学与中国古代文学

在概念上，域外汉文学与域外汉籍又有某种相同的部分。根据目前学术界的共识，域外汉籍主要包括三方面的内容：一是历史上域外文人用汉字书写的典籍；二是中国典籍的域外刊本或抄本；三是流失在域外的中国古本。域外汉文学属于第一个方面的内容，所以域外汉文学是域外汉籍的一个组成部分。

在域外汉文学中，汉文小说的占比很大。汉文小说指的是国外作者用汉语写成的文学作品，呈现出数量多、质量高的特点。这些汉文小说具有丰富的内涵，是一个值得深入研究的领域。首先，这些汉文小说构筑了外国本国的文学领域，是当期文学的一个重要组成部分，具有巨大的文学价值。如越南、韩国、日本等，这些汉文小说构成了各自历史阶段的主要文学。

其次，域外汉文小说也是古代文学的一个重要组成部分，以前我们并不重视这些文学的收集，现在开始有意识地进行整理与研究，发掘一些新的价值。如利用大数据所建立的《域外汉籍数据库》，是国内唯一一家收录中国历史上流失到海外的汉文著述的专业数据库，以及以日本、韩国、越南为主的域外抄录、整理、出版的汉文古籍。数据库分为经、史、子、集、类从、新学六大类，目前共收录海外汉籍珍本 12 万余卷，数据总量 3T，其中大部分为彩色影像，图像精美清晰，是研究中国古代历史文化的重要文献数据库，更是喜爱中国文化的广大读者欣赏和了解我国古代历史及文化的重要途径。数据库分为简单检索和高级检索两种，高级检索提供刊名、卷册、人物、关键词、国别 / 朝代、年代、公元纪年、出版地、出版者、出版机构、版本、内容简介等检索字段，可以精准快捷地查询目标文献。其中，《地方志》专辑共收录 1 300 余种，23 000 余卷，基本囊括域外现已整理的地方志文献。

在编纂文学史时，也要注意本土的古代文学与域外的汉文学相结合，以展现较为全面的古代文学历史，将其纳入我们的研究与探索范围。

另外，从比较文学的视角看，域外汉文学提供了一个值得比较的对象，从外国人眼中看当时的中国是一个崭新的视角。另外，域外汉文学中，还有一些史实的记载，对实证有着重要的意义。域外汉文学中有儒家思想的影响，也有老庄思想的影响，对这些典籍的研究，不仅具有比较文学的内容，还可以对古代文学在世界范围内的重要影响进行深入阐释。

域外汉文学对古代的文字学的研究也有积极的推动作用。特别是异体字、通假字、简化字等，这些对文字学的研究有着重要的作用。

二、域外汉学与中国古代文学

在古代，我国的一些优秀的典籍也颇受西方人的喜爱。一些汉学家不自觉地进行创作，转化为本国母语进行传播，特别是朝鲜、日本、越南等国家的汉学家的创作，对我国古代文学的传播与拓展产生了积极的影响，形成了中华文化圈。

（一）鸦片战争前后的域外汉学

鸦片战争以前，西方国家的汉学家陆续对中国的民族及文化传统进行介绍，如当时法国的雷慕沙、德国的克拉普洛特、荷兰的休尔纽斯等，在他们的笔下，陆续有汉学典籍问世。总之，那一时期的汉学典籍内容简单，多为介绍性的论著，数量较少。

1840 年鸦片战争以后，中国的大门被西方列强打开，中国开始沦为半殖民地半封建社会。中国在一定程度上与世界各国的联系紧密起来，各国社会的各个阶层如冒险家、商人、传教士、学者等来到中国，亟须建立对中国的经济、政治、文化等方面的交流，而对中国古代文学的发扬是一个重要的方面。法国、英国、德国、俄国、美国等都是介绍中国传统文化与优秀文学典籍的域外基地。鸦片战争之后，中外之间的关系逐渐密切起来，对中国民族文化的研究逐渐深入，研究的队伍也不断扩大，研究组织及研究成果不断发展与丰富，域外汉学的发展速度飞快。从发展的研究成果看，涉及政治、经济、文化、宗教、艺术、绘画、语言等，既有对历史的考察，也有对现状的分析，从广度与深度上都进行了拓展。

（二）晚清时期的中国古典文学海外传播

晚清时期，中国古典文学进入了一个新的时期，中外文化呈现出频繁交流的现象。中国的古典文学不断被引进到海外进行传播，在欧美及日本、朝鲜等国家和地区都有大量的汉学典籍产生，展示了中国古代文学独特的艺术魅力。

以四大名著为代表的译本都是在这一时期传入中国的。尽管这一时期的汉学水平整体不高，大多数作品的译本不是全译本，只是节译本，但展示了中国古代文学独特的魅力，为世界了解中国文化与中国文学提供了一个认知的窗口。

域外汉学从本质上说是中国文化在西方视角下的产物，具有“他者审视”的性质。中国古代的一些原著在翻译的过程中会不自觉地带上翻译者的思想与价值观，对有些情节的删除与选择，本身就是一种“他者审视”，在转换的过程中完成了文学的再创造。

三、西方视角下的中国形象的变化历程

中国形象指的是西方人根据自我的认知所构建的有关中国的印象与看法，这种“中国形象”常常出现在旅行家的游记中、传教士的书信中、外交官的报告中、翻译论著中等。其中，中国古代文学中的小说成为中国形象的主要展示依据。而中国形象在西方人眼中经历了三个阶段的认识：从道德理性之乡到浪漫的中国情调，再到落后愚昧的中国人，这三个形象是不同时期中国的时代特征。

18 世纪，中国形象首先进入西方人的视野，他们所认为的中国形象是道德理性之乡，表现了西方人崇尚理性之光、推崇理性的愿望。到了 19 世纪，西方所呈现的语境是浪漫主义，表达了对自由个性的呼唤。在这样的语境之下，中国形象是浪漫的中国情调。到了 19 世纪中叶，中西方社会发生了巨变，尤其是鸦片战争的爆发，使中、西方力量发生了变化。随着中华人民共和国的成立，我国走上了社会主义的道路，经过几十年的发展，中国

在国际上的地位越来越高，中国的影响力不断提升，促进了文化的交流与发展。

从域外的比较视角看中国古代文学及文化的发展，可以更好地反观自身，看清自身的发展，为更好地发展自我、走向世界提供更多元的视角。

第四章　中国古代文学与当代文学

第一节　中国古代文学与当代文学理论比较

中国古代文学是我国文学中的璀璨部分，代表着几千年来中华民族的优秀文化成果，具有重要的价值与意义。文学理论是文学的主要板块，在上一章节中有一些涉及，本章重点从古今文学理论的变化方面进行阐释，分析古今文学理论的异同点。

文学理论是对文学的高度概括，具有概括性与普遍性的特点。古代文论、现代文论都是文学的重要部分，揭示了文学发展的特点与规律。

一、中国古代重要文论举例

中国古代文论是古代文学理论与文学批评的统称，文学理论主要研究的是文学现象的本质规律，而文学批评是对具体作家、作品与流派的评价。在中国古代文学中，并没有严格的文学理论与文学批评之分，两者通常相互交织在一起，共同渗透在作品中。中国古代文学作品中，除了《文心雕龙》《沧浪诗话》《原诗》等是有代表性的专门的文论之外，更多的文学理论与文学批评包含在广大作品中，需要进行进一步的提炼才能得到。其中有直觉思维、审美范式、辩证法与教化说。

（一）直觉思维

直觉思维在古代文学作品的创作与品评中占有重要的地位，是运用较为广泛的思维模式。

作者运用直觉思维进行自由自在的创作，涵盖的方面很多，包括灵感、想象、联想、情感等因素。陆机在《文赋》中写道：“纷威蕤以馺遝，唯毫素之所拟。文徽徽以溢目，音泠泠而盈耳。”在创作的过程中，灵感突然而至，激发才思，作品一气呵成，体现出不经意间主体与灵感的碰撞，外化出的作品就是绝佳的作品。陆机对灵感非常注重，体现出对文学创作的重要性的认识。除了灵感之外，想象与情感也具有重要的作用。

刘勰在《文心雕龙》中说：“寂然凝虑，思接千载；悄焉动容，视通万里。吟咏之间，吐纳珠玉之声；眉睫之前，卷舒风云之色：其思理之致乎！”刘勰认为，通过专心思考，可以连贯古今，为之感怀。这个时候，想象开始发挥作用，想象可以天马行空，无拘无束。另外，刘勰还指出诗人的情感、气质对作品的创作有着重要的影响。诗人只有将自己的情感体验外化到具体的形象中，才能使其成为作品的一大支撑。所有日常生活中的事物经过不同诗人情感化，呈现出不同的风格，呈现出各自的文学魅力。

（二）审美范式

文学鉴赏中的审美范式主要有“神”“味”“境”“悟”四类。

“神”指“神韵”，主要指的是文学审美主体的感知能力。作者在描述具体形象时，并非对事物进行事无巨细的描摹，而是要加入神韵，使得事物具有独特的审美体验，这才是神韵的精妙之处。作品有了神韵之后，对其进行的批评也就有了意义，可以对其进行不同维度的解读，这增加了文学的深度与广度。

文学鉴赏的“味”强调的是韵味。钟嵘的《诗品》中提出“滋味说”，指的是自然的滋味。钟嵘提倡通过直接描写具体可感的事物表现感情，称为“直寻”，不过分拘泥于文学创作的各种要求，而力求一种自然的呈现。他还提倡“韵外之致”“味外之旨”。滋味说具有几个方面的含义：首先，“滋味”确定了五言诗的特征。钟嵘对五言诗情有独钟，与四言诗相比，钟嵘认为五言诗是“众作之有滋味者也”。其次，钟嵘提倡在艺术表现上要详尽充分，重视诗歌的抒情性与形象性。最后，钟嵘的滋味说重视对自然美的追求，其中“直寻”与“自然英旨”是代表。钟嵘从诗歌的本质出发，强调诗歌的自然美，对齐梁时期的声律论进行批判，主张诗歌的真美追求。

“境”指的是“意境”，最有代表性的是王国维的境界说。王国维的境界说分为“有我之境”与“无我之境”，这两大艺术境界在以下三大论点中常有体现：第一，在情景说中，情与景的关系中的“有我之境”多数以情为主，以情语表现出来，“无我之境”多数以景为主，以景语表现出来。前者重在感情的抒发，后者在景物描绘的过程中表现出来，是“显我”和“隐我”的具体区别。第二，在心物说中，从心与物的关系上进行阐释。这里的“心”指的是感情，心与物的结合有两种形态，有我之境是人化，无我之境是物化。第三，在移情说中，“有我之境”与“无我之境”是移情的具体体现，“有我之境”的主观感情比“无我之境”的感情浓烈。从以上三大论点分析出“有我之境”与“无我之境”的共同特点是，有我与无我的感情程度不同，但两者直接为感情服务，只是表现方式存在差异而已。

“悟”指的是妙悟。妙悟最早的出处是东汉曾肇的《长阿含经序》：“晋公姚爽质直清柔，玄心超诣，尊尚大法，妙悟自然。”作为文学理论，它的提出者是宋代严羽，妙悟说是他的诗学思想的核心，也是中国美学史上的代表理论。

严羽在他的代表作《沧浪诗话》中指出，要想达到妙悟，首先需要具备一定的诗才，主要包括入门须正、遍参熟参以及以趣为的。

所谓入门须正，指的是要先从最高的层面去了解诗歌的性质与本质，知道什么样的诗歌是好诗，才能做出好诗来。接下来，要掌握诗歌创作的基本技法，要具备诗才，才知道什么是诗。“作诗正须辨尽诸家体制，然后不为旁门所惑。”① 旁门就是旁门左道，是作者所否定的，作诗一定要走正道。

所谓遍参熟参，指的是要读懂之前的经典：“先须熟读《楚辞》，朝夕讽咏以为之本；及读《古诗十九首》、乐府四篇，李陵、苏武、汉魏五言皆须熟读；即以李、杜二集枕藉观之，如今人之治经。”② 要写好诗歌，需要先读《楚辞》，然后读《古诗十九首》，再读《汉乐府》，然后读李陵、苏轼等的五言诗，读熟之后再看李白、杜甫的诗。这里强调学习诗歌是循序渐进的过程，从诗歌的演进角度来考察诗歌。

所谓以趣为的，强调的是兴趣的重要性。严羽认为兴趣对诗歌创作有积极的作用，当然这与今天的兴趣存在着差异。“兴”指的是触景生情，“趣”指的是情趣意味。他强调盛唐时期的诗歌之所以具有很强的兴趣意味，唐诗情思绵长，是因为唐代的诗人能够有闲心、有兴趣去描绘自然之美、人情之美、宇宙之美。

（三）辩证法

辩证法指的是辩证的方法，在中国古代文学中有很多的辩证方法。虽然没有较为完整的辩证法的论述，但有很多的辩证法的体现，其中以老子为代表的道家思想具有很强的辩证色彩。《道德经》《孙子兵法》等作品中的辩证主要有“有无”“生死”“损益”“美丑”“智愚”“虚实”等，运用朴素的思维表达事物的辩证。

1. 现实主义与浪漫主义

现实主义与浪漫主义是文学上的两大创作方式，在这两大创作方式的基础上形成了浪漫主义与现实主义的两大创作派别，如李白的浪漫主义之风、

① 郭绍虞 . 沧浪诗话校释 [M]. 北京：人民文学出版社，1961.

② 郭绍虞 . 沧浪诗话校释 [M]. 北京：人民文学出版社，1961.

杜甫的现实主义之风等，对文学创作有着积极的意义。

对于现实主义的创作手法，恩格斯有所论述。他论述了现实主义不仅要对事物的细节进行真实的反映，还要真实地再现典型环境中的典型性格。现实主义要求对现实世界进行真实反映，对于古代的小说和戏剧来说，现实主义要求在典型环境中创造典型的性格；对于诗歌来说，需要对典型性的客观事物进行描写，表现忧国忧民、关注民生的主题。现实主义最重要的是强调创作的现实性，注重对现实的客观描写，它并非超越时代、超越阶级，而是根据不同个体的个性、心理、情感而有所不同。在文学发展的不同历史时期，现实主义呈现出不同的形态。

浪漫主义与现实主义是相伴而生的。浪漫主义从屈原开始，表达的是对自我精神的追求与对愿望的探索，注重自我理想的抒发与感情的宣泄，通常通过想象、夸张、对比等手法进行表现，在语言方面侧重于热情奔放、一气呵成，以表现出诗人的才情，大胆夸张以突出事物、人物或环境，将浓烈的感情渗透其中，表现作者的理想与愿望。浪漫主义按其感情基调又可分为积极的浪漫主义和消极的浪漫主义。积极的浪漫主义以现实为基础进行创作，表现强烈的情感与理想，它与现实主义有着某种程度上的契合。所谓消极的浪漫主义通常具有较强的宗教色彩，是对现实生活的消极逃避，面对现实中的不如意，采取的是消极避世的态度，具有消极的倾向。

杜甫的诗风以现实主义为主，如他的代表作“三吏”“三别”，是对战乱时期人们生活在水深火热中的描述，描绘的是悲惨、沉痛的历史画面。而李白的诗更多的是想象与夸张，他的诗歌的主要特点是在现实与理想之间进行不断的切换，一会儿回到了人间，一会儿又在仙界。

现实主义与浪漫主义两种创作方式是并生的，常常在一个作家身上体现，如杜甫的诗风以现实主义为主，但他诗歌中的浪漫主义成分也有所体现。

2. 形象思维与抽象思维

形象思维与抽象思维是人们认识世界的两种不同的形式，在文学的世界里，人们认识与反映世界靠的是形象思维，而运用想象、夸张等手法时用的是抽象思维。文学创作的过程中以形象思维为主，这里重点介绍形象思维。

首先，形象思维最基本的特点是其出发点是具体的生活，是对生活的本来形象进行认识，始终伴随着具体的形象来展开。其次，形象思维离不开想象，文学在虚构的过程中需要借助想象的方式进行呈现。最后，形象思维的过程也是感情抒发的过程，感情抒发是作家的主观感情外化为作品的过程，形象思维中包含着作者的喜怒哀乐。

抽象思维又称为逻辑思维，以抽象的概念、判断、推理为主要形式展开。通过逻辑思维的展开，人们能认识事物的本质规律，推动认识由感性认识向理性认识过渡。在文学中，形象思维与抽象思维是同步进行的。在创作过程中，作家首先要依靠形象思维进行创作，但这并不意味着抽象思维就不需要。作家在表现某种哲理的时候，需要抽象思维。作者在创造中运用形象思维的同时，常与抽象思维同步进行，甚至有时对形象思维有着决定、主导的作用。

在文学作品中，主要以形象思维为主，抽象思维在创作的过程中对形象思维做必要的补充。在阐述一些人物的哲理性语言及作者想要阐发某种哲理时，常常将形象思维与抽象思维联系在一起，两者相互作用，共同推进文学的创作。

（四）教化说

以儒家为主导的思想对文学的影响主要表现在儒家将文学作为政治工具进行教化，在一定程度上影响着文学的发展，教化传统也成为中国古代文学的一个重要特征。

《论语》中说“兴于诗，立于礼，成于乐”，很早就将文学作品纳入人生修养的范畴，还指出《诗经》的重要作用是“诗三百，一言以蔽之，曰：‘思无邪’”，突出了诗歌的教化作用。到了宋代，周敦颐提出了“文以载道”的观点，他在《通书 · 文辞》中写道：“文所以载道也，轮辕饰而人弗庸，徒饰也，况虚车乎？”文章如果不载道，就如没有任何目的的空车子一样。自此之后，文以载道成为文章写作遵循的原则。

在文学发展的过程中，重文还是重道一直是文学论争中的重点。文学在总体的风格呈现上，重视美与善的和谐统一。在中国古代文学中，有许多政教伦理的反映，如《三国演义》《水浒传》《西游记》等，除去了艺术手法，剩下的主要是对封建伦常的描述，体现出明显的教化传统。

文以载道的教化传统对中国古代文学具有正反两个方面的影响。其消极的影响表现为作品的主题千篇一律，缺乏新意，长篇的说教容易失去欣赏的趣味，有特定历史时期的思想狭隘性与艺术单调性，此外，文以载道突出了文章对社会现实的真实反映，文人关心政治，针砭时弊，注重作品的思想性与美刺作用，在表现阶级矛盾、关怀民生方面具有积极的作用。

二、中国当代文学重要文论举例

（一）艺术真实与艺术概括

艺术真实在文学创作中起着重要的作用。作者无论采用何种形式的表现，都是对社会本质的、规律性的把握，这是一种有别于现实真实的艺术形式。它源于现实，又高于现实。艺术真实与现实真实的不同之处在于，艺术真实是作家对真实的现实生活有了深刻的、独特的认识之后，提出的本质性的概括。这些概括中包含作者的自我体验与真实情感。艺术真实与科学真实的区别在于，科学真实是通过实验等方式得出的，是客观的、不允许改变的，而艺术真实是主观的，具有审美性的特点。

艺术概括是作家根据自己的人生体验与阅历，对想表达的事物进行独特的处理，强调主观与客观的统一，表现出鲜明的个性，而这些个性又是从普遍性中提炼出来的。艺术概括最常用的一种方式是选取不同人的不同方面进行艺术创作，然后合成一个典型。另外，也可以以一个生活的典型为主进行创作。

（二）文学典型

1. 典型人物与典型环境

典型是文学创作过程中的高级形态，典型是超越了一般性、具有代表意义的形象。文学典型具有的艺术魅力主要体现为真实性、新颖性、诚挚性、蕴藉性。其中，真实性需要作品与当时创作的背景相吻合，符合历史尺度的真实性，所创作的典型也具有真实性，其某一方面在现实生活中能找到原型。真实性是文学典型艺术魅力最重要的元素。新颖性指的是所创造的典型具有独特性，是区别于其他典型形象的新形象。所谓诚挚性，指的是典型的形象是作者真实感情的最诚挚的体现，是作者的思想感情、创作意图的真实外露。蕴藉性是典型形象的内涵之外的延伸，延伸到不同时期、不同环境中仍然有解读的价值，其丰富性与复杂性支撑着典型走向多层次、多维度的拓展。

典型环境指的是特定的体现典型人物的生活环境，是特定历史时期的政治、经济、文化、社会的客观体现。文学作品中除了对大环境的交代外，还对个人生活的小环境进行交代。

2. 典型人物与典型环境之间的关系

典型人物与典型环境之间的关系是怎样的呢？一方面，典型环境造就典型人物的个性，如具有代表性的鲁迅的《祥林嫂》。祥林嫂是封建礼教下的产物，她在一个很封闭、传统的环境下成长，面对自己不幸的遭遇，将其归结为自己是“灾星”“克夫”，还捐赠了门槛“赎罪”，最终因为不能参加祭祀而郁郁而终。另一方面，典型人物对典型环境具有反作用，典型人物通过发挥自我的主观能动性，可以在一定条件下改变典型环境。例如，《三国演义》中的诸葛亮凭借自己的聪明才智，辅佐刘备一步步建立了蜀国，形成了三国鼎立的局面。

（三）叙述视角

文学作品中常采用第一人称与第三人称进行叙事。

采用第一人称叙事的作品主要通过“我”的视角展开叙事，这个“我”具有双重的身份，既是作品的叙述者，又是作品中的角色，对作品的情节具有推动的作用。“我”的存在增加了作品的真实性，读者所感受到的是作者的心理变化与感情色彩。

第三人称叙事是常见的表现方式，第三人称视角是传统的叙事视角。运用第三人称叙事方式，作者可以置身在故事之外，不仅了解每个人物的资料，还可以运用一个全知全能的视角进行描述，自由发挥的空间较大。第三人称的使用可以对人物的心理进行细致、生动的描写。例如，《红楼梦》中的刘姥姥进大观园，就是以刘姥姥的视角对贾府上上下下进行描写，从刘姥姥的认知角度呈现出贾府在穷人眼中的富裕，对大观园里的一切通过刘姥姥这一下层人的视角进行展现。在刘姥姥眼中，贾府是一个集尊贵荣耀与高不可攀为一体的上流社会。运用第三人称的视角，突出了上流社会的人们根本不知道下层人民生活的贫穷与痛苦，普通人也很难想象上流社会生活的优越，而这些只是封建社会的一个缩影。

三、古今文论特征比较

20 世纪的中国文论体现出传统与变革的不断碰撞，主要表现为当时的学者放眼世界，不断地吸收西方的文论进行创新，从而建构中国的文论架构。中国现代文论是在西方文论的影响下产生的，具备西方文论的特征，中国现代文论经过曲折的发展，到今天终于蔚为大观。因此，以下关于古今文论的特征对比沿着中西文论的本质区别进行展开论述，寻找古今文论的区别。

学界普遍认为，中国现代文论转型的标志是1904年王国维的《〈红楼梦〉评论》的发表。王国维首次引入西方哲学来阐述中国古典文学，以全新的理念与话语言说方式进行阐述，以较强的思辨性与逻辑性进行评论，从一个层面上打开了中国古代文学研究的新视角，开启了中西文化的碰撞史。王国维开创了中国现代文论与批评的主流样式。

中国古代文论具有形式上的优美。文论的语言常常具有文学性，采用辞赋、骈文、诗歌的形式写成，将文学理论表现于对比、排比之中，从而呈现出文论与文学的相互交融，如陆机的《文赋》、钟嵘的《诗品》、元好问的《论诗三十首》等，都具备文论与文学交融的特点。古代文学理论追求概念的概括性，即在人们共有的知识储备的基础上进行概括总结，是在共有的文化背景、前人的文论基础上提出的文学理论。在概念上，中国古代文论追求的是类概念，这种类概念是介于具体与抽象之间的概念，既具有具体的可感性，又能进行引申，从而形成新的文论。中国古代文论的基本特点是，它不是横空出世的，而是文论家独特的切身体验，再结合前有的理论进行创造。在讨论诗文的风格时，需要做的是用描述性的语言进行概括。但这样的方式并不意味着文论的普遍性不够，实际上，以文论为基础而建立的共通感在这一过程中具有联结各个时代共同点的作用，使得文学理论能够一代代传承下去。

西方文论遵循的是亚里士多德的科学理性解读与逻辑分析话语，具有理性的一面，其文论形成的过程包括求知→观察→追问→推论，是一个较为严谨的、有逻辑的过程。理论的论述从一个概念到另一个概念连续不断地进行论述，中间有严密的逻辑进行衔接。这与中国古代文论追求形象化与诗意化的表现方式有着很大的差别。

西方文论追求的是概念的精确性，为了解释文学中的某些概念，可能会创造一个新词，进行深入的阐发，力求使呈现的定义清晰、准确。西方文论所使用的是区别于古代文论类概念的范畴，追求一种纯概念。这种纯概念以抽象性为主，不是以具体的形象为主生发出来的。梁漱溟在《东西文化及其哲学》中指出，中国的文论术语是结合自身的体验与知识得出的，文论呈现出言少精练的特点。言少的优势是可以留下更多的空白空间进行随意创造，激发领悟者从多方面探讨，充分利用想象进行阐发。后世的评论者进行阐发时可以“超以象外，得其环中”。

四、中国古代文论的现代阐释

中国古代文论是在中国古代文学创作实践与接受的基础上产生的，对中国文学的精神具有概括、总结的作用。对古代文论需要进行继承与发展，其中现代阐释就是一个方式，需要“将传统的诗文里蕴藏着的普遍性意义发掘出来，给予合理的阐发，使之与现代人的文学活动审美经验乃至生存智慧相联结”①，找到古代文论与现代文论之间的联系，对现代文论的发展起着积极的作用，使现代文论朝着更有利、更适合本民族文学的方向发展。

虽然古典的东西是旧的，但利用现代的方法与视角去解读古代文论将会产生新的东西，并且古代文论对当今的文论创建具有现实的意义，应该积极地继承和发展古代文论。

如何继承和发展古代文论呢？要以中国传统文化为基础，传承古代文论中文学创作的经验与传统文化，使其成为现代文学理论的组成部分。

第一，创造性的阐释。利用新的方法与创意对古代文论进行解读，为现代文论发展服务。现代文论中的主要问题是什么，所坚持的立场是什么，从这一问题出发去古代文论中寻找答案，寻找古人解决此类问题所采用的方法，站在古代文论的立场上去解决现代文论上的问题，指明解决问题的路径与方法。运用现代视野研究古代文论，童庆炳先生总结出了三大原则：历史优先原则，即将文学理论尽量在当时的文化语境中进行还原；互为主体的对话原则，即进行中西对话及古今参照来盘活古代文论，参与到对话当中，彼此互补，解释文论的基本规律；逻辑自洽原则，即无论以何种角度对古代文论进行阐释，最终的落脚点都需要符合文论的创作规律与内在逻辑。这三大原则实际上是创造性阐释的方法论。

第二，挖掘中国古代文论的精神价值。最突出的表现是文论中对“穷”的论争，“诗穷而后工”，这也是文论的精神价值所在。创造性的精神阐释需要对传统意义进行阐发，由此来继承古人的精神。阐释者通过言语的阐释间接地吸收了古代文论的精神资源，将其运用到现代文论阐述的语境中，实现了对现代文论的发展。例如，鲁迅对汉唐时期的文学给予了高度的称赞，在他的文论观点中也有古今兼容并蓄的阐释。

第三，解读古代文论时应该怀着一颗敬畏之心，摆正态度，以一种学习的姿态完善现代文论。中国古代文论是一个庞大的体系，在这一体系中有着

① 陈伯海．从古代文论待中国文论 [J]. 浙江大学学报（人文社会科学版），2006（1）.

进取的精神、高尚的人格、深邃的宇宙观等，这些是具体可感的，如果用西方的理论生搬硬套，那么必然是生硬的理论，这样的理论缺乏温度，更别提引起更多人的共鸣了。

总体来说，古代文学的现代阐释不是简单的挪移，而是进行有意义的生成，生成能为现代文学所用、具备人文关怀的进一步升华的理论。无论是古代文论还是现代文论，它们之间存在着共通性，这样的共通性指引着文学理论超越时代而呈现出共性的、不变的特点。

第二节　中国古代文学对当代文学的影响

要论述古代文学对当代文学的影响，就要抓住古今文学中的共同特征，这些共同特征呈现出复杂交错的关系。从文学体裁上进行梳理是一条捷径，我们可以从中理出发展的脉络，这样虽然存在一定的片面性，但也能大体把握古代文学对当代文学的影响。

一、古代诗歌意象对现代诗歌意象的影响

首先，对自然美的永恒追求。在古今诗歌意象中，创作者与自然的关系是一致的，诗人追求对自然意象的亲近，诗中呈现出心灵与自然意象的契合。古人主张“天人合一”，希望能与客观的自然相融合，这里面有着共同的民族心理，包含共同的文化心理。诗人总能在大自然中找到某种契合点来进行感情的抒发。在当代诗歌中，诗歌的意象融合了古代文学与西方文学意象的特点，呈现出多重复合的特点。意象在当代诗歌中的呈现具有感性认识与理性认识统一的特点，体现了对古代诗歌意象的拓展。

其次，意象构建中的比兴思维。中国古代文学有着比兴的传统，最早可以溯源到《诗经》，一直延续几千年。感物起情与感物兴思是比兴的两种表现形式，在比兴过程中将物与感情相交融，呈现出情与景的和谐统一。当代诗歌在借鉴西方象征主义的基础上，呈现出隐喻的特点，在隐喻的结构中对感物起情与感物兴思进行渗透，呈现出更为复杂的表现形式。

最后，意象创作中的意境追求。在古代文学中，意象的运用带来的是意境的构建，许多诗人在诗歌中构建出许多的意象，这些意象组合后又呈现出很强的针对性，共同为意境服务。这样的意境既呈现出各个意象的独特性，又具有意象的共性，体现特殊性与普遍性的统一。另外，虚实意象结合，组

成的意境也呈现出虚实结合的特点，呈现出意境的空灵之美。当代诗歌在发展了大规模的意象群的同时，将意境的中的情感因素与哲理因素相结合，呈现出兼容并蓄的特点。

二、小说中的叙事传承

什么是叙事？一般来讲，叙事就是“讲故事”。一部小说被定义为优秀小说，首先是因为它讲好了故事。对小说叙事的定义有：“所谓叙事，也即采用一定的言语表达方式——叙述来表达一个故事，换言之，也即‘叙述’+‘故事’。”[①] 叙事在小说中表现为，不同作家的叙事风格是不同的。对一个相同的事物或事件，不同作家的表现方式是不同的，叙事方式不同，所呈现出的艺术效果是不同的。

在叙事视角上，当代小说继承了古代小说的叙事视角，并在此基础上进一步发展，产生了很多适合当代审美的佳作。所谓审美视角，指的是作者看待事物的角度，也是作者与所叙述事实之间的关系，即视点。清代的刘熙载说：“叙事有特叙，有类叙，有正叙，有带叙，有实叙，有借叙，有详叙，有约叙，有顺叙，有倒叙，有连叙，有截叙，有豫叙，有补叙，有跨叙，有插叙，有原叙，有推叙……”[②] 对于叙事的方法，古人已经进行了全面的梳理。对于当代文学来说，对叙事方式的继承包括全知视角与有限视角、多层视角与流动视角、聚焦视角与辐射视角等。

（一）全知视角与有限视角

全知视角是小说创作中常用的叙述视角，一般以第三人称为主，所呈现的特点是叙述者没有固定的视角，而像一个全知全能的上帝一样能够洞察一切，进行全方位叙述。叙述者凌驾于整个故事之上，对故事进行全面的掌控。有限视角指的是以第一人称展开叙述，即以“我”的视角去叙事。有限视角是相对于全知视角而言的，有限视角的观点较主观，常常带有感情色彩。在古代的小说中，一般采用全知视角进行叙事，这种叙事方式继承了史传全知视角，是我国小说叙事的基本范式。在当代小说的叙事中，有限视角突破了古代的局限，形成了较高叙事层面的叙事视角，丰富了小说叙事艺术。

---

① 徐岱 . 小说叙事学 [M]. 北京：中国社会科学出版社，1992.

② 刘熙载 . 艺概 [M]. 上海：上海古籍出版社，1978.

（二）多层视角与流动视角

多层视角是指叙事的视角具有大小或上下不同层面。小说视角所处的的层面不同，叙事者与小说内容的关系也就不同。当代小说的叙事层级更加丰富，表现为既有第三人称之下的第一人称叙事，又有第一人称之下的第一人称叙事，还有第一人称之下的第三人称叙事，或者是在第一、第三人称之间相互转换的叙事视角。

流动性的叙事视角是叙述者带领读者与书中的主人公采取同一视角进行叙事，实现作者、读者、叙述者三者的融合。当作者的叙事视角发生变化时，叙事者与读者的视角也随之发生变化。流动视角带给读者更加深刻、丰富的体验。

（三）聚焦视角与辐射视角

所谓聚焦视角，指的是由四周去观察中心点，或者从不同的人物视角去观察同一个对象。所谓辐射视角，指的是由一个中心点去观察四周，与聚焦视角正好相反。这两种视角经常用在场面描写中，使小说的情节更突出，故事性更强。当代小说中也充分利用了聚焦视角与辐射视角，如作家凌力在《星星草》中描写僧格林沁的前锋部队被捻军包围，最后全军覆没的场景，采用的就是主将恒龄与舒伦堡个人的辐射视角进行叙事。这一视角的描述与《水浒传》中梁中书被围城中的叙述是一样的，都是一段精彩的场面描写。

三、现代戏曲文学的主体性复归

元代的杂剧与清代的传奇中有着鲜明的主体性。这种主体性表现为剧作家具有鲜明的个性，而且主体性成为全剧的基调一直贯穿其中，决定着情节的发展与艺术表演的形式。这种鲜明的主体性奠定了戏曲的基调，对后世的戏剧发展有着重要的影响。

现代戏曲在继承古代戏曲的基础上呈现出以下几个新的特点。

（一）创作主体的专业性

现代戏曲文学的创作者主要是专门从事戏曲文学创作的专业人员，这些人员具有较高的知识水平与专业文化修养，呈现出专业性的特点。

（二）戏曲文学的个性化倾向

专业化与个性化是紧密结合在一起的，专业化是基础，个性化是呈现形式。其中，个性化所表现的是作家的个性的凸显，这种个性是作家独立意识的觉醒，以实现自我价值为导向。现在，衡量一部剧本的好坏常常看的是剧本的个性化是否突出，剧本是否异于其他作品，呈现出鲜明的个性。

（三）戏剧文学中的时代感

古代戏剧所表现的时代主题与现代戏剧是截然不同的，古代戏剧所表现的是古代意识，其核心内容为封建统治服务，所表现的是封建的思想、主张等，所表现的内容决定了古代戏剧的性质、思想、价值等。当然，也有《西厢记》《牡丹亭》《窦娥冤》等进步戏曲，但这些毕竟是少数。而中国现代戏剧所表现出的是现代意识，是在社会主义物质文明与精神文明的基础之上发展而来的，是符合现代意识潮流的，表现出以人为本的观念，整体上是对人的价值、人格、尊严等的尊重。虽然古代戏曲与现代戏曲表现的主题不一致，但它们都是对所处时代的时代性的概括，其中都有对当时社会政治、经济、文化的客观反映。在这一点上，现代戏曲继承了古代戏曲反映时代主题的传统，具有进步性。

第五章　中国古代文学与教育教学

第一节　中国古代文学中的教育教学观

中国古代文学中渗透着各种各样的教学理论，对今天的教育教学与教育改革具有积极的意义。中国古代文学中的教育教学观念与理论是一个庞大的系统。在论述教育教学之前，有必要对中国古代文学中的教学理论进行简单的梳理，以厘清教学理论与观念形成的脉络，使其更好地指导现代教育教学观。

一、孔子的教育教学观

孔子是中国古代伟大的思想家、教育家。在教育实践方面，孔子创办了私学，打破了学在官府的局面，有教无类、因材施教、温故而知新、不愤不启、不悱不发等都是孔子的代表性观点。其中，有教无类的教育主张将教育普及于平民，培养了大批的弟子。孔子的教育目标是培养德才兼备的君子，主张积极入世。孔子善于搜集整理古籍，保存了春秋之前的重要文献，还修了《春秋》，开了私人修史的先例。孔子办教育、成六艺，这样的功绩是空前绝后的。在这里，我们对孔子的性习说与差异论进行详细介绍。

（一）性习说

人的才智是先天就有的还是后天习得的呢？这就是关于“性”与“习”的论述。“性”指的是人的本性，是先天性因素；“习”强调后天的不断练习，成为习惯。孔子认为“少年若天性，习惯成自然”，“性相近也，习相远也”。这里指出了遗传、教育、环境因素的关系。孔子指出，人生下来的时候，先天的素质是没有多大的差别的，真正决定才智高低的是后天的环境与教育，在这里，“习”起着更大的作用，“习”可以弥补先天的不足，可以改变人性，发展人性。

孔子的“性相近也，习相远也”具有朴素的唯物主义与辩证法的观念。首先，指出了人的先天因素差别很小，也客观地指出了人生而平等，没有尊卑贵贱、聪明愚笨的差别，体现了孔子天赋平等的人性论，这些在“有教无类”的主张上有所体现。其次，人与人之间并不是没有差异的，更多地表现在后天的教育与环境中，教育的程度与环境的优劣直接决定了人的后天发展。孔子肯定了教育的重要性，教育有时起到的是决定性的作用。

（二）差异论

与“性习论”相关联的是他的差异论。所谓差异论，是学习者之间存在差异的理论，指的是人具有独特的心理与气质，性格、气质、智力、能力等都存在差异，而且这种差异具有普遍性的特点。孔子将差异划分为三种：

1. 智力方面的差异

孔子认为人的智力水平存在着差异，有“生而知之”的人，这样的人是“上智”；有“学而知之”“困而学之”的人，这样的人是“中智”；还有一类是“困而不学”的人，就是“下愚”。在这三类人中，绝大多数的人在“中智”层面，而“上智”与“下愚”是少数。根据智力的不同，孔子在教学过程中又提出了“中人以上，可以语上也；中人以下，不可以语上也”。即根据智力水平的不同，对于中等以上智力水平的人可以进行高深学问的讲授，对于中等以下智力水平的人是不可以讲授高深学问的。这里的观点与今天的智力与学习水平相统一的观点相一致。那么，智力水平可以提高吗？还是一成不变的？孔子又说了“我非生而知之者，好古，敏以求之者也”，指出了智力水平可以通过后天的学习得以提高。

2. 能力方面的差异

孔子还认为学习者存在能力方面的差异。孔子有三千弟子，贤者有七十二人。虽然他们学习的内容是一样的，但学习的程度却有着很大的差异。有的具备治理“千乘之国”的能力，有的具备治理“百乘之家”的能力。同样学习六艺，他的弟子却各有所长，如德行修养较高的有颜渊、闵子骞、冉伯牛等，善于言辞的有宰予、子贡等，擅长政事的有冉有、子路，擅长文学的有子夏、子游等。

3. 性格方面的差异

孔子十分了解弟子的性格特征，善于对弟子的性格进行总结。例如，“柴也愚，参也鲁，师也辟，由也喭”，只用一字，就将弟子的性格特征准确地概括出来。

孔子的“性习论”和“差异论”总结了人们受教育的必要性，也为教育提供了方法。孔子进而提出了要“因材施教”，即从学生的个性特点出发，针对学生的实际情况进行教育教学。这样可以扬长避短，充分地释放学生的潜能。

二、《学记》中的启发式教学

《学记》是专门论述教育的篇章，在继承了先秦时期儒家的经典教育理论的基础上，对教育理论和教育实践进行了概括和总结。《学记》的篇幅不长，但其中的内容却博大精深，其中所阐释的是教育与政治的关系以及教育的作用、教育的目的、教育的任务，还有教学的制度、教学的内容等，对教学原则、教学方法、师生关系等也有所论述，对今天的教育工作有着深远的影响。

《学记》辩证地阐述了教与学的关系，其教学的原则与方法值得借鉴。

（一）《学记》的教育教学原则

1. 豫、时、孙、摩

这是教学的四个基本原则。豫是预防性原则，在学生的不良行为出现之前加以防范；时是及时施教的原则，要抓住最佳的时机施教，这样会取得良好的教育效果；孙即循序渐进的原则，指的是教学要遵循一定的顺序，根据学生的年龄阶段设置相应的教学内容，合理安排教学进度；摩即学习观摩原则，指学生间相互观摩、相互学习、取长补短，可以共同进步。

2. 教学相长

《学记》:“学然后知不足，教然后知困。知不足，然后能自反也；知困，然后能自强也。故曰：教学相长也。”这就是说，学习以后才知道自己的不足之处，教导人以后才知道困惑不通。知道自己的不足之处，这样以后才能够反省自己；知道自己困惑的地方，这样以后才能自我勉励。因此说，教与学是互相促进的。这段话揭示了教与学相互渗透、相互促进的矛盾又统一的关系。在教学过程中，要注重教与学之间的内在关系。

3. 藏息相辅

《学记》:“大学之教也，时教必有正业，退息必有居学。不学操缦，不能安弦；不学博依，不能安《诗》；不学杂服，不能安礼。不兴其艺，不能乐学。故君子之于学也，藏焉修焉，息焉游焉。夫然，故安其学而亲其师，乐其友而信其道，是以虽离师辅而不反也。”大学教学，按照时序进行，必须有正式的课业，课后休息时也要有课外练习。不学习弹奏杂乐，就不能懂得音乐；不学习各种比喻的方法，就不能理解《诗经》；不学习各种服饰的用途，就不懂得礼仪；不重视学习各种技艺，就不能激发对学业的兴趣。因此，君子对于学业，要心中念着，反复研习，休息或闲暇时也念念不忘。如果能这样，就能学懂课业并尊敬师长，乐于同朋友交往并信守正道。即使离开了师长和朋友，也不会违背他们的教诲。在这里，强调要把藏修与息游、课内与课外结合起来进行学习，讲得十分透彻。

4. 启发性原则

"君子之教，喻也"中的"喻"指的是晓喻，有启发诱导的意思。这里强调教师要充分调动学生的主观能动性，启发学生进行积极的思考。

5. 长善救失

"教也者，长善而救其失者也"的意思是，教师，就是发扬学生的优点，并且纠正他们各自缺点的人。这里突出了教师的重要性。对学生的教育要掌握良好的方法，每个学生都是矛盾的统一体，既有优点，也有缺点，有积极的一面，也有消极的一面，教师的任务就是"长善而救其失"，教育就是使学生的长处得到发展，以弥补其不足之处。

（二）《学记》中的教学方法

1. 问答法

《学记》中认为，教师的问要先易后难，要遵循问题的内在逻辑，这是善问；学生在回答问题的时候，应该认真思考后，从容不迫地进行回答，这样才能将所理解的内容说透。

2. 讲述法

《学记》中"约而达""微而臧""罕譬而喻"等都是对教师讲解内容的要求。教师在讲解的过程中要语言简练、恰当，意思通达、明白晓畅，可以通过举例、运用典型事例等进行论述。

3. 练习法

练习法是对已经学习的知识的实践，指出知识与技能的掌握必须在实践中进行巩固，逐渐将感性认识提升到理性认识的层面。《学记》强调练习的时候要讲究适度原则，注意循序渐进，去进行知识或技能的巩固。

三、朱熹的教育教学主张

朱熹是南宋时期著名的教育家，对后世的教育教学有着很深的影响。朱熹在担任地方官期间，曾经进行私人讲学，积极地开办书院、学校，还编辑了以《四书集注》为代表的教学用书。此书作为科举考试的教科书，一直延用了七八百年。朱熹提倡“移风易俗”的教化，对中国教育的影响很大。朱熹的教育教学思想主要体现在以下几个方面：

第一，对学前教育很重视。朱熹重视儿童的早期教育，从胎教、保育、守则等方面对儿童的早期教育进行阐述，是较早关注儿童学前教育的教育家。

第二，提倡和践行开办书院和州县学校。朱熹曾创办了同安县学，重修了白鹿书院。朱熹爱讲学，还经常聘请当时的名流来讲学。

第三，重视小学教育，编辑相关教学用书。朱熹主张儿童从八岁起入小学，开始接受小学教育，十五岁之后进入大学，接受大学教育，遵循循序渐进的原则。朱熹认为小学教育是大学教育的基础，大学教育是对小学教育的延伸。

第四，朱熹还有些教学原则与教学方法值得现代教育教学借鉴。朱熹的弟子门人对朱熹的读书之法进行了总结，主要有六条原则。

（1）循序渐进的原则。朱熹认为，首先，读书要按照一定的次序进行阅读。其次，要按照自己的阅读与理解能力制订相应的计划，量力而行。再次，读书的时候不能片面地追求速度，要扎实地打好基础，不能急于求成。

（2）熟读精思的原则。读书要熟读成诵，还要精于思考。只有做到既读得熟，又思考得精，才能有所收益。

（3）虚心涵泳的原则。读书的时候要心无杂念，细心体会作者的本意，不可先入为主，要反复对字句进行揣摩，深入领悟其精髓。

（4）切己体察的原则。读书不能仅仅停留在书本上、口头上，还要进行实践，要身体力行，才能将所学知识进行转化。

（5）抓紧用力的原则。在读书的时候要抓紧时间，集中精力，不能松散和拖拉。朱熹将读书比喻为救火治病、猛将用兵、逆水行舟等，这些比喻都很贴切。

（6）居敬持志的原则。读书的时候要树立远大的志向和高远的目标，要有一颗敬畏之心，长期坚持，这样才能把握读书的真谛。

四、古代教育的发展观与知行观

（一）发展观

古代有两种发展观，是以孟子为代表的“性善论”和以荀子为代表的“性恶论”。

孟子提出了“性善论”。在孟子看来，人一出生就是善良的，有“良能”和“良知”，一出生就有仁、义、礼、智、信等方面的道德本性。这些并非后天习得的，而是先天就已经具备的，而后天只是对这些道德本性进行完善和实践。孟子还概括了五种人伦关系，即父子有亲、君臣有义、夫妇有别、长幼有序、朋友有信。孟子还提出保持善性的方法，即通过自我教育来找回丢失的本性。自我教育也就是内省，通过不断地反省自我，即内省，最后达到善终。

荀子主张“性恶论”，他认为人生下来的时候是遵循生理本能和感知本能的。按照人的本性来说，人是小人，需要在后天不断引导和规范，强调道德教育的重要性。

性恶论与性善论既相互对立，又相辅相成，对后世人性学说产生了巨大的影响。

（二）知行观

知与行的关系也是历代争论不休的问题，比较有代表性的是王守仁的唯心主义知行观和王夫之的唯物主义知行观。

“知行合一”是明代思想家王守仁的主要观点。他从主观唯心主义出发，认为知与行是两个不同的概念，所谓知行合一就是知与行的同频。他将知与行进行了统一，在一定程度上纠正了知行分离的误区。

明末的思想家王夫之对知行关系的论述具有朴素的唯物主义的性质。他说：“知行始终不相离……而更不可分一事以为知而非行，行而非知。”在王夫之看来，行是知的基础，行有高于知的优点，行是检验知的标准。

第二节　中国古代文学对教育教学思维的影响

中国古代文学中涉及一些传统的思维方式，是中国古代文学的重要组成部分，也是传统文化的思想内核，是中国古代文学中比较稳定的形态。教学活动是现代教育的重要部分，是学校工作的主体。中国古代文学中的一些传统思维方式对学校的教育教学思维有重要的影响。

一、相反相成的思维方式

这是指两个对立的事物既互相排斥，又互相促成，即相反的东西也相互依赖，具有统一性。两个对立的事物走向和谐统一的前提是要从整体观入手。相反相成具有鲜明的辩证法的特点，对人生、社会、教育等的影响是巨大的。传统的教育教学呈现出辩证的特点，比较有代表性的是德智统一观、教学相长观、多样统一性。

（一）德智统一观

教育的首要任务是道德教育，进行道德教育的过程中还要同时进行实践，知识教育与道德教育一起进行，智育最终为德育服务。德育与智育之间的矛盾统一的关系恰如知与行的对立统一。唐代学者刘知几认为，一个人如果有学问而没有才能，就好比拥有巨大的财富却不会经营它，如果没有才能却有很深的学问，就像一个技艺高超的工匠，虽然拥有高超的技艺，但是没有工具，也就无法建造宫殿。这揭示了知识与才能的内在关系。

爱因斯坦曾经用这样的一段话来论述德育对人的发展的重要性："用专业知识教育人是不够的，通过专业教育，他可以成为一个有用的机器，但是不能成为一个和谐发展的人。"所以，在追求智力的同时，也需要道德方面的培养，实现德智一体化培养。现代学校在重视学生科学文化知识的同时，也要将德育纳入学生培养体系中，培养德智体美全面发展的社会主义接班人。

现代教学中的德育也在逐渐实现学分化。德育教育的最终任务是培养学生正确的人生观与价值观。德育不能仅是说说而已，而应该渗透到日常生活中。在德育创新体系上，要将个人品德、社会公德、家庭美德、职业道德等进行外显，构建以行为塑造为导向的德育学分体系。以学生的综合素质和学生的健康成长为中心，搭建现代德育学分体系。设置基础学分与提升学分，基础学分侧重于学生基础品德的培养，为必修项目；提升学分主要针对学生个性化的素质培养设置，为选修项目。德育学分加入学生的德育综合评估中，成为考核、选拔等的重要参考。

在智育方面，要进一步改进智育学习体系，对一些不合理的评价标准进行改革。在注重培养学生专业素质、创新精神和实践能力的同时，综合提升学生的专业素养和个人修养。探索设立实践学分，实行德育与智育相结合的模式，具体表现为教师要善于在教学过程中挖掘相关课程中的德育元素，将其写入教案、融入课堂，实现德育与智育同步进行，培养出德智双修的高级人才。

（二）教学相长观

相反相成还表现在教与学上，也就是著名的教学相长。这对当今的学校教育教学有着重要的影响。教学相长是指教和学是互相促进、共同提高的。教与学的过程是教师与学生之间相互交流、相互启发、共同进步。在教学相长的过程中，教师与学生之间进行了情感上的交流，共同学习与成长。现在很多教师并不明白教学相长里面所包含的深层意思，仍然停留在表面的理解。例如，有的教师在上课过程中喜欢自说自话，而忽视学生的主观能动性，还有的教师总是低估学生的发展潜能，设置的教学内容缺乏挑战性，这些都违背了教学相长的原则。

在教与学、教师与学生的关系上，现代的教学具有先教后学、先学后教、先学后导、先学后研等教学思维，这些教学思维有各自的特点。教师要认识到课堂教学的最终指向是学生，充分利用学生的主体性，教会学生自主学习。而以上的教学思维可以放在不同的年龄段进行运用，如小学一二年级的时候可以选择先教后学的方式进行教学，在中小学阶段对于较难的学习内容也可以采取先教后学的方式。教师要明确的一点是，教师的教不仅仅局限于知识，还在于学习方法的传授，随着学生的学习能力的提升，教师逐步实现先学后导，再向先学后研的模式发展。教学思维并非一成不变的，而是科学的，要遵循教学的规律，教师要进行理性的选择，采用适合学生发展需要的思维方式。

当今时代是信息飞速发展的时代，教师在教学与个人发展上也要与时俱进。这就要求教师要一直更新知识结构，跟上时代的步伐，所以教师要树立向学生学习的观念，所谓“三人行，必有我师焉”。向学生学习，不仅可以拉近与学生的距离，还能在交流中获得新知，有时学生所表现出的想象力超乎教师的想象。

（三）多样统一性

在教学实践上，古人的教学呈现出不同的形式，相同的内容可能有不同的层次，但最后能够在体系内进行统一。例如，仅《论语》中，关于学就出现了 64 次，包括学与习、学与思、学与行、学与性、学与仁、学与教、学与政等，这里面有一个层次逐渐升高的过程。在《论语》中，关于学的逻辑是由起点学的表面含义到学与政的相融合，体现了多样统一性的原则。

另外，在教学实践中，孔子主张自己的弟子能够解放思想，畅所欲言，鼓励他们有自己独特的见解。师生之间既呈现出“和”的趋势，又有“和而不同”的区别，使得不同的思想火花进行碰撞，推动学习向前发展。

古代的多样统一性对今天的教育教学的影响表现在实践教学的多样化探索上。实践教学多样化要求教学要不断进行实践，还要尽可能多地采取不同形式的实践方法。实践教学是将理论知识运用到实践中去，是理论与实践联系的桥梁。

二、执两用中的思维方式

执两用中还被称为中庸、中行、中道等，指的是采取不偏不倚、适度的思维方式，这是儒家的代表思想。这种思维方式对历代的影响都是很大的。

在教学思想上，关于执两用中的运用表现在《学记》中：“君子之教，喻也。”君子教育学生，加以诱导，而不是强牵着学生；加以鼓励，而不是抑制学生的进取精神；加以开导，而不是直接告诉学生。“道而弗牵，强而弗抑，开而弗达。道而弗牵则和，强而弗抑则易，开而弗达则思。和易以思，可谓善喻矣。”在教学中，对学生的学习强调引导，而并非强迫，采取激励的方式，而不是压抑。在这一过程中，疏导起着重要的作用，学生处于这样的氛围中感受到的是轻松与愉悦。在这一过程中，教师要掌握分寸，使学生处于轻松的状态，营造一种和谐的氛围。

在现代教学中，引导思维的运用具有非常重要的意义，主要表现在教师的教学手段上，善于引导，才能有效达成教学目标。那么，在现代教学中，教师的定位应该是学生学习的指导者与帮助者。

教师要善于激发学生的学习兴趣。兴趣是最好的老师，有了兴趣之后，学生在学习的过程中会积极起来，进行自主学习。在实际的教学中，教师可以通过以下几种方式对学生进行引导。

（1）以故事代入，增加情节性，激发学生自主联想。学生对故事性的内容较为感兴趣，最重要的原因是故事带有可感性。在教学过程中加入一些故事、寓言、谜语等可以带动学生积极思考，将好奇心转化为学习兴趣。

（2）通过悬念的设置，激发学生的求知欲。悬念的设置可以激发学生的好奇心，使其急切地想要找寻答案。在找寻答案的过程中，学生会处于一种注意力高度集中的状态，其思维力与爆发力是前所未有的。如果悬念设置得好，学生在课堂上热情高涨，能有效推动教学的进度，使得教学一直处于活跃的状态。

（3）设置疑虑，激发思维。疑虑也是问题意识的培养的具体表现。在教学过程中，有些知识在衔接处或表现形式上呈现出差异性，这些差异正是疑虑设置的最佳时机。疑虑的设置既要符合情理，也要有些挑战性，为引出之后的教学做铺垫。学生在这一过程中，可以通过自身的逻辑推理以及教师的点播进行答案的找寻。

（4）构建幽默课堂，活跃思维。积极的引导是一门艺术，幽默同样是一门艺术。幽默是一种优美的、健康的品质。幽默给人以愉悦和轻松。幽默的教学风格对调动学生的积极性与构建和谐的师生关系有着积极的意义。幽默的教师具有天生的亲和力，能激发学生的向师性，从而为实现教学目标、完成教学任务起到积极的作用。

（5）引入竞争模式，发挥学生的主体性作用。竞争可以以小组的形式展开，通过小组的组织，可以锻炼学生的实践能力、组织能力与沟通能力。当然教师在这一过程中对小组的构建、人员的搭配、教学指导、问题的提出等要进行前期的精心准备。

有时，人们将“执两用中”理解为中庸的状态，但教学中更注重顺其自然地对学生进行能力的培养，顺着学生的发展规律进行引导。在引导过程中，充分尊重学生的主观能动性，让学生自己去探索知识，提高感性与理性两方面的能力。

三、直接体悟的思维方式

（一）直觉思维

直觉思维指的是思维主体通过对思维对象的直观认识，对事物的本质特征进行概括的思维方式。这种思维方式具有非逻辑性与非理性，是我国传统思维的重要形式。中国的传统思维的整体模式呈现出模糊性与抽象性，比如“道”“太极”“理”“气”等。这些思维并不能用概念描述清楚，只能靠着直觉思维来进行解读。而直觉主要靠的是主观感受，将自己的生活经验与直观感受结合起来，以心观物，对客观的事物进行感悟。这是认识客观事物的第一步，接下来将感悟的东西结合自身的经验加以生发，就能得到对客观事物整体的把握。因此，直觉思维既有直观性，也具有体悟性。将直观性与体悟性结合起来把握客观事物，就很容易理解古代思维的抽象性了。

古代的思想家对直觉思维比较重视，比如，墨家就对直觉思维很重视。墨家重视直觉感受与实际经验的结合，墨家的代表人物墨子认为，人们对客观事物的认识来源于“三知”——亲知、闻知、说知。亲知是对外界事物的触觉、感觉，是第一印象的认识，是直接的感受；闻知是通过书本与听课得来的，属于间接的知识；说知是较为高级的认知，是通过逻辑推理而得来的新的知识。墨子又进一步拓展了检验知识的方法，他认为知识正确与否可以用三个标准进行衡量：“上本之于古者圣王之事”“下原察百姓耳目之实”“发以为刑政，观其中国家百姓人民之利”。即从向上推究古代圣明帝王的往事，向下考察百姓耳闻目睹的实情，将其放到政治上去施行、观察是否符合国家与百姓的利益三个方面来检验真理。这三个标准可以概括为从历史实际、社会实际、人民利益三个维度检验知识，颇具创新性，后世称之为“三表”。

直觉思维在教学上的影响主要表现为重事实、重实践。例如，北宋时期著名的教育家胡瑗就采用事物图形和图表进行直观教学。到了南宋，大文学家、教育家朱熹将教育、教学经验进行总结，采用直观教学法进行教学，取得了良好的成效。他在教学过程中常采用实物或图像进行教学，还采用故事性、比喻性的语言，将一些艰难晦涩的理论形象化，增加了知识的表现力，特别是使儿童启蒙类的知识增加了趣味性与故事性。他的《朱子六经图》有对各种描述对象图片的绘制，增加了知识的直观性与趣味性。

（二）现代教育中的直观教学法

在现代教育中，直观教学法是运用得最为普遍的教学方式。直观教学法重视教师在引导学生接受知识时，利用实物、图片、模型或者电化教学设备进行具体形象的展示，使学生迅速产生感性认识。直观教学法的运用是向学生提供丰富的直观感受的资料，也是推进学生理性认识与抽象认识的有效途径。直观教学法的运用有助于促进学生对知识的理解，还有助于提升学生的学习效果，有助于激发学生探索的欲望和学习的兴趣，有助于培养学生综合能力。直观教学法最先触及的是感性认识，使学生拉近与学习对象的距离，减少学生学习的困难。直观教学法能促进学生正确概念的形成，提高学生的观察能力与思维能力。

直观教具是直观教学法的重要手段。目前的教学中主要的直观教具有实物、模拟实物、图表、现代化直观设备（电影、电视、幻灯片、录音等）。直观教具具有鲜明性、生动性与真实性的特点。学生根据直观教具的呈现，可以准确地理解教材的知识点，为进一步掌握教材知识打下坚实的基础。另外，直观教具的生动性进一步激发了学生的学习兴趣。学生通过回忆直观教具可以串联知识点，完成对知识的学习，对知识掌握得快，也不容易忘记。

模拟直观教具比直观教具更加形象，可以对突出的细节进行模拟和放大，可以将较难呈现的部分进行模拟呈现。现代化直观设备不仅可以呈现学习对象的外部形象，还能进行内部结构的深刻剖析，并具备放大、缩小的功能，可以串联各事物，实现事物间的自由切换，拥有广阔的发展空间，是现代教学重点发展的对象。

第三节　中国古代文学对学校德育的指导

在中国古代文学中，还有一个重要的部分是传统的伦理道德，它是中华民族长期文化积累的结果，是历代人们传承的道德价值体系。这一套道德价值体系对现在的学校德育具有积极的作用。主张高尚道德与修养的先贤们的思想散发着光芒，值得我们去继承与发扬光大。

一、中国古代文学中的价值取向

（一）对德政的追求

在古代，儒家思想对我国的价值取向影响是最大的。“道之以德，齐之以礼”，表明儒家将道德教化放在了首要的地位。而儒家的道德追求主要集中在孔子的思想主张中。孔子尚德，将尚德放在了首要地位。

什么是德？德是一个抽象的概念。德在早期的社会中涵盖着多重意义，如谦让、勇敢、诚实即为德。到了春秋时期，随着社会的巨大变革与孔子的极力主张，德开始具有确定的含义，指的是道德、品德、功德等。老子著有《道德经》，分为《道经》与《德经》。老子强调道，这里的“德”是道德延续，指的是事物的客观规律。孔子明确提出了尚德，这里的“德”指的是社会公德、社会道德等。

孔子的尚德主要有两大类别：一是社会上普遍承认的、对前代的德的继承，如恩惠、德行等；二是儒家独有的、与行相联系的理解和阐释。《论语》中关于德的解释有“主忠信，徙义，崇德也”“道之以德，齐之以礼”“中庸之为德也，其至矣乎”“志于道，据于德”四个方面。这四个方面的德是有内在的逻辑关系的。首先，“主忠信，徙义，崇德也”，是将德看成人在社会中的成长目标，做到忠诚信义，最后向提升个人道德上迈进。“道之以政，齐之以刑，民免而无耻；道之以德，齐之以礼，有耻且格。”此句中，孔子指出如果采用政法和刑罚来治理社会，人们只是暂时不犯法而已，并没有羞耻心，但如果用道德和礼数来规范社会，那么人们不仅会具有羞耻心，还会心悦诚服地接受道德约束，朝着越来越好的方向发展。“中庸之为德也，其至矣乎！民鲜久矣。”此句中，孔子指出中庸是道德追求的最高行为准则，并且一般人是很难做到的，可见中庸是孔子推崇的行为。“志于道，据于德”中的德是做事的依据，立志虽要高远，但必须从人道起步。所谓“天人合一”，天道和人道要从道德的行为开始。据于德，即是要以道德为根据。如果说“志于道”是望向远处的眼光，那么“据于德”就是人生奋斗的底线。人可以一事无成，但起码不可丧失道德。古人解说“德”就是“得”，有成果即是德。但为达目的不择手段，所得到的成果也不可久享。为了道德良心，有所为有所不为，才是真正的做事法则。

孔子的尚德思想来源于三个方面，是对前代的德的继承与创新。

首先，是对夏、商、周三代历史文化的继承。孔子对夏、商、周三代的历史文化有着深刻的认识，他的思想正是在总结夏、商、周三代历史文化的基础上形成的。孔子对尧、舜、周文王、周武王非常推崇，对他们的德行进行了赞扬，这正是孔子尚德的主要来源。

其次，是从周代的礼乐文化中汲取营养，完善尚德体系。孔子对当时的时代有着深刻的认识，他对战争不断、社会动乱进行了分析，指出“天下有道，则礼乐征伐自天子出；天下无道，则礼乐征伐自诸侯出”，进而提出了要“克己复礼”，所恢复的礼就是周代的礼乐文化。在孔子眼中，要想实现天下安定太平，就要恢复天子的绝对权威，尽管这在当时的动乱中难以实现，但这一理论为后世所推崇。

最后，是对当时的现实社会的总结。孔子既是一位教育家，也是一位纵横家。在他周游列国的时候积累了很多的社会经验，对当时的政治、经济、文化等有着深刻的认识。孔子所处的时代，周朝一统天下的局面被打破，取而代之的是诸侯之间战争不断，谋取私权、篡位政变、杀父弑君等事情经常发生。孔子周游列国，游说各国君王采纳自己的观点，在十多年的时间里，他积累了大量的社会实践经验，对历史和现实有了深刻的认识，因此尚德思想可以说是孔子的最高理想，他将尚德推到了至高无上的地位，德可以指导人们做一切事情。如做官要有官德，“为政以德，譬如北辰，居其所而众星共之”，意思是用道德的力量去治理国家，自己就会像北极星那样，安然地处在自己的位置上，别的星辰都环绕着它。“以德为政”，若是从字面上看，只要掌握好“政”和“德”字，这句话还是很容易理解的。“政”不仅指政治行为，还指管理一个团体或组织甚至一个国家。“德”字并不是笼统地指道德，也可以将其理解成“良好的德行和思想”。做人要有品德，人的品德可以指导社会生活的方方面面，其中的“孝”是孔子对个人修行提出的重要要求。孔子指出对待父母不仅要孝，还要顺，孝只是对父母物质生活上的保障，而顺则是使父母精神上愉悦。这对品德进行了升华，看人的品德高低，需要看其对父母的态度。

（二）对高大人格的追求

中国古代教育，特别是儒家的教育，主要是对人的培养，是教会人成为人的过程，其主要观点和教育理念是面向人生的，最终的目标是培养高大人格的。孔子认为，人格是不断完善的，人们需要不断进行学习。“吾十有五而志于学，三十而立，四十而不惑，五十而知天命，六十而耳顺，七十而从心所欲，不逾矩”，是对人生每个阶段的追求。而人格的塑造要实现“仁、义、礼、智、信”的兼顾，君子、成人就是高大人格塑造的最终体现。《论语》：“质胜文则野，文胜质则史。文质彬彬，然后君子。”这是孔子的传世名言。它高度概括了文与质的合理互补关系和君子的人格模式。文与质是对立统一、相辅相成的。未经加工的质朴是朴实淳厚的，但容易显得粗野；后天习得的文饰虽然华丽可观，但易流于虚浮。质朴与文采是内容与形式的关系，是同样重要的，只有文质双修，才能成为合格的君子。孔子的文质思想经过两千多年的历史实践，成为中国人的“君子”形象最为鲜明的写照，对后世产生了深远的影响。

关于“成人”，孔子说：“若臧武仲之知、公绰之不欲、卞庄子之勇、冉求之艺，文之以礼乐，亦可以为成人矣。”又曰：“今之成人者何必然？见利思义，见危授命，久要不忘平生之言，亦可以为成人矣。”在孔子看来，人能兼具臧武仲、孟公绰、卞庄子、冉求这四种人的智、廉、勇、艺的优点，再加上礼乐的修养，就接近完人了。这是非常高的标准，世间是很难有的。孔子又说，在现实中能做到重义轻利、勇于担当，而且要“久要不忘平生之言”，也就算是完人了。其“见利思义”的思想对后世影响深远，“见利思义”也就是智，“见危授命”也就是勇，“久要不忘平生之言”也就是仁，这三德要结合起来，才能“成人”。

以孔子为代表的儒家教人成人需要经历三个层次，即修身、齐家、治国平天下，孔子还提出了“成人”的途径，主要有三个方面。

首先，要通过学习来提高品德修养。在《论语》中关于学习的论述最具代表性的是“学而时习之，不亦说乎”。另外，他还在《论语》中说：“好仁不好学，其蔽也愚；好知不好学，其蔽也荡；好信不好学，其蔽也贼；好直不好学，其蔽也绞；好勇不好学，其蔽也乱；好刚不好学，其蔽也狂。”孔子指出仁、知、信、直、勇、刚等都是人们追求的美好德行，但仅有这些美好的愿望是远远不够的，还需要具备好学的精神。如果没有好学作为基础，是达不到这些目标的。

其次，要通过不断清醒的思考来提高美好的心理品德。“吾日三省吾身：为人谋而不忠乎？与朋友交而不信乎？传不习乎？”“一日三省”也成了当代人的内在修为，经常反省自己的行为，以此来提高自我修养。这种道德自我审视的方法对自我能力、修养的提升有着积极的作用，可以促进美好品德的形成。孔子的“九思”也很有名，在《论语》中有“视思明，听思聪，色思温，貌思恭，言思忠，事思敬，疑思问，忿思难，见得思义”，指出了需要用心思考的九件事情：看要看得明确，不可以有丝毫模糊；耳闻声音而心能辨别其真伪，不能够含混；脸色要温和，不可以显得严厉难看；容貌要谦虚、恭敬有礼，不可以骄傲、轻忽他人；言语要忠厚诚恳，没有虚假；做事要认真负责，不可以懈怠懒惰；有疑惑要想办法求教，不可以得过且过，混日子；生气的时候要想到后果灾难，不可以意气用事；遇见可以取得的利益时，要想想是不是合乎义理。

最后，可以通过不断实践来培养人们高尚的品德。孔子很重视道德的实践。实践并不是简简单单地做，而是在哲学层面的实践。他说：“譬如为山，未成一篑，止，吾止也；譬如平地，虽覆一篑，进，吾往也。”譬如用土堆山，只差一筐土就完成了，这时停下来，我所有的努力都废弃了；譬如填平洼地，虽然只倒下一筐，但我也在前进。不断地进行实践，在实践的基础上进行品德的塑造。这里强调了实践对道德修养塑造的重要性。

二、中国古代文学中的伦理道德规范

（一）仁爱思想

孔子是中华文明和世界文明中具有卓越贡献和巨大影响的伟人。“仁者爱人”是孔子关于仁爱思想的重要论点，他开创的仁爱思想是千百年来中华民族精神的源头活水、礼乐文明的重要根据、价值观念的是非标准、伦理道德的规范所依，构成了中华民族的基本精神价值。总体说来，以“仁”为核心的仁爱思想是孔子思想的核心，也是整个儒家思想体系的基础理论。“仁”是孔子思想的核心观念，“天下归仁”是孔子的社会理想。《论语》中提到“仁”的次数多达 109 次。《论语》：“士不可以不弘毅，任重而道远。仁以为己任，不亦重乎？死而后已，不亦远乎？”在这里，可以看出孔子师徒强调要以行“仁”为己任，“死而后已”，可见“仁”在他思想中所占的地位。孔子思想之所以经久不衰，影响深远，全在一个“仁”字上，“仁”的内涵丰富，值得今人深入理解、探究。孔子的仁爱思想主要有以下三个方面的体现。

1. 仁者爱人

“樊迟问仁，子曰：‘爱人’。”孔子指出“爱人”是要秉持一颗爱人之心，是尊重他人、关爱他人。孔子从人性关怀的角度出发，从爱自己到爱亲人，再到爱众（天下之民），是由近到远、由亲到疏的，是不断发展、不断完善的能力养成，体现了“爱人”由浅人深的发展历程。

孔子还倡导要以恭敬之心爱人，以宽厚之心待人，以诚信之心对人，以敏捷之心做事，以慈惠之心助人，即所谓“恭、宽、信、敏、惠”。孔子的仁爱并非针对所有的人，爱人的对象是那些道德高尚、遵守礼节的人，而对那些不尊礼教的人是持厌恶态度的。

2. 克己复礼

克己复礼具有深刻的内涵，人不仅具有自然属性，还具有社会性，在涉及人与人之间的关系时，就需要有仁的思想。首先，克己复礼，重在克己，克己就是约束自己，在道德实践的过程中主体性的追求起着决定作用。孔子也进一步指出了道德并不是遥不可及的，而是通过自己的努力实践可以达到的。其次，复礼中对礼的追求贵在和。这里面的礼指的是周礼，孔子既强调礼的运用以和谐为贵，又指出不能为和而和，而是要以礼节制之。同时，人的情感无论喜怒哀乐都要适中而不过分，这才符合礼。

孔子的仁爱思想流传千年，时至今日仍具有无限的生命力。深入理解和探究孔子的仁爱思想并将其发扬光大，既是时代的呼唤，又是教育的使命。

3. 忠恕之道

“仁”的境界有内在的“爱人”与“克己复礼”，那么，其外在表现就是忠恕之道了。“忠恕”是仁道的基本要求，是处理人与人之间关系的基本原则。这个词出自《论语》。“子曰：‘参乎！吾道一以贯之。’曾子曰：‘唯。’子出。门人问曰：‘何谓也？’曾子曰：‘夫子之道，忠恕而已矣。’”其中，“忠”指的是忠人之心，对他人要尽心竭力，对自己要克己复礼。“恕”指的是容忍的心要推己及人，对他人要宽恕。什么是“忠”呢？即“己欲立而立人，己欲达而达人”(《论语·雍也》)。自己想要有所作为，也要帮助别人有所作为；自己想要事事通达，也要使别人事事通达。这是从主观积极的方面说明做人要善于主动为他人着想，帮助别人。

什么是“恕”呢？即“己所不欲，勿施于人”(《论语·卫灵公》)。就是将心比心，自己不想要的，也不要施加给别人，要能够经常设身处地地为他人考虑。这是从客观被动方面要求做人始终能够体谅和理解别人，做任何事都要先替别人着想。

（二）孝悌思想

孝在中国古代文学中指的是孝顺、孝敬，用以维持氏族中纵的关系；悌指的是平辈中幼对长的尊敬，用以维持氏族中横的关系。通过孝悌，将封建社会复杂的人伦关系进行串联。所谓“百行孝为先”，孝在我国古代伦理道德中居于根本和核心地位。在《论语》中，孔子认为孝悌是仁爱的本质。在孟子看来，在教育中应该进行专门的孝悌教育。

孝悌是仁爱的起点与根本，没有了孝悌，谈仁爱是不现实的。在孔子看来，仁的教育核心是爱人，从爱父母、兄弟开始，然后推而广之，爱身边的朋友、君王以至整个社会和国家。无论达到哪个层次，都应该以对父母、兄弟的爱为基础。同时，孝悌也是“忠”的基础，孔子有“孝慈，则忠”的说法，从孝敬自己的父母、兄长开始到忠君爱国为止，达到了仁的教育的最高点，也使安定的封建社会秩序得以长久维持。

（三）集体为公的追求

在中国古代文学中，有一条思想主线贯穿其中，就是为了国家、为了民族大义而舍生取义的思想，这是一种集体为公的价值追求。这一思想可以说是中国传统伦理道德的理想境界，一切优秀的美德都围绕着这一追求展开。例如，“夙夜在公”“周公吐哺，天下为公”“先天下之忧而忧，后天下之乐而乐”“人生自古谁无死，留取丹心照汗青”“天下兴亡，匹夫有责”等，都是一种自发的集体为公的思想。在大义面前敢于为了国家与人民的利益而献身的精神不但激励着仁人志士前赴后继，而且对整个中华民族的人格塑造有着积极的影响。

中国古代的社会几经统一、分裂的过程，朝代的更迭、战争的不断、民族的纷争等都为集体为公的思想提供了依据。尤其是经历了近代中华民族受外敌入侵，局势动荡，集体为公的思想进一步得到拓展与延伸。居安思危的忧患意识、自强不息的进取精神以及舍生取义的高尚人格等都是集体为公思想的发展与延续，对今天的国家的稳定与人民利益的维护有着积极的意义。

（四）重义轻利

在利益与道义之间，儒家提倡重视道义，轻视利益。儒家认为道义与利益是矛盾的关系，主张以义为本，在利益与道义之间要先选择道义。无论在古代还是在现代甚至在将来，衡量一个人是否有道德，一定是以不损害他人利益为前提的。只有在尊重他人的前提下，才算是有道德。道德并非口头上的空头承诺，而是对义的执着追求，有时以放弃利益为代价。中国传统的伦理道德一贯主张“见利思义”“重义轻利”“以义制利”等，在道义与利益之间，道义比利益重要，道义走得远，最终的利益才能久远，两者实际上是一种互利互惠的共赢关系。重义轻利的更高层面是国家利益、人民利益高于一切的大公无私，在国家危难和民族大义面前，以道义为先，这样，自我个体的利益才能得到保护。

三、伦理道德规范在教育中的实践

中国古代文学中的传统道德是中华民族优秀文化的重要组成部分，也是教育教学中德育的重要组成部分。传统道德中的很多方面是现代教育所缺失的，所以弘扬中华民族的优良道德传统对我国社会、经济的发展有着重要的作用。在教育中继承与发扬传统道德要秉承取其精华、去其糟粕的原则。

（一）对传统伦理道德的现代扬弃

传统伦理道德是古代特定的历史时期的产物，服务于当时的统治阶级。因此，在现代教育教学中应该有选择地继承传统伦理道德，而不是照搬照抄。我们今天需要做的是完成古代伦理道德向现代的转换，使传统美德具有现代意义，这样才能适应今天的社会发展。

对传统伦理道德的现代阐释需要结合现代社会的政治、经济、文化等的发展状况。比如，传统伦理道德中的忠君爱国，对于今天来说，就要赋予它新的内涵，现代的“忠君爱国”需要忠于社会主义、忠于中国共产党、忠于具有中国特色的社会主义发展路线。又如，中国传统的伦理道德包括礼义廉耻，而发展到今天就是社会主义核心价值观，这些都赋予了传统伦理道德现代性。

对传统伦理道德的扬弃主要表现为继承与发扬优秀的伦理道德，对封建社会的腐朽文化加以舍弃。例如，对仁爱思想的继承，仁爱思想在儒家那里是分等级的，墨家讲究“兼爱”，但这在封建社会没有被采纳，对于现代来说，仁爱思想不应有等级，应该爱一切人，没有高低贵贱之分地博爱。我们应该充分发掘适合现代社会发展的优秀古代伦理道德，继承和创新传统伦理道德，更好地为社会主义现代化建设服务。

（二）传统伦理道德对学校德育的启示

中国古代文学中的伦理道德思想对今天学校的德育工作有着巨大的启示作用，借鉴这些伦理道德来构建现代德育体系有着积极的意义。在开展德育的过程中，善于借鉴先进的教育理念，进行现代德育建设，进一步推进学校德育的开展和深化。

首先，传统伦理道德的爱国主义情怀是值得广大青少年学习的。如文天祥投笔从戎、为国捐躯，林则徐虎门销烟，等等，为了国家的稳定、民族的团结，敢于同强权与不公对抗，这样的爱国主义情怀在今天的和平年代同样值得学习与借鉴。

其次，对精神世界的重视。在中国古代文学中，有不为五斗米折腰的陶渊明，也有重义轻利的主张。面对现在快节奏的生活，需要在内心深处留一片天地去感受心灵的宁静，才能认清真理、坚持真理。对于教育教学，需要强调的是教育首先培养的是德智体美劳全面发展的人才，其中德育是不可或缺的部分，精神世界的营造对现在的教育有着积极的作用。如今，道德与金钱的矛盾越来越凸显，市场经济一方面鼓励追求利益的最大化，另一方面又要注重诚信、公正，需要人们树立正确的人生观与金钱观。当今时代的青少年的人生观与价值观很容易受到周边环境的影响，那么学校的德育就显得很重要。有了德育，青少年在遇到类似的现象时，就能及时甄别，加强对自身的约束，树立正确的金钱观。学校的德育在对金钱观的教育上，要引导学生正确对待金钱，充分利用古代比较感人的故事、名言进行教育，以帮助他们树立正确的价值观。

最后，学校的德育还要引导学生树立正确的人生观与道德观，培养青少年自尊、自爱、自强、自立的人格，敢于冒险、积极探索的精神，维护国家统一、民族团结等。中国古代文学中有仁者爱人的人道主义精神、以和为贵的处事态度、积极求索的奋发精神和自强不息的进取精神，这些都是当代人需要继承的优秀传统。

（三）中国古代文学中传统伦理在德育中的表现

1. 人文关怀

中国古代文学是人文的文学，是对人充满现实关怀的文学。古代文学中强调“天人合一”，这也是哲学中的重要观点，是对天人关系的一种阐述，它与“天人之分”说相对立，认为“天”是有意志的，人事是天意的体现，天意能支配人事，人事能感动天意，由此，两者合为一体。所以，古代对人的重视、对人的内心的追求比对外部世界关注得多。另外，古代文学中蕴含着人文性，儒家主张教育的最终目的是培养君子、圣贤，而对君子、圣贤的考量集中在才能、道德上的表现，很少是具体技能的展现。另外，教育的内容以六艺为基础，这是典型的人文学科教育，以人文教育为基础。

现代教育中的生命教育就充满着人文关怀。生命教育指的是以生命为本的教育，以生命为起点，在生命的过程中进行教育，并且以提升生命质量为最终目的。生命教育包含的人文关怀主要表现在以下几点。

首先，生命教育从尊重和关心人的实际需要出发，为人文关怀找到了逻辑的起点。我国本土所开发的生存教育、生活教育、生命教育统称为“三生教育”。“人的生命首先要生存，所以要有生存知识的教育；人的生命还要生活，所以要有生活的教育；那么，人类‘生命’自身呢？”[①] 三生教育遵循

① 郑晓江. 生命教育事业的回顾与前瞻 [J]. 郑州大学学报（哲学社会科学版），2001，44（3）：5-7.

了人们从低到高的发展规律，涵盖了生存、生活、生命三个方面，是对人的较全方位的总结，是对人的需要的全面关怀。

其次，生命教育构建生命价值与生命意识的价值体系，为人文关怀提供了价值参考。生命教育首先唤醒的是对生命的关爱，生命是进行一切活动的前提，没有了生命，其他也就没有了意义。因此，生命教育首先强调的是对生命的重视，珍惜生命的存在，重视生命的活动，追求在有限的生命长度里的无限生命可能。生命教育更重要的是重视人生命的内在广度，去丰富人的精神生活，构建人的和谐世界。

最后，生命教育是以全人教育为基本特征，以实现人的全面发展为目标的人文追求。“生命教育是一种全人教育，它追求的是人的身心灵、知情意的全面发展”①。生命教育围绕着生命活动展开，是从生存到生活再到价值的自我实现，最终教会学生与社会、自然和谐发展，成为一个德、智、体、美、劳全面发展的人。

2. 知情意行，重视实践能力培养

在中国古代教育中，古代的教育家都很重视道德实践，如“践履”“躬行”，尤其是儒家代表孔子，主张将躬行放在首位。他指出，要衡量一个人的道德水平高低，不仅要看其主张什么，还要看其做了什么，将道德观念转化为道德行为，在社会中实践是至关重要的。

在当今时代，个人能力的全面发展是非常重要的。个人能力的全面发展，要求学生不仅要具备良好的科学文化素质，还要有较高的思想觉悟、良好的身体素质以及维系人际关系需要的沟通能力与应变能力。古代讲究知情意行，现代讲究德智体美劳全面发展。能力的培养是当代社会解决“高分低能”现象的有效途径。如果掌握的知识很多，却不会运用，最后只能成为“书呆子”。因此，传授知识与培养能力需要同步进行，它们之间并不矛盾，需要同时发展。深厚的知识积淀是能力发挥的前提，良好的能力又对知识的获得具有推动作用。一个人是否能成为人才，不在于其积累了多少知识，而在于其是否具有利用知识进行创造的能力。创造能力体现了识、才、学等智能结构中诸要素的综合运用，当代对学生能力的培养主要表现为对科学研究能力、发明创造能力、捕捉信息能力、组织管理能力、社会活动能力、仪器设备的操作能力、语言文字的表达能力等的综合培养。

① 孙效智. 生命教育之困境与推动策略 [M]. 中国台北：心理出版社，2006.

在当今世界激烈的竞争中，最根本的是人才的竞争，这对人才的培养和人才能力的发挥提出了更高的要求。而对人才的道德要求一直是重中之重，我们要在能力的培养中加入德育元素，以培养为社会主义现代化建设服务的人才。

3. 家庭、社会、学校三者结合的德育理念

在古代社会，有着家庭教育的传统，不少大的家族还有自己独立的家训传世，家庭教育在人的教育过程中有着积极的作用。这些家训多是对孝敬父母、助人为乐、勤俭持家、恭敬谦让等内容的宣扬，比较有代表性的有《颜氏家训》《朱子家训》等。中国传统的家庭教育还注重启蒙教育，如《三字经》《百家姓》等，指出了父母是孩子的第一任教师，需要以身作则去影响孩子，从小事和细微处进行日常教育。这些在当代的家庭里仍然在沿用。

关于社会教育，古代的教育家看中的是对社会风气的营造，希望统治者可以实施仁政，对民众实行教化。关于学校教育，古代文学中涉及较多，学校以学习人伦道德为主修课，如《小学》就是针对儿童道德习惯和道德信念养成的一部著作，《弟子规》也是封建社会的一本较有影响的道德教育教材。在教育教学的过程中，也积累了一些教育方法和教育原则，如从具体的事物讲起，带有形象性，注意言传身教，并且对身教加以强调。

现代教育主要依靠家庭与学校。家庭和学校都肩负着青少年健康成长的责任与义务。在现代教育中，家庭教育主要通过家庭中的父母或长辈等的言传身教以及家庭的日常生活对子女形成潜移默化的影响。学校教育通过思想品德课及文化课，促进学生全面发展。而家庭教育、学校教育又是在社会教育这一大背景下展开的。今天的教育模式与古代的教育模式殊途同归。那么，在进行家庭教育、学校教育时，需要注意哪些问题呢？

（1）要调节教师、学生与家长的关系，避免矛盾。首先，有的家长认为教师可以管理学生的一切，家庭的因素并不能起到很大的作用；有的家长对子女的教育完全不上心，对教师的沟通采取不配合的模式，致使对学生的教育进度缓慢。其次，有的教师认为家长将孩子送来上学接受教育，是有求于自己，因此表现出较强的优越感。有的孩子出现了问题，教师将原因统统归到家长的身上，认为是家长的教育导致的。遇到这种情况，家长与教师都要放下自我的偏见，将重心转移到对孩子的培养这一重心上来。家长与教师的关系是平等的，需要相互认同与彼此了解。只有教师与家长合作默契，教育孩子才会更有效。研究表明，如果学校与家庭沟通得好，学校就能更好地对

学生产生影响，而且父母也能在学生学习的过程中更有效地完善抚养者这一角色，共同推进学生各方面能力的发展。

（2）教师与家长要建立起良好的合作关系。首先，教师和家长双方都要正确认识他们之间的关系。教师与家长的关系是建立在教育孩子、促使其健康成长的基础上的合作关系。双方是平等的，既不是家长花了钱就可以要求教师完全服从自己的意志，也不是家长有求于教师，教师支配家长。教师尤其要明确，自己没有领导、管理或教育家长的权利，与家长是协商合作的关系。其次，家长和教师要互相信任，互相尊重，遇到问题要共同商讨。有不同意见时，要互相交流，不在孩子面前指责对方，贬低对方。最后，面对孩子成长中的各种问题，应认真研究，而不是要追究责任。教师和家长应该共同商讨解决问题的办法，分工协作，各负其责，而不是互相指责，互相推诿。家长应该做的事不应该推给教师，而教师应该做的事也不能推给家长。

第六章　中国古代文学与大众传播

第一节 中国古代文学对影视作品的渗透

所谓大众传播，指的是社会媒介组织通过文字（报纸、杂志、书籍）、电波（广播、电视）、电影、电子网络等大众传播媒介，向社会大众公开地传递自己用各种手段复制的信息的社会实践活动的全过程。大众传播呈现出传播速度快、送达范围广、产生的影响深远等特点。如在现代影视作品中就有许多作品以大众传播的形式呈现。

电视电影起源于20世纪60年代的美国。到了1961年，当时的美国全国广播电视公司（NBC）首先在黄金时间推出播放新片的栏目“周六晚间电影”，获得了极高的收视率。另外，两大电视网ABC、CBS纷纷效仿。此后，在电视屏幕上播出好莱坞新片成为电视台招揽观众的重要做法。

电影、电视作为20世纪人类科技发展的重要成果，对丰富人们业余生活、扩展大众生活娱乐领域有着重要的作用。当今时代对电影的需求量是逐年提升的，受众对影视需求量的增加也促使影视行业呈现出蓬勃发展的局面。国内目前的影视制作公司在不断增加，创作团队也在不断壮大。

中国古代文学中的诗歌、小说、戏曲等是现代电视、电影创作的重要素材来源，尤其是现在国家大力发展文化产业，许多导演和编剧开始从中国古代文学中汲取营养。中国古代文学经历了几千年的历史积淀，人们运用现代传播技术和创作技法，完全可以改编古代的故事，创作出优秀的影视作品。

一、古代小说在影视作品中的生动再现

电视、电影产生之后，我国多部小说被搬到了荧屏上，受到广大观众的喜爱。例如，先拍摄了电视剧《西游记》，其后有了《红楼梦》《三国演义》《水浒传》这些经典小说的影视剧作品，将小说中的人物形象搬到荧屏上。这些小说改编的影视作品经过鲜明形象的演绎，通过现代拍摄技术的加工呈现出新的、符合当代大众审美趣味的表现形式，使得书中的形象立体地展现出来，产生了一批深入人心的角色。

1986年首播的《西游记》是由中国国际电视总公司出品的一部古装神话剧，由杨洁执导完成。《西游记》在1986年春节一经播出，就轰动全国，获得了极高的评价。该版本重播次数超过2 000次，观众百看不厌，成为一部公认的无法超越的经典，当年剧中的演员，如六小龄童等，也都成了那一

代人心中永恒的偶像。

1987 年播出的央视版《红楼梦》是中央电视台和中国电视剧制作中心根据中国古典文学名著《红楼梦》摄制的一部古装连续剧，由王扶林导演。本片前 29 集基本忠实于曹雪芹原著，后 7 集没有沿用高鹗续作，而是根据前八十回的伏笔，结合多年的红学研究成果，重新构建了这个悲剧故事的结局。电视剧《红楼梦》播出后，得到了大众的一致好评，曾创下 70% 的收视率。该版《红楼梦》已重播千余次，被誉为“中国电视史上的绝妙篇章”和“不可逾越的经典”。

1994 年播出的《三国演义》是由中国电视剧制作中心、中央电视台制作，也是王扶林担任总导演。该版《三国演义》着重表现的是乱世中多个政治集团间错综复杂、紧张尖锐的斗争，这种斗争发展成接连不断的对政治权力的争夺和军事冲突，造成了从东汉末年到西晋初年将近一个世纪的风云变幻。编导在全剧的把握、人物的塑造、舞美设计、音乐、歌词的创作、历史氛围的营造上，都追求一种豪放、雄健、古拙、悲壮的艺术风格。这种美学风格与东汉、三国时期的美学风格是一致的。

1998 年播出的《水浒传》是由中央电视台与中国电视剧制作中心联合出品的 43 集电视连续剧，根据明代施耐庵的同名小说改编，由张绍林执导。电视剧《水浒传》所体现出来的独特艺术魅力和审美价值使它当仁不让地成为中国电视剧发展史上的经典之作，缔造了名著改编为电视剧的经典神话。

除了四大名著之外，《聊斋志异》《封神演义》《三言二拍》《济公全传》等古代小说也都进行了影视拍摄，在社会上产生了强烈的反响。

当代影视发展过程中注重对中国古代文学元素的挖掘，以此来注入新鲜的血液，适应不断变化发展的时代。

以四大名著为例，2020 年 6 月下旬，视频弹幕网站哔哩哔哩上线了央视版四大名著电视剧——1998 年版《水浒传》、1994 年版《三国演义》、1987 年版《红楼梦》和 1986 年版《西游记》，受到网友们的广泛欢迎与热烈点赞，上线近两个月后热度仍在持续。截至 2020 年 8 月 24 日，弹幕版《三国演义》播放量超过 4 991 万次，其余三部均过千万次，相关数据还在持续攀升。其中最突出的特点是观众的互动性。观众通过发出信息产生弹幕进行互动。“弹幕”本义是指战场上由密集子弹或炮弹形成的火力网（子弹或炮弹密集得像幕一样），在 Niconico 动画用来指大量相同评论像弹幕一样飞过画面。而在中国因为某些误解（如将“弹幕”解释为“像子弹一样的字幕”），“弹幕”被认为指这种评论机制本身，于是成了这一评论机制在中国的名字。

弹幕属于“即时吐槽”，常以飞行的形式横穿屏幕，当看到经典的镜头时，因为共鸣而形成的弹幕会形成无数导弹图形飞过的效果。哔哩哔哩网站的受众群体是较为年轻的群体，年轻群体在对经典的解读中少了一份厚重感。有的观众并不看好弹幕，认为其是对经典的戏谑。有的网友在弹幕中也有善意的提醒，提醒不要进行恶意的戏谑，要尊重历史条件，尊重创作团队。从客观来看，年轻人对经典作品有调侃、有欣赏是一件很正常的事。调侃互动也是一个征服与被征服的过程，这四大经典影视剧在思想高度、艺术呈现、人物刻画上是目前无人超越的，所以经典是经得起大众的考验的。单从它能在线上引起高度关注这一点来看，就能看出经典的市场。那么，《三国演义》中的英雄豪杰、《水浒传》中的梁山好汉、《红楼梦》中的爱恨情仇、《西游记》中的魔幻色彩等都会被现代人赋予新的内涵。

古代小说被改编成电视剧或者电影时，使小说具有了更多的呈现方式。对于一些爱好观看视频的人来说，古典小说改编的影视作品也满足了他们接受文化的需求，这是有益的尝试。但需要注意的是，在现代市场经济影响下，需要兼顾小说艺术性和经济效益两个方面。在改编古典小说的过程中，要在守住商业良心的同时，挖掘传统文化精华为大众传播所用，以创作出更多的优秀影视作品。

二、古代诗歌在影视中的呈现

在现代影视作品中，尤其是在古装剧中有许多古代诗歌，有的是直接引用，有的是化用，表现出了对古代诗词的传承。例如，《三国演义》中的主题曲《滚滚长江东逝水》，是根据明代作家杨慎的《临江仙》创作而成的。《红楼梦》中的林黛玉的形象很鲜明，其中的诗歌也能从一个侧面反映其性格。林黛玉才华横溢，但其诗歌常常带有悲凉的色彩，如最具代表性的《葬花吟》是自身生活环境的写照。“质本洁来还洁去，不教污淖陷渠沟”是她自身追求的写照。

又如，前两年比较火的《甄嬛传》中就有大量的古诗词，这些古诗词的运用可以突出主人公的才气，对渲染气氛、深化故事情节也具有积极的作用。如在梅园祈福，使用的是崔道融的《梅花》，这首诗很好地呈现出甄嬛当时的心境。唐代崔道融的这首《梅花》中说“逆风如解意，容易莫摧残”，其原意是北风如果了解了梅花的心意，就不要狂吹轻易摧残。到了甄嬛这里，结合当时甄嬛的处境，养在深闺人未识，而女子的青春在一日一日地消耗，真的希望能有个人与她心意相通，白头偕老。人的心境通过诗歌能表现得淋漓尽致，还能为后来情节的发展做铺垫。她与皇帝初遇时所吹奏的曲子是姜夔的《杏花天影》，在选秀的时候回答皇帝时用的是蔡伸的《一剪梅·堆枕乌云堕翠翘》等。除此之外，古诗词还可以与人物共建美好画面。如《甄嬛传》中的安陵容，当时正处盛夏，皇帝宴饮于小亭，当看到湖中的小荷翩翩起舞时，安陵容戴着面纱，撑着小舟，唱起了《采莲歌》。这样的情景无疑是美的，一下子勾起了皇帝的兴致。其中，诗歌为当时的意境又增添了一些魅力，营造出和谐的画面，给人留下深刻的印象。

此外，中国台湾的作家琼瑶自幼就爱好中国古代文学，成为作家之后，在剧作中经常化用古诗词。后来，她的作品被大量改编成电视剧，受到了广大观众的喜爱。如《还珠格格》《在水一方》《梅花三弄》等电视剧中就有很多古典诗词。《青青河边草》就源于东汉的《古诗十九首》中的《青青河畔草》。《还珠格格》中的紫薇表现对尔康的坚定爱情时，所说的"山无陵、天地合，乃敢与君绝"是化用了《上邪》，全诗的原文为"上邪！我欲与君相知，长命无绝衰。山无陵，江水为竭，冬雷震震，夏雨雪，天地合，乃敢与君绝"。琼瑶化用了该诗，创作出了扣人心弦的爱情故事。另外，"夜月一帘幽梦，春风十里柔情"正是《又见一帘幽梦》的灵感所在。《花非花雾非雾》源自白居易的《花非花》："花非花雾非雾，夜半来天明去。来如春梦几多时？去似朝云无觅处。"可以说琼瑶的诗词化用增加了其作品的文化底蕴，作品中美的呈现带有古典文化的特质。

三、古代戏曲在影视中的呈现

说起戏曲在影视中的经典再现，非电影《赵氏孤儿》莫属了。电影版的《赵氏孤儿》改编自元代杂剧《赵氏孤儿》，讲述的是春秋时期晋国的赵氏家族遭遇一次灭门之灾，一批仁人志士保全赵氏留下的唯一男婴的故事，弘扬了自我牺牲的奉献精神。

（一）电影重现了戏剧的故事主线

《赵氏孤儿》的故事最早记载于《史记·赵世家》，记述的是晋景公三年，屠岸贾将赵氏灭门。程婴和公孙杵臼拼了全力保全赵氏孤儿，赵氏孤儿长大后复仇，灭了屠岸贾的故事。到了元代，纪君祥对这一故事加以改造，改编成了杂剧：晋灵公的武将屠岸贾与忠臣赵盾不和，屠岸贾趁机发动政变，杀了赵家满门，仅留下了公主庄姬以及她肚里的孩子。公主生下赵氏孤儿之后，嘱咐程婴将婴儿放在药箱里带出宫，被副将韩厥发现。韩厥感于程婴的大义，于是将程婴放走，随后自刎而死。屠岸贾得知赵氏孤儿被救走，下令将全国半岁以下一月以上的婴儿全都杀死。程婴用自己的孩子顶替了赵氏孤儿，程婴的孩子被杀死。程婴带着赵氏孤儿投奔了屠岸贾，成了他的门客，屠岸贾收赵氏孤儿为义子。赵氏孤儿长大成人以后，成了一个文武双全的人。程婴讲出了赵氏灭门的真相，最后赵氏孤儿杀死了屠岸贾，为赵氏平反。在元杂剧《赵氏孤儿》中，作者突出了程婴等人救赵氏孤儿的忠肝义胆。电影《赵氏孤儿》延续了元杂剧的故事框架，设置的人物和故事情节与元杂剧大致相同，重点表现了托孤、救孤。

（二）电影塑造了鲜明的形象

电影采用第一视角叙述，主角是程婴。程婴是一个很平凡的人，他害怕、退缩过，但他也富有正义感。当经历了庄姬拿命换子的悲壮行为后，他走上了为赵氏保留最后血脉的道路。走这条路的代价巨大，那就是自己的亲生儿子被当成赵氏孤儿被残忍杀害。按照一般的事物发展的规律，赵氏孤儿之后就可以过上平凡的生活了，但程婴此时心中的怨恨和复仇火焰越烧越旺，他不仅要复仇，还要将赵氏孤儿重新卷入这场斗争中。他带着赵氏孤儿拜见了屠岸贾，并让赵氏孤儿认他当干爹。屠岸贾非常喜欢这个孩子，并且对其倾囊相授，教会了他很多东西。程婴心里的想法是等待赵氏孤儿长大成人以后，再将赵氏灭门的事实全部说出，让他们父子相残，要让仇人屠岸贾以最痛苦的方式死去，这就是他的复仇。对于赵氏孤儿心灵上的创伤，在自己的儿子被杀死之后，他就不在乎了。

在《赵氏孤儿》的剧本中，程婴表现的是舍生取义的精神，为了能保全赵氏孤儿，甘心奉献自己的儿子，用自己儿子的命换来赵氏孤儿的安全，充满大无畏的精神。然而这样的程婴缺少了温度，而对电影来说，程婴是一个真实的人，他有他的爱憎，有他的坚持，也有他的邪恶，是一个有血有肉的人。在元杂剧中，还有一个重要的人物是韩厥，韩厥是个大将军，威风凛凛，为了救赵氏孤儿，放走了程婴及赵氏孤儿，最后选择自刎。而在电影中，韩厥只是屠岸贾身边的一名普通军官，在抓捕赵氏孤儿的时候，庄姬曾问过他，为何连一个刚出生的婴孩也不放过。韩厥的答案很简单，如果赵氏孤儿不死，他就得死，在死面前，他选择生，选择残忍而已。庄姬以死来保全孩子使他动了恻隐之心，韩厥因此放走了程婴和赵氏孤儿。屠岸贾知道此事后，毫不留情地刺瞎了他的一只眼，并将其革职。他的身心遭到了打击，当再遇到程婴，听到程婴讲起其为了一个承诺失去了妻子和儿子的时候，韩厥受到了真正的触动。这对韩厥来说是做不到的，他甚至也不相信其他人能做到。于是，他与程婴组成了联盟，在报仇前的岁月中，他们相互鼓励与安慰，成为彼此情绪的出口。

屠岸贾在元杂剧中是一个心狠手辣、无恶不作的人。但在电影中，人的善与恶并不是那么绝对的，而是具有了两面性。屠岸贾也是一个悲剧人物，国君经常在屠岸贾与赵家之间挑拨离间，赵氏势力权倾朝野，其经常故意羞辱屠岸贾丧子之痛，屠岸贾的残忍是在一件件事中积攒下来的，所受的屈辱也让人同情。屠岸贾收了赵氏孤儿为义子，对其发自内心地喜爱。屠岸贾也有人的爱恨情仇，当看到长大之后的赵氏孤儿穿上铠甲之后，英气蓬勃，在一瞬间让他感觉那就是赵氏孤儿的时候，他本想借着打仗让赵氏孤儿战死，以绝后患，但当屠岸贾在战场上听到一声“干爹救我”时，所有的顾虑随着这一声求救烟消云散了，他要救人，他对这个义子已经有了难以舍弃的情感。

四、文学典型形象在影视中的再现

文学典型形象的再现也是当今影视的重要题材，影视作品通过人物鲜明的外形、独特的个性、经典的台词，为广大观众所喜爱。同时，影视剧中的人物展示也进一步深化了文学典型形象，文学典型形象不再只是躺在书本里的抽象文字，而是具体化、可感知的形象。尤其是当代的影视开始追求较高品质的艺术与思想，文学典型形象进入影视中的机会越来越多，在为其影视艺术输出更多素材的同时，也为形象的拓展提供了支持，丰富了文学作品的内涵。

（一）电影《孔子》中孔子形象的呈现

《孔子》是一部传记历史片，由胡玫执导，讲述的是东周末年，诸侯割据，相互征战。孔子为了理想奔走在列国之间，孤独地和整个时代抗争，希望以他的思想和智慧来影响春秋诸国的历史进程。

公元前 6 世纪，随着周王朝的衰落，各诸侯国割据一方，为了争夺利益而连年战争。这是一个动荡不安的时代，同时也是一个气势磅礴的时代，在这个时代中，有战争、有黑暗，但也有思想、有英雄，这是一个百家争鸣的时代。在这样的背景下，孔子出生了，孔子生于鲁国的没落贵族家族，他具有丰富的思想与智慧。他最先在鲁国做官，并且以其勇敢和智慧带给鲁国尊严和强大的希望，但最后政治理想破灭了。于是孔子踏上了周游列国的道路，他为了理想率领众位弟子奔走在列国之间进行游说，长达十四年之久。这个过程是异常艰辛的，他曾被叛军围困，深陷绝境，也曾被卷入政治旋涡中，还曾被当时的人误解。晚年孔子回到鲁国之后，教育弟子并进行古籍的整理。孔子满腔热情，虽然最后抱负未实现，但孔子的言行及其思想为后世所推崇，成为中华民族精神的重要根源，孔子被称为“大成至圣先师”。

电影《孔子》塑造了一个“失败者”的孔子形象，这一点颇有争议，但这又是真实的孔子。孔子已经过了而立之年，却要与善于权谋的季孙氏进行周旋，随后以失败告终，踏上了周游列国的道路。当时的孔子并没有现在的伟大光环，吃穿住行尚不能得以周全，所以电影中的孔子是衣衫褴褛的形象，但他的目光中充满坚定。《孔子》这部电影拍出的是一个不为时代所接受，却能坚定地坚持自己美好追求的孔子形象，这对中国影视界古装剧和历史题材剧的拓展具有积极的作用。

（二）电影《鸿门宴》中文学典型人物的呈现

电影《鸿门宴》取材于楚汉之争的故事。秦朝灭亡之后，以项羽和刘邦为代表的两支抗秦队伍在咸阳郊外的鸿门举行了一次宴会。这不仅仅是一场饭局，还是各方势力的权谋争斗，再现了楚汉争霸的整个过程。影片《鸿门宴》主要通过几场战争描写了项羽、刘邦等形象。整个影片的布局结构缜密精巧，尤其是故事细节耐人寻味，也对人物的塑造起到了暗中推波助澜的作用。

（三）影视中的文人形象

文人形象最经典的莫过于书生形象。例如，《倩女幽魂》里的宁采臣的形象让我们印象深刻，他是一个不太聪慧却又为了爱情不畏艰险的书生。宁采臣是《聊斋志异》里的一个书生。《聊斋志异》里的书生基本上都出身寒门，但是都学富五车，在求功名的路上屡受打击，总是名落孙山。比如，《叶生》中的叶生才高八斗，却总是落榜，最后郁郁而终；《辛十四娘》中的冯生屡次落榜，家道中落。这些文人在现实中不得志，却能保持文人该有的洁身自好，表现出对权势的蔑视。

在电视剧版的《聊斋志异》里，文人依然不得志，但都经历了一段感人的爱情故事。在剧中，他们敢爱敢恨，敢于向封建权威挑战。在剧中，书生一改软弱无能的形象，而是满腹经纶，不为世俗所困，是追求洒脱的谦谦君子。

第二节 综艺节目对中国古代文学的传承与创新

一、国学热

近年来，随着中国经济、政治、文化的发展，出现了国学热。所谓国学热，指的是在文化上向中国传统文化学习的热潮。国学热在海外的表现是孔子学院的不断开设。在国内，各大学开始设置国学课，在大众传播上增加了国学部分，由著名学者进行演讲，中小学增加了国学经典的诵读等，这些都是国学持续升温的表现。为什么国学热在近几年持续升温呢？主要有三个方面的原因。

第一，国学热是我国社会主义社会发展的需要。随着中国经济的发展、综合国力的不断提升，中国在国际上的地位越来越凸显。在文化方面，中国要建设文化强国，要实施文化“走出去”战略，如果没有真正的文化内核，中国不可能成为真正意义上的文化强国。因此，必须从中国传统文化中汲取养分，形成具有中华民族特色的文化。

从人们的精神家园建构来讲，随着经济的发展，社会财富不断增加，人们的生活水平提高，但在国家强大和人民富足的背后，许多人的精神世界和心灵家园却日益荒芜，在道德和文化建设上有所欠缺。而道德和文化建设正好可以从中国古代、传统文化中汲取养分。精神文化建设有助于建构正义的力量、健全的思想人格，从深层次上唤醒人性中善的本质，这些都是现今社会需要的。通过传播和弘扬中华民族优秀传统文化，可以提高全民族的思想道德水平和文化水平，增强民族凝聚力。

第二，中国古代文化中具有中华民族固有的优秀品质与精神内核，值得现代人去学习，值得现代社会去利用。国学的内容十分广泛，所蕴含的精神内核是我国古代优秀的传统，需要继承和发扬。这些优秀的传统包括天人合一观、克己复礼的追求、天下为公的政治追求、仁者爱人的社会理想、和而不同的处世原则、重义轻利的道德观、己所不欲勿施于人的处世原则等，这些都是中华民族的优秀文化传统，我们将这些优秀的文化传统继承下来，为今天所用，实现中国传统文化的价值。

第三，海外华人的积极推动。我国每年都要举办各种各样的祭祀活动，如祭祀伏羲、祭祀黄帝、祭祀大禹、祭祀孔子等文化行为，这个时候就会有成千上万的海外华人回到祖国，共同祭祀中华民族的始祖。祖先为中华民族树立了人文与道德的典范，这些人文与道德传统也影响了海外华人的思想、情感。正是这些海外华人作为一种外力的推动，促进了国学热的升温。

继承中国古代文学中优秀的传统文化对今天的社会大众来说具有广泛的意义，对于整个社会来说也具有建设性的意义，主要表现在国学热促进了中华民族的文化自觉。

文化自觉促进了民族精神的继承与弘扬。随着中国经济的不断发展，中国进入了一个文化自觉的时期，人们将传统文化放在一个相对客观的位置进行综合考量。建设社会主义国家需要文化自信，文化自信的一个重要表现是由文化自在转变为文化自觉，进而弘扬民族精神，实现文化建设上的飞跃。此外，现在许多研究中国古代文化的学者都在不断地呼吁和提倡学习中国传统文化，主要从“文学的根”上去寻找精神力量，这些学者以不同的方式进行宣传，受到了广泛的关注，也激发了国人对传承中国传统文化的热情。我们有责任并且有义务学习中国优秀的传统文化。宣扬国学，要从传统中寻找能代表中华民族精神和文化的东西，同时挖掘传统文化以及各种思想中有价值、有益处的部分，以及能为当今社会所用的思想资源，将这些资源作为扩充文化的重要部分，这正是我们文化自信和文化自觉的一种表现。

国学热还具有文化建设性意义，对文化“走出去”战略的实施与推进具有积极的作用。国学热的愿景是将中国的优秀文化推广到世界各地，让中华文化显现出独有的光芒。在世界政治、经济、文化多元化发展的背景下，中华文化具有强大的生命力与活力，无疑是当今世界各国文化建设上的良好参照。因此，对中国传统文化必须继承和弘扬，中华民族的精神家园要不断地建设与拓展，促进文化的繁荣与发展。在国家层面，党和国家大力倡导构建社会主义和谐社会以及社会主义荣辱观，依法治国、以德治国、以人为本等理念深入人心。这些国家层面的建设与国学中的内容相吻合，这也是当前国学热产生与兴起的重要原因。

另外，学界与大众媒体也在大力地推动中国传统文化的复兴，一些高校纷纷成立了有关国学、传统文化的研究机构。在媒体方面，央视推出了许多有关传统文化的节目，最具代表性的是《百家讲坛》。《百家讲坛》邀请了国内有名的学者与专家讲述传统文化，尤其是中国古代传统文学，如刘心武讲《红楼梦》、易中天讲《三国》、王立群讲《史记》等。这些学者都具有深厚的传统文化底蕴，他们的文学素养极高，以通俗的讲法和哲理性的语言，唤醒了社会大众内心深处的传统文化热情。同时，纸质媒体、网络媒体也参与到推动国学热中。例如，《光明日报》专门开设了国学版块，中文搜索引擎百度开设了国学频道，新浪网推出了乾元国学博客圈等，这些现象说明了当代社会人们对古代传统文化的清醒认识与正确判断，也从侧面说明了传统文化在中国具有深厚的社会土壤和民间基础。

在国学热大潮下，我们应该怎么做呢？面对这股潮流，我们需要认真地研究和解决当前社会所面临的各种各样的问题。在深刻认识到问题的情况下进行认真的分析，从古代传统文化中寻找力量，真正担负起弘扬中华民族优秀传统文化的重任，实现文化自觉。传统和现代具有关联性，是源与流的关系，两者是不能独立存在的。我们需要做的是主动地吸收传统文化，取其精华，去其糟粕，为当今社会所用，同时实现文化的自我更新，以更好地适应时代发展。

本节选取大众传播的综艺类节目进行论述，这是国学热的一个主要阵地，央视推出的一系列文化节目将国学热推向了一个新高潮。

二、《百家讲坛》对中国古代文学大众化的贡献

《百家讲坛》是由中央电视台制作的一档节目，在专家、学者和百姓之间架起了一座沟通的桥梁，从而达到普及中国优秀传统文化的目的。《百家讲坛》的宗旨是“建构时代常识，享受智慧人生”。《百家讲坛》通常选取的是现代观众较感兴趣的，对最前沿、最吸引人的选题进行讲述，体现了专业性，为实现学术的创新和思想的解放提供了平台。该栏目选材较为广泛，涉及文化、文学、生物、医学、经济、军事等，其中多以文化题材为主要内容，涉及中国历史、中国文化、中国古代文学。中国古代文学部分是以全新的方式进行讲解，对继承和弘扬中国传统文化以及挖掘传统文化的精髓为现代所用具有积极的作用与意义。

《百家讲坛》邀请的是中国古代文学研究界的知名教授和文化名人，如叶嘉莹、周汝昌、易中天、刘心武、于丹等，他们都具有深厚的古代文学功底，可以说，他们身上所呈现的就是独特的古代文学气质。他们讲述的内容涵盖古代文学的方方面面，如古代历史名人或文学作品，名人有屈原、三曹父子、唐宋八大家等，文学作品有《聊斋志异》《孙子兵法》《诗经》《战国策》《红楼梦》《资治通鉴》《水浒传》等。这些学者将古代文学的特点通俗地讲述出来。他们多在中国文学中深耕了多年，对中国古代文学具有独特的认识。《百家讲坛》的节目定位是“传统文化、服务大众、深入浅出、雅俗共赏”，所以这些具有深厚文学功底的学者在进行传统文化大众化传播的时

候传达的是文学中的经典部分，以大众感兴趣的话题引出，然后在通俗的讲解中引经据典，阐释古代文学的现代意义。易中天教授就曾说："一般学者是在向小众传播，向同行传播，用论文著作在学术界传播；《百家讲坛》则是向大众传播，向外行传播，用电视媒体在全社会传播。"① 因此，所有《百家讲坛》的讲师都力图将中国古代文学的内容向大众传播，以较为接地气的方式与广大观众互动，提高观众对节目的认可度。《百家讲坛》在通俗化呈现中，善于将比较专业的内容通俗化与网络化，运用大众熟悉的常识去讲解；通常在讲解的过程中有文字及画面的强调，在一段内容结束之后还有总结以及下文的引入，这具有承上启下的作用，观众不仅有听觉上的体验，还有视觉上的体验，因此在观众接受上收到了良好的效果。

《百家讲坛》的文学部分在讲述过程中，首先注重文学本位的回归，重视经典的阅读。重读经典，从经典中去寻找古人独特的思想内涵与中华民族的精神内核。现代社会的快节奏，使得人们过度重视物质世界的享受，精神世界急需一片净土，进行心灵上的净化。《百家讲坛》上的学者对经典讲述的过程是不急不躁、润物无声、细品细读，其力图展现的是古代文学对人生真谛的启发及对人们焦虑的抚慰。在这样一群人的影响下，传统文学经典有了生发，引起了大众的关注，也点燃了大众阅读经典的热情。

《百家讲坛》注重对生命独特体验的现代阐释以及对理想人格的不懈追求。生命只有一次，独特生命体验是历代生命的价值追求。何为生命体验？生命体验即是对世间万物的敬畏与感激，是对大自然以及人的生命的爱与敬重。在天、地、人之间，在自然与社会之间，都存在着一种对人的生命的独特体验。中国古代文学凝结的是古人在当时的时代背景下的独特人生体验，体现的是当时人们的哲学思考与对天、地、大自然的领悟和感知。将独特的生命体验深入浅出地表达给听众，例如，于丹教授所讲的《论语》中有："司马牛忧曰：'人皆有兄弟，我独亡。'子夏曰：'商闻之矣：死生有命，富贵在天。'君子敬而无失，与人恭而有礼。四海之内，皆兄弟也。君子何患乎无兄弟也？"在于丹教授看来，子夏所要传达的是达观的人生态度，人生来就是有遗憾的，人不可能一辈子顺风顺水。在面对人生的遗憾时，能直面并且接受，达观的态度表现的是不再一遍遍纠结遗憾和不完美，而是要直面遗憾与不完美。接下来人要发挥自己的主观能动性，

① 马瑞芳.《百家讲坛》这张"魔鬼的床"[M].北京：作家出版社，2007.

积极进行对遗憾的弥补，这是《论语》给现代人的启示。在这里，于丹教授没有按照文章的本意逐字逐句去解析，而是在普遍性上去讲遗憾，符合大众的知识水平与接受能力。又如，康震教授解读苏轼被贬黄州时的心态，就是对苏轼的心境了然于心，有着深刻共鸣，我们认识到一个豁达的苏轼。康震在《百家讲坛》中指出，潇洒并不是外在的昂首挺胸，傲视一切，而是在人生的每一道坎儿、每一次挫折到来之际所表现出的洒脱。苏轼因为乌台诗案被贬黄州的时候，无论是精神上，还是物质上，都与之前的境遇不同。满怀抱负的人总归要发发牢骚，但是苏轼没有。相反，他把生活过得有滋有味。所谓的苦难在一次次的乐观中不复存在，所以康震教授眼中的苏轼是一个幽默豁达、洒脱随缘的人。这是人们从他的讲述中感受到的，而不是他明明白白告诉众人的。

三、《中国诗词大会》与《经典咏流传》中的古代文学元素

央视文化类节目的创新首先表现在对中国古典文学的审视上。中央电视台在2016年推出了一档《中国诗词大会》的节目，一度掀起了一次诗词热的浪潮。在《中国诗词大会》之后，央视又陆续推出了《朗读者》《经典咏流传》等以文学为核心的继承中国传统文化的节目。这些文化类的节目拥有良好的口碑，在传承和弘扬中国古代文化、继承中国古代文学的内容上具有独特的特点。

首先，《中国诗词大会》将节目定位为大众乐于接受的演播式文化益智竞赛类节目。该节目在一开始从全国上千万报名选手中进行一次严格的选拔，挑选出诗词百人团作为竞争选手组成诗词大会选手阵营，他们都对中国古代文化具有不同层次的爱好，不受性别、职业、年龄等的限制，只要喜爱诗词即可。诗词百人团既是节目现场的观众，又是节目的选手，所以现场受众的专业度、参与度达到了前所未有的高度，也客观体现了节目的真实性，受到了电视机前观众的喜爱，在国内掀起了一次学习中国古代诗词及传统经典文化的热潮。通过古代诗词知识的比拼与佳句的赏析，带动全民参与到节目中，使节目产生了前所未有的关注度，获得了一致好评。

在节目内容的创新上，作为竞赛型的节目《中国诗词大会》不仅要兼顾诗词的一些基本常识，还要在其中渗透一定的道理，尤其是第三季的节目中体现了较强的创新意识。节目的定位不再只是对中国古代诗词的普及，还与当下的社会背景相联系，体现了中国传统文化的独特魅力。这种创新在客观上表现了对中国璀璨文化继承与发扬的决心，尤其是节目设置的超级飞花令

和诗词接龙环节，考验选手的反应能力与古代文学功底。在现场，主持人与百人团选手的互动以及一些平凡选手的不平凡诗词之路都给观众留下了深刻的印象。从情感来说，这样的节目设置能体现出文化与文学之美，更能从心理和情感上打动观众，使观众产生情感共鸣。在《中国诗词大会》中，有外卖小哥夺冠，有中学生夺冠。普通人能摘得桂冠也从侧面证实了节目的全民性与真实性，这对中国古代诗词的推广有着积极的作用，也有效激发了全民学习诗词的热情与积极性。《中国诗词大会》节目中还设置了点评嘉宾，这些点评嘉宾都是专家、学者，代表古代诗词领域的权威，体现了央视制作团队对文化的尊重和对电视机前广大受众的尊重。另外，专家、学者的点评也在一定程度上诠释了中国古代诗词更深层次的含义。

利用现代媒介推出的《中国诗词大会》中最能体现时代性的是古代文学与跨媒介传播推广技术的结合。所谓跨媒介传播，指的是相同信息在不同媒介之间的交叉传播与整合。观众从微信端、微博端以及其他终端设备都可以观看节目，在电视屏幕上始终有二维码呈现，观众可以扫描二维码进行线上和线下的同步答题，实现了趣味性与互动性相结合的现代传播模式。这种传播模式影响力无疑是巨大的，促使观众参与到古典诗词竞赛中去。栏目组又出版了《中华诗词大会》三册的全册书籍与节目相配套，书中包含了每场诗词比拼的精彩内容；还出版了《中国诗词名篇赏析》，书中涉及与诗词大会相关的所有古诗词的讲解。这些都是对节目深度与广度的拓展，扩展了中国古代文学的受众范围，受到了前所未有的关注。

《经典咏流传》以“诗词唱经典，中国正流行”为创立口号，突出了原创文化节目的定位。《经典咏流传》力求对古典诗词具有穿透性的认识，在创新和制作上都有了较高的标准和追求。《经典咏流传》第二季，央视将节目定位升级为诗词文化音乐节目，意在体现诗词元素，采用和诗以歌的形式，以流行音乐进行演唱，配合古代诗词和其他古代经典的文学作品，进而完成中国优秀传统文化的现代转化，传递最正的能量和最强的声音。《经典咏流传》将古代深刻的精神内蕴与现代的音乐相结合是节目的亮点，体现了中国古代文学的音乐性。中国古代文学本身就具有音乐性，最早的《诗经》就有如此传统，《诗经》中的每一篇都是可以和音乐相结合进行演唱的。《尚书·尧典》中也记载了“诗言志，歌咏言，声依咏，律和声”。《经典咏流传》节目最终的呈现方式是诗词与流行音乐的结合，这种结合方式体现了现代性，在一定程度上也增加了趣味性。对于大众来说，诗词与流行音乐结合更容易使他们产生兴趣与共鸣。

《中国诗词大会》栏目具有创新意识，传承了中国古代文学、古典文化。《经典咏流传》在普及传统诗词文化的基础上，又结合流行音乐元素，对中国古代文学的音乐性进一步继承和升华。对于电视机前的观众来说，通过现代流行音乐来认识古代文学，是一种很好的体验和享受，这能有效地引起当代人的共鸣，对弘扬中国传统文化、继承中国传统文学具有积极的推动作用。

四、《中国成语大会》

《中国成语大会》是中央电视台在2014年推出的原创类节目。成语是中国优秀传统文化的一部分，具有深厚的人文内涵。传统的经典中有很多的成语典故代表着古人的价值观，堪称中华文化的“活化石”，是中华民族宝贵的文化遗产。《中国成语大会》同样以竞赛的方式展开，在节目设置环节，进行了更多的创新，使得中国成语经过《中国成语大会》呈现出独特的语境之美。在节目设置上，有目标计时、双音节同题、单题现猜、限时竞猜等方式。

《中国成语大会》注重对中国古代文学的继承与发展，以此来丰富节目的内涵。节目的切入点就是通过成语引出大量的文学经典及故事，是对文化、文学的深挖。

首先，《中国成语大会》是在国家积极打造文化软实力的背景下播出的，目前文化软实力仍然是文化发展的短板，我们在文化建设上需要寻找突破口，快速推进我国的文化建设。《中国诗词大会》顺应了民族文化发展的潮流，以一种全新的文化视角、全新的手段呈现给广大受众，收到了良好的收视效果。

其次，《中国成语大会》挖掘传统文化的精髓与内涵，在弘扬成语的独特魅力时，成功地在广大受众中掀起了传统文化热潮，节目的定位是“中国智慧，自成语境”，有文化内涵在其中，也有民族自豪感在里面。广大受众在观看该节目的过程中，可以体会到成语之美、故事之美以及选手的文学底蕴之美。同时，重量级的人物为节目增加了看点。通过节目的播出，我们找到了共同的文化认同感与自豪感，更看到了身在当代繁华的环境中，仍然有一部分人对中国古代文化及文学有着深厚的热爱，激励着同龄人不断进取与学习，所以这也是一档具有独特人文情怀的节目。

最后，在传统的基础上去原创。原创的重要性自不必多言，在现代媒体同质化的今天，需要挖掘优秀的传统文化元素去完善现代传播体系。成语大会就是成功原创的尝试。构建具有中国特色的电视节目体系，才能获得长久的发展，形成文化产业的核心竞争力。在引入外来节目的同时，扎根于传统文化土壤，创造出独具中国特色的原创文化类节目。

第三节　中国古代文学在歌曲、网络游戏中的体现

一、流行歌曲里的中国古代文学

古代文学在现代流行音乐中具有广泛的应用。在流行歌曲中随处可见古代文学的影子。在现代社会，流行音乐是社会大众文化的重要组成部分，人们在日常生活中喜欢通过欣赏音乐来进行娱乐放松，并且音乐中的思想与情感在生活的方方面面都有所体现，能够引起人们的情感共鸣。另外，歌曲的创作也涵盖诸多方面，尤其是歌词体现的是人们的审美倾向，也在一定程度上反映了人们的精神世界，反映出当今社会的价值观与主流思想。

中国古代诗歌呈现出的特点是言语简练，意味深长，于只言片语中有较强的感染力，且现今流传下来的诗歌数量众多，是一个巨大的文化宝库。将中国古代的诗文穿插到现代歌曲中，对于歌曲感情的抒发、歌曲内容的丰富有着显著的效果，也为现代流行歌曲注入了新鲜的血液。

中国古代文学中较早的《诗经》与音乐有较大的关系。在形式上，流行音乐中的歌词与中国古代诗词具有相似性，并没有很大的区别，只是文言与白话、古代与现代的区别。现代流行音乐的歌词与古代诗词在创作上都讲究押韵、对仗，而且流行歌词和古代诗词都要在有限的篇幅中体现出作者的思想感情。

中国古代文学在流行歌曲中的体现主要表现为四种情况：一是古代诗词的直接翻唱；二是在流行歌曲中引用诗词；三是借鉴古典诗词进行歌曲创作；四是古风歌曲。

（一）古代诗词的直接翻唱

进行翻唱的部分主要是唐诗、宋词部分，《三国演义》主题曲的歌词中“滚滚长江东逝水，浪花淘尽英雄，是非成败转头空。青山依旧在，几度夕阳红。白发渔樵江渚上，惯看秋月春风，一壶浊酒喜相逢，古今多少事，都

付笑谈中”就是直接翻唱了明代杨慎的《临江仙》。

（二）在流行歌曲中引用诗词

将古诗词的一句或者数句嵌入歌词中也是现代流行歌曲的一种创作方式。例如，歌曲《梅花三弄》：

红尘自有痴情者，莫笑痴情太痴狂。若非一番寒彻骨，哪得梅花扑鼻香。问世间情为何物？直教人生死相许。看人间多少故事，最销魂梅花三弄。梅花一弄断人肠，梅花二弄费思量。梅花三弄风波起，云烟深处水茫茫。

其中的“问世间情为何物？直教人生死相许”出自金、元之际著名文学家元好问的《摸鱼儿·雁丘词》一词中的“问世间，情为何物？直教生死相许”。

（三）借鉴古典诗词进行歌曲创作

有的歌曲中并没有化用古典诗词，只是引用了诗词的标题、词牌或简单的词句作为歌曲的名字，但是歌曲在整体的意蕴上所呈现出的是诗歌意蕴，具有独特的审美特性。

现代流行歌曲借鉴古代文学中的诗词的方式主要是借鉴诗歌的意境、诗歌的题材、诗歌创作手法以及一些体例方面的模仿。乍一看流行歌曲的歌词似乎与中国古代文学没有太大关系，却又看到了中国古代文学的影子，这是中国古代文学对现代流行歌曲较深层次的影响。

首先，在主题内容上借鉴中国古代诗词。中国古代文学创作题材很丰富，涉及日常生活中的方方面面，其中爱情、怀旧、思乡、离别等是中国古代文学中的几大主题，这些在现代歌曲中也有所涉及。现代流行歌曲注重感情的抒发，这与古代文学注重精神世界的构建和感情的抒发有着相似之处，因此现代流行歌曲可以在主题内容上借鉴古代诗词，抒发情感，使听众产生情感共鸣。

其次，对古代文学意象与意境的追求。现代流行歌曲中有许多借用古代文学中的意象，表达出独特的中国风。例如，歌曲《青花瓷》将离愁别绪描写得婉转细腻，在含蓄之中表现的是无尽的回味，让听众在听完之后还想听，在听的过程中每一次的感受都是独特的。无论是《东风破》中的“一盏离愁孤单伫立在窗口”，还是《发如雪》中的“你发如雪凄美了离别”，《千里之外》中的“我送你离开，千里之外，你无声黑白”，离愁别绪都是永恒的话题。

比如,《青花瓷》歌词呈现出的是一幅江南的水墨山水画卷，营造出古典诗词的那种优美的意境。这种借鉴古典诗词意象和意境的歌曲，呈现出符合大众审美情趣的独特魅力。

（四）古风歌曲

古风歌曲是新时期出现的一种音乐风格，伴随着国学热的兴起，以对古代文学的热爱为创作动机，其特点是歌词古典雅致、措辞整齐，宛如诗词歌赋，曲调唯美，注重旋律，多用民族乐器。不同于摇滚音乐的金属感和古典音乐的厚重感，古风音乐自有其独特的中国式美感。早期的古风歌曲主要用于国产的一些仙侠类的中国风的游戏中，为游戏服务，例如,《仙剑奇侠传》系列、《轩辕剑》系列、《绝代双骄》系列等。随着几首古风歌曲大火，迎来一股古风歌曲创作的热潮，成立了许多以创作古风音乐为主的乐队，这些歌曲的原创性很高，古典意蕴浓厚。

古风歌曲继承了古代诗词的形式，而且在创作灵感和表现形式上又加入了现代的元素，呈现出独特的风格。例如，将古典诗词直接引入歌曲中，这和现代流行音乐是相同的做法，但与一般的流行音乐相区别的是，它的演奏乐器主要采用笛子及二胡，这就使得音乐的古典意味增强，如将楚辞引入古风歌曲，代表作有《山鬼》《东皇太一》等。

古风歌曲所呈现的艺术特色也是对中国古代文学的继承与创新，体现出古典美。首先，古风歌曲是对中国古代文学古典美的再现，古典诗词的古典美往往借用意象进行表达，如月亮、柳树等。其次，古风歌曲还引入戏曲的唱腔，将歌曲的高潮部分用戏曲的形式表现出来，展现出婉转悠长的意蕴，给人以耳目一新的感觉。

二、网络游戏里的中国古代文学

网络游戏又称为在线游戏和网游，指的是在互联网环境下，以互联网为传输媒介，以游戏运营商服务器和用户计算机为处理终端，以游戏客户端软件为信息交互窗口，旨在实现娱乐、休闲、交流和取得虚拟成就的具有可持续性的个体性多人在线游戏。

中国古代文学是网络游戏取之不尽的资源。网络游戏是当今人们娱乐的重要方式，也是社会文化的重要组成部分。它承载着特定的社会文化价值，传达出某种世界观、价值观与文化观。一般来说，大型的、较为受欢迎的网络游戏都有很好的情节处理与内容设置，玩家置身其中会随着情节与任务的展开而产生浓厚的兴趣，通过多人合作共同完成任务。就目前来说，网络游戏的内容架构一般有三种：第一种，根据已有的故事框架，尤其是借鉴文学作品结构框架进行创作的网络游戏；第二种，以一个全新的故事框架进行原创；第三种，体育竞技类游戏。一般来讲，体育竞技类的游戏文化功能较弱。前两种游戏的情节内容较为完整，具有某种特定文化功能。在制作这两种网络游戏前，必须考虑的是制定什么样的框架内容来吸引什么样的玩家，这是开发网络游戏前必须面对和解决的。

（一）网络游戏的文化性表现

第一，网络游戏可以借助中国古代文学中的文化元素进行有效的传播。在一款网络游戏发布前，游戏内部需要营造一个环境，一个大家熟悉的、认同的环境。对于中国玩家来说，古代文学中一些典故以及文学作品的故事框架等都是他们比较熟悉的，网络游戏设置这些场景增加了游戏的代入感，玩家在其中可以找到熟悉感，迅速展开游戏。例如，网易围绕着中国古代文学作品《西游记》的内容、情节进行深挖，创作了网游《大话西游》。《大话西游》中主要是唐代的主人公所扮演的角色，这些角色的任务是去西天取经，这款游戏无论是情节设置还是角色扮演都具有独特性。这款游戏具有中国传统情节和简单的游戏操作，受到了广大玩家的喜爱。在《大话西游》之后，网易又陆续推出了《梦幻西游》等五款游戏，这些游戏受到普遍欢迎，主要原因是游戏本身的娱乐性与趣味性，以及加入了中国文化的元素，使游戏呈现出独特的魅力。日韩网络游戏进入中国市场之后，也常常取材于中国古代文学的传统元素，如《三国志》就是以三国时期各路英雄相互征战为题材，因而受到了中国人的喜爱。由此可见，有效地利用中国传统文化的元素，充分挖掘中国古代文学作品的丰富资源，是网络游戏进行有效传播的重要形式和方法。

第二，古代特定的历史以及个性鲜明的人物是网络游戏开发的丰富资源与素材。在设置文化游戏的过程中，游戏的情节是以一定的历史文化为基础展开的，靠情节内容来吸引玩家。中国作为一个历史悠久的文明古国，有着丰富的传统文化，有着许多可歌可泣的英雄人物以及传奇故事，这些都是中国古代文学宝库里的资源，可以根据这些丰富的题材进行游戏情节内容的创作。国内的一些网络游戏，如《梦幻西游》《大话西游》《赤壁》《武林外传》

《诛仙》《完美世界》等，都取材于传统文化元素，获得了很大的成功。这些网络游戏与中国古代文学中的传统元素结合起来，选取了许多中国古代文学中的经典故事以及各路英雄好汉构成了网络游戏的内容及结构。在网络游戏实践的过程中，文化元素成为越来越重要的因素，没有文化的游戏很难受到广大玩家的青睐。

第三，网络游戏不仅利用中国古代文学的文化元素，里面的文明准则也是人们的价值观和世界观的重要体现。在网络游戏中，随处可见的是仁爱、公正、诚信、侠义、谦恭、好学、克制等人类文明的准则，这些准则成为游戏的一个重要组成部分。它与中国传统的道德相辅相成，对现实道德具有很深的影响。一款好的游戏能弘扬人类文明的公正与法治，是对自由、平等的向往。网络游戏的打造要致力于对人类文明准则的宣传，以打造充满正能量的游戏为目的。例如，网络游戏《封神榜》就是借助中国古代文学中的传统元素打造的，具有浓郁的中国魔幻色彩和深厚的文化底蕴。该游戏在情节设置上以古代故事情节展开，加入现代的元素，用现代眼光进行审视，呈现出传统与现代的融合，受到了玩家的欢迎。

第四，网络游戏还擅长营造一种优美的氛围，营造这种氛围主要采用精美建筑的设置以及悦耳的音乐，这些都是网络游戏中的审美元素。例如，《魔兽世界》的背景画面里有许多西方经典的建筑，这些建筑物为网络游戏的建构增添了不少色彩，在画面上呈现出优美的境界。另外，音乐元素的加入也使得网络游戏充满了娱乐性，缓解了人们的情绪，具有独特的艺术审美特征。建筑、音乐元素具有极大的吸引力，再加上故事内容、情节的设置，使得网络游戏成为越来越受欢迎的现代娱乐方式。现代网络游戏的开发很注重对中国古代文学中的传统元素进行挖掘，比如，在设置游戏人物时，通过诗句的描述来塑造人物的个性。

（二）网络游戏有助于传统文化元素的有效传播

近几年，网络游戏发展的速度很快，它已成为众多网络传播企业热衷开发的主要业务。就目前的形势来说，网络游戏与传统文化元素结合是一个积极的尝试，如何使传统文化元素搭上这班现代传媒的快车是我们亟须解决的问题。一方面，传统文化元素为网络游戏注入新鲜的血液与活力；另一方面，网络游戏也为传统文化元素的继承与发展创造了条件，使传统文化元素具有了现代性。

第一，网络游戏有助于传统文化元素在现代社会的普及。现在社会的现代性与传统性本身就是相互矛盾的，随着现代化进程的不断发展，许多优秀的传统文化渐渐被人们遗忘，造成了现代社会虽然有科技性、现代性，但缺少了文化性的状况。网络游戏中传统文化元素的加入有助于大众熟悉和亲近传统元素，所以传统文化元素与网络游戏的结合是一个有效的尝试。首先，可以借助现代传媒手段使得传统文化元素在网络游戏中得以广泛传播。就目前来说，网络游戏的受众有的是青少年，所以在游戏内容和形式的打造上要向他们传递正确的文化价值观，这样的文化价值观从优秀传统文化中选取是最合适不过的。玩家在游戏的过程中亲近传统文化元素，感受传统文化元素所具有的独特魅力，从而喜欢上中国传统文化。其次，网络游戏有助于大众熟悉传统文化元素。网络游戏利用现代科技创造出游戏情境，是非常逼真的虚拟世界。在这个虚构的唯美世界中，传统文化元素得到复原，这种复原表现在古代的器物、装饰、建筑等，其更多地体现了现代人的审美情趣及心理情感，古代文学中的人文精神与审美情趣也自然而然地结合在其中。而在游戏中获得的一些古代知识与价值观等积极因素也会在日后的生活和学习中被放大，进而产生连锁效应。同时，在玩家心中日益形成的价值观与社会准则都会影响玩家日常的生活和工作，这有利于大众对传统文化元素的继承与深刻认同。

第二，网络游戏有助于玩家了解与弘扬传统文化。网络游戏所传达出的价值观、文化观对青少年的影响是潜移默化的。比如，在玩《三国》《赤壁》时，可以充当不同的角色，如曹操、周瑜、诸葛亮等。他们都是独立的个体，在游戏中每个人都是战略家，在什么时候选择进攻，什么时候选择撤退，全都由玩家自己来决定。游戏中的输赢也与历史的最终结果没有任何关系，完全依靠的是玩家的战略水平与眼光。于是，《三国》《赤壁》的特定的历史文化就会被玩家不自觉地记住，也会潜移默化地影响玩家的精神世界以及价值观的形成。这是大众获取传统文化与大众娱乐的有效结合。在创作优秀的网络游戏作品时，需要遵守一些基本规则，把传播传统文化元素当作当代网络游戏制作的一个关键任务。对于游戏产业来说，鼓励原创和自主研发，研发出更多具有中国历史文化内涵、能代表中华民族的价值观与道德观、凸显中国古代文学的魅力、凝聚民族精神与情感的优秀网络游戏，这些都是现今网络游戏产业发展的方向与重点。当然，网络游戏中还存在着许多不足的地方，在传承传统文化元素过程中，常常对传统文化元素进行肢解和表面理解，因此需要加强对古代文化更深层次的内涵的挖掘。

（三）网游中的文化战略

党的十七届六中全会明确指出，要发展健康向上的网络文化，加快发展文化产业，特别是网络游戏等新兴文化产业。这就要求整个游戏行业在追求利润的同时，要进一步发展文化内容，担负起优秀文化传播的重任。

第一，打造兼具外国形象与中国基因的网络游戏。例如，完美世界的游戏产品已经出口海外，在海外市场中占有较大的份额，还在国外多地建立了海外全资子公司。中国网游海外营收的40%来源于完美世界，如此瞩目的成绩证明其市场潜力巨大。完美世界正逐渐借鉴好莱坞的商业模式，以打造网游好莱坞为战略目标，结合海外资源，致力于用国外的形象来传播中国的文化。完美世界的游戏传承了中国传统文化，坚持民族原创，是代表民族的优秀传统文化的游戏作品。

第二，原创网游崛起的关键是文化的传承。将中国古代文学的素材加入游戏的制作中，能够使人们在游戏中学到知识。网游的海外传播带来的是经济效益，更长远的是将原创网游中的中国文化传播到世界各地。

第四节　中国古代文学对大众文学的影响

一、通俗小说

通俗小说是小说的常见形式，也是现代大众娱乐中接受群体数量较大的一种形式。通俗小说具有迎合广大受众的兴趣爱好、符合大众审美需求的特点。通俗小说以娱乐性和消遣性为创作目的，重视情节编排的曲折离奇和引人入胜、人物形象的传奇性和超凡脱俗，而较少着力于深层社会思想意义和审美价值的挖掘。其按照体裁划分，分为言情小说、武侠小说和历史通俗小说，言情小说和武侠小说中古代文学运用得最多。

下面主要介绍武侠小说中的中国古代文学。

中国古典小说就有引用诗词的传统，特别是古典小说中的章回小说，经常引入大量的诗词塑造人物形象，推动情节发展。而在当代的武侠小说中，也有很多的古典诗词的借用，通过古代文学的借用突出武侠形象的侠肝义胆，同时突出了英雄人物柔情的一面，对塑造人物丰满的形象有积极的作用。在众多的武侠小说中，梁羽生和金庸的武侠小说最具代表性，他们的小说展现了古代文学积淀与古诗词的化用技巧。

（一）梁羽生武侠小说中的古代文学韵味

梁羽生是与古龙、金庸齐名的一代武侠小说宗师，被誉为新派武侠小说的开山祖师。他创作的武侠小说一反之前武侠小说中的复仇与嗜血主题，取而代之的是正义、尊严、爱民的主题，并将他“以侠胜武”的理念贯穿在整个小说创作思路中。他的代表作品有《白发魔女传》《七剑下天山》《萍踪侠影录》《云海玉弓缘》等。梁羽生的武侠创作主张要有广博的知识，包含历史、地理、民俗、宗教等，其中古代文学功底是非常重要的。

梁羽生使用的诗词通常抒发主人公或喜或悲的情怀。比如，在小说《萍踪侠影录》中有“金锁重门荒苑静，绮窗愁对秋空。翠华一去寂无踪。玉楼歌吹，声断已随风。烟月不知人事改，夜阑还照深宫。藕花相向野塘中，暗伤亡国，清露泣香红”。这首词是五代词人鹿虔扆所作，抒发的是对故国的思念。作者化用此词表现了张丹枫眷恋故国的情怀。另一首“不许蟾蜍此夜明，始知天意是无情。何当拔去闲云雾，放出光辉万里清”，引用的是宋代朱淑真的《中秋夜不见月》。张丹枫与云蕾骑马漫步在月下，忽然一片浮云遮住了月亮，通过这首古诗词巧妙地传达出张丹枫对云蕾的爱恋之情。

又如，在小说《白发魔女传》中有一首《沁园春》：

一剑西来，千岩拱列，魔影纵横。问明镜非台，菩提非树，境由心起，可得分明？是魔非魔，非魔是魔，要待江湖后世评。且收拾，话英雄儿女，先叙闲情。

风雷意气峥嵘。轻拂了寒霜妩媚生。叹佳人绝代，白头未老，百年一诺，不负心盟。短锄栽花，长诗佐酒，诗酒年年总忆卿。天山上，看龙蛇笔走，墨泼南溟。

前一段说女主练霓裳为情所伤，一夜白头，跑去了西域，行事任凭喜好，大开杀戒，被称为“白发魔女”；后一段说男主去找她，守护一株可以返老还童的优昙花。

梁羽生将中国古典文学引入武侠小说中，在他的小说中既有刀光剑影，也有侠骨柔肠，其所展现的是中国传统文化在现代的深刻影响，是中国传统文化与现代小说的一种深入融合。

（二）金庸小说中的古代文学展现

武侠小说主要取材于古代的政治、历史、文化，在金庸的小说中可以接触到很多的古代文学元素，包括古代的词汇、古代的时间概念以及古人的说话方式，金庸在字里行间传达出中国古代生活中很多的细节。金庸对古代文化、古典文学的热爱渗透在他的创作中。他在《射雕英雄传》的后记中写道："'所以'用'因此'或'是以'代替，'普通'用'寻常'代替，'现在'用'现今''现下''目下''眼前''此刻''方今'代替，等等。"从金庸对字词的斟酌可以看出他想描绘的理想世界是具有古代文化气息的武侠世界。

在对古代经典诗词的继承上，金庸善于对古典诗词进行再创造，主要表现为在原有诗句的意义上，赋予其新的内涵。例如，《射雕英雄传》中的经典台词"问世间情为何物，直教人生死相许"，这原本是元好问的词，金庸将其上升到爱情的最高层面上，赋予了原词更深刻的含义。

另外，金庸武侠小说的开篇与结尾也喜欢用诗词，通过诗词来定基调，诗词通常暗含着小说的主题。

二、网络文学

（一）网络文学中的中国古代文学元素

首先，网络文学的网站、专栏、作者、作品等的名称或是直接引用中国古代文学，或是间接引用中国古代文学，都带有浓厚的古典意味。例如，"红袖添香"小说网就是出自清代席佩兰的《寿简斋先生》中的"绿衣捧砚催题卷，红袖添香伴读书"，其专栏"昔我往矣"中引入的是《诗经·采薇》中"昔我往矣，杨柳依依"。另外，还有一些文章的名称也直接引用古典诗词歌赋，如《寂寞空庭春欲晚》《月迷津渡》《燕歌行》等。

其次，在网络文学中，作者在写景、抒情、状物的过程中也常常化用或直接引用古典诗词，以此表现丰富的文化内涵与艺术感染力。例如，《甄嬛传》中，"甄嬛的人生历程中处处可见中国古典诗词的身影……空灵隽美的诗词意境与主人公阴冷残酷的生存环境形成了强大的反差，更展现了人物情感的强大张力"[①]。

最后，网络文学对古代文学的继承与发展还表现在名物典故、意象情境

① 龙柳萍．网络文学的古典情怀 [J]. 广西教育学院学报，2013（2）：90.

和体式手法的化用上。例如，下面这段文字："梅树底下的清浅池子里，荷叶擎了几个翠绿的尖角出来，两只小小的蜻蜓正停在上面歇息，忽而几片梅花飘下，惊得振翅飞去。"其意境就是"小荷才露尖尖角，早有蜻蜓立上头"的化用，呈现出独特的审美意味。为了营造某种古典意境，有大量的古典诗词引入网络文学中，或是借鉴，或是化用，或是模仿，这在一定程度上也是对中国古代文学的继承与发展，增加了文章的深度与厚重感，也提高了网络文学的文化品位。中国古代文学的推广需要网络文学的助力。青少年是网络文学的主要受众，他们在阅读网络文学的过程中，能够逐渐提高古代文学修养与文化品位，也在一定程度上增强民族自尊心与自信心。

（二）网络文学中引用中国古代文学元素的意义

古代诗词具有言有尽而意无穷的特点，网络文学是通俗文学的一个组成部分，在行文中增加了古代文学的元素，可以适当地弥补网络文学中的思想、内容方面的同质化缺陷，可以促进网络文学在人性力量与人文关怀方面的展示。

网络文学中存在着大量的古代文学元素，如穿越类、武侠类、玄幻类、后宫类等都有大量的古代诗词、传统文化、历史事实等的借用，体现出典雅的艺术审美，这充分体现了现代人对古代优秀文化的深刻认同。人向往崇高的本能使得古代文学中的精神境界与人文意蕴充溢在这些作品中，表现出了很深的文化底蕴。对于读者来说，通过网络了解古代文学的相关内容，对感兴趣的内容进行更多的拓展与延伸，这无疑对古代文学的传承起着促进作用。

通俗小说中的中国古代文学披上了一层华丽的现代时尚外衣，借助古代文学、文化进行现代的表达，在一定程度上拓展了现代文学的表现力。当然，对中国古代文学的继承与发展还存在着很多的问题，比如，对古代诗词的生硬照搬、对古代文学的精神内涵理解浅薄等，因此需要进一步挖掘古代文学的内蕴。中国古代文学中有取之不尽、用之不竭的文化元素，我们需要不断提升审美能力与古代文学修养，只有这样，才能活学活用，真正地继承与发扬中国传统文化。

第七章　中国古代文学与城市文化名片

第一节　风雅醇厚——中国古代文学在城市名片中的文化意义

一、城市名片主打经济还是文化

所谓城市名片，指的是能够充分反映当地文化、经济特色，代表城市品牌形象和文化内涵的优质地方特色产品、特色景致、标志性建筑等。城市名片对城市来说，具有重要的意义，能让人直接了解一座城市的内涵与精神，并促进城市的发展。对于城市来说，经济和文化都非常重要，那么经济和文化应该主打哪个呢？

其实经济与文化的发展是相辅相成的，现代文化的繁荣是建立在现代经济基础上的，而文化的后续发展同样需要经济作为支撑。因此，在城市发展的过程中，需要兼顾经济与文化的发展。对于城市名片的打造来说，文化比经济具有以下三大优势。

首先，经济通常是以市场经济的单一形式体现出来，在城市的发展过程中没有更多的特色进行展现，所展现的部分是实力。而文化在表现形式上更多元化、更生动、更容易与民众产生互动，从而更能体现一座城市的风采。人们走在一座城市里，能感受到城市的市容、城市的建筑、城市的娱乐以及市民的生活，这些都与文化有关，文化更能让人感受到城市的温度，充满人文关怀。所以，我们所倡导的城市名片需要在现有的经济基础上，打造属于城市的特色文化。

其次，城市的发展需要借鉴吸收、兼容并蓄。城市首打文化名片，从城市的历史、文化角度切入，继承优秀的中国传统文化，能够用富有时代精神的视觉化语言去发现、探寻、记录每一个城市的文化底蕴，丰富一个城市的文化内涵，从而为它的发展带来更多的机遇。

最后，重视价值观的导向作用，其实也与文化有关。实践告诉我们，当城市发展到一定阶段，会出现瓶颈与人文危机。例如，人口拥挤、治安恶化、人心浮躁等，这些都会阻碍城市的发展。如果城市名片首打文化牌，就能够在潜移默化中利用文化底蕴特有的感染力，在一定程度上使得人心思定，实现城市经济与社会协调发展。这正是物欲横流的当今社会迫切需要的。一座城市只有认识到自己的精神追求，才能为发展找到一个准确定位。所以，城市名片的建设要首打文化名片，在打造文化名片的同时兼顾经济的发展。如果文化名片打造得好，还会带来巨大的经济效益。中国自改革开放以来，城市化不断发展，各大城市都在挖掘城市的历史文化底蕴，发展各种形式的文化活动，通过个性化、创意化的艺术活动、旅游品牌打造以及节庆活动等宣扬城市文化，展现城市独特的魅力。

二、打造现代城市文化名片的背景

城市文化名片是城市品牌建设的一个重要组成部分，对一个城市进行准确的文化定位，可以提升城市的品牌，使城市品牌具有独特的魅力。对于一个城市来说，其文化无论多么深厚丰富，都需要提炼出一个或几个关键词语作为代表符号。文化名片一旦形成，就会成为一个城市、一个地方发展的亮点。当它为众人所知，就形成了文化效应，就能带来巨大的社会效益和经济效益。无论在国外还是在国内，城市建设都注重城市名片的打造。例如，谈到意大利的比萨城，人们自然而然会想到比萨斜塔；到了法国巴黎必看埃菲尔铁塔；到了北京一定要看故宫和长城。现在城市都注重对文化资源的发掘，每座城市都有其独特的文化特征与文化内涵。

从 1978 年改革开放至今，经过 40 多年的发展，我国已经形成了一大批城市以及城市群，如北京、上海、天津、重庆，长三角、珠三角、京津冀等。如今城市及城市群发展进入了新的阶段，一些走在发展前端的城市和城市群逐渐意识到文化在城市和城市群建设中的长远发展意义，于是在发展规划上注重发掘城市的文化内涵，注重城市文化名片的打造，并进行积极的尝试。如北京的历史文化遗产、上海的文创产业、天津的曲艺和民俗文化、广州的岭南特色建筑等，这些作为城市的文化特色，构成了城市的文化名片。《国家新型城镇化规划（2014—2020 年）》明确指出，顺应现代城市发展新理念、新趋势，要在推动城市绿色发展，提高智能化水平的同时，增强历史文化魅力，全面提升城市内在品质。因此，在我国城镇化过程中，文化将扮演着越来越重要的角色。文化的提升意味着文化生活将变得更丰富，文化凝聚力将变得更强大，城市的居民生活品质得到提升，也意味着城市的综合竞争力与现代治理能力水平的不断提升。

就目前来说，城市发展的重点是创建城市名片以及打造、维护、更新、升华已有的城市名片。在打造城市名片之后，需要不断地进行维护和提升，这样才会使有名的名片更有名。需要运用现代传播手段，提高城市的美誉度，在更广的范围内扩大城市名片的影响力。在这一点上，国外的城市名片打造具有参考性。例如，意大利城市威尼斯历来有“水城”之称，经过数百年的发展，其“水城”的名片已经享誉世界。但这个名片随着其他城市名片的崛起，影响力在逐渐减弱，于是威尼斯创建了威尼斯电影节，后来又推出了威尼斯作家计划。威尼斯作家计划就是邀请世界的顶级作家去威尼斯居住三个月，在此期间，威尼斯为这些知名作家免费提供三个月的食宿，让他们在威尼斯城中自由行动，而唯一的条件是要留下一部作家自己的作品，共同组成《威尼斯日记》。威尼斯的这一创举正是对已有名片的维护和升级。

三、文化自信与城市名片

一个国家要有文化自信，同样一个城市也应该有文化自信。从优秀传统文化中汲取文化力量来打造城市文化名片，以古人的智慧并充分利用现代资源打造现代城市名片。对于一个城市来说，如果建筑是它的脊梁，环境构成它的容貌，那么文化则是它的灵魂，支配着它不断发展的方向。由此可见，文化无论对国家、对个人还是对城市的发展都是非常重要的。特别是在当代文化发展中，当古代的优秀文化被唤醒时，它将转化为精神支柱、审美倾向、价值标准以及文化理念影响千千万万市民，而文化的深层次作用将影响城市的文明、国家的文明，进而影响国家在国际范围内的形象。

因此，一座城市不能没有历史与文化的传承。那么，弘扬优秀传统文化对现代城市名片的打造有以下积极的现实意义。

第一，城市名片的打造是城市重塑自己的文化形象以及打造属于自己的文化品牌的内在需要。在打造城市文化名片时对城市古典文化进行深入挖掘，在城市发展过程中改善城市面貌和市民的精神风貌，打造属于城市自己的经典文化符号，向世界讲述精彩纷呈的文化故事。

第二，弘扬优秀传统文化对减少城市陋习、提升正能量具有积极的意义。在中国传统文化中，有崇高的政治抱负，如“先天下之忧而忧，后天下之乐而乐”；有积极的人生观与报国热情，如“苟利国家生死以，岂因祸福避趋之”；有古人的刚正不阿与浩然正气，如“富贵不能淫，贫贱不能移，威武不能屈”；有大无畏的奉献精神，如“鞠躬尽瘁，死而后已”；等等。另外，中华民族的传统美德还有敬业乐群、扶危济困、见义勇为等。这些优秀的传统文化值得当下的人学习，对于扭转城市的一些不正之风、解决当下人民精神上的困惑具有积极的作用。

第三，弘扬优秀传统文化是洗涤文明风尚、倡导向上向善社会风气的大势所趋。优秀传统文化还蕴含着和而不同的处世方法、文以载道的教化思想、形神兼备的美学追求、简朴致中的生活理念，有利于促进整个社会形成崇德尚礼、向上向善的淳厚风气。

在文化打造方面，当前的城市建设中的确存在一些盲区，需要进行突破。比如，缺乏战略眼光，表现为如今虽然城市文化打造已经小有成就，但主要是对城市的建筑、公共设施的打造，这些是城市外显的部分，而对内在的部分缺乏战略眼光，经过历史积淀之后的文化精髓等呈现不足，有些城市的精神内核是抽象的，需要通过具体的事物加以呈现，才能让人们感受到其内质。另外，市民是文化继承与发展的主要人群，在打造城市文化名片时，有的城市对群众的发动不够，特别表现在宣传上，只是通过文件的形式展开宣传，缺乏生动性与形象性，群众处于文化真空的状态。这样的文化打造只是形式上的，缺乏实质的行动。需要阐明的是，市民的一言一行将会影响城市文明的建构。对传统的物质文化与非物质文化的传承和发展不足，没有使优秀传统文化和社会主义核心价值观深度融合，没有建立学校、家庭、单位、社会等多元一体、相辅相成的立体宣教模式。

解决以上问题，需要在构建现代文明城市与文化名片时，将优秀传统文化与社会主义核心价值观相融合，将优秀传统文化与提升市民文明素养相融合，将优秀传统文化与挖掘城市文脉资源相融合，传承和弘扬中国优秀传统文化，实现文明城市创建效果的倍增。

首先，将优秀传统文化与社会主义核心价值观相融合。培育和弘扬社会主义核心价值观必须立足于弘扬中华优秀传统文化。牢固的核心价值观，都有其固有的根本。抛弃传统、丢掉根本就等于割断了自己的精神命脉。中华优秀传统文化孕育着每个中国人安身立命的精神家园，体现了中华民族绵延不绝的精神基因，承载着海内外华人情感凝结的精神纽带，是培育和践行社会主义核心价值观的“发达根基”、“丰厚土壤”和“雨露阳光”。博大精深的中华优秀传统文化是我们在世界文化激荡中站稳脚跟的根基。将优秀传统文化与提升市民文明素养相融合，在群众生产生活细节上打上文明向善的习惯烙印；要把优秀传统美德融入社会规范，在制定市民公约、乡规民约、学生守则、行业规章、团体章程上抓深入，特别注重建立公共场所和网络空间的礼仪、礼节、礼貌规范。要开展突出问题专项治理，建立“市民不文明档案”，将其纳入社会诚信体系；加大对境外旅游不文明行为、接受扶危救助却反讹诈见义勇为人、炫富浪费等失信败德典型案例的曝光力度，培养市民的底线文明意识；要继续开展好“我们的节日”主题活动，丰富春节、元宵节、清明节、端午节、中秋节、重阳节等传统节日的文化内涵和形式，培育有传统底蕴、文化回归的节日新风俗。通过对一系列行之有效的文化德育活动的坚持，在全社会形成“文明有礼、文明有序、文明有我”的向善风尚。

其次，将优秀传统文化与提升市民文明素养相融合。深入持久地开展弘扬传统文化的实践活动，努力塑造“新市民”形象。广泛开展群众性精神文明创建活动，坚持每年做一件或几件与市民利益密切相关的关于传统文化继承与弘扬的具体事情，吸引群众广泛参与，在实践中使人们的思想感情得到熏陶，精神生活得到充实，道德境界得到提升。重构“新市民”的概念，通过对“新市民”概念做进一步的整合，使其更为宽广，更具亲和力。无论人们来自何处、户籍身份如何，只要在所在城市工作、学习、生活，为该城市现代化建设做出贡献，都应当被囊括在“新市民”的概念之内。用“新市民”来凝聚更多的人气，吸引本地人、外地人、外国人共同参与城市精神文明建设，向全国、全世界展示全新面貌的、人见人爱的城市市民。

最后，将优秀传统文化与挖掘城市文脉资源相融合。城市文脉主要由自然环境、城市建筑环境、地域文化、技术四大要素构成。现代城市的构建注重对城市文脉的打造，强调将城市文脉与现代生活相联系，将优秀的传统文化融入现代城市建设。现在国家注重历史文化名城的打造，对于这些珍贵的历史文化遗存来说，守护不仅意味着原汁原味地保护，更要使其融入现代生活，继续为城市发展和居民生活发挥作用。那么，如何对这些历史文物进行利用呢？首先，要科学地拆与建，拆指的是要将违建以及不协调的建筑拆除，建是建真设施，而不是面子工程，是为了文物的保护与开发实施的保护措施。“建”还包括“修旧如旧”。例如，建于352年的河北省正定古城曾与北京、保定并称“北方三雄镇”。近年来，正定县在有充足文献、图像资料的基础上经科学论证进行南城门修缮、府文庙格局恢复等重点工程，保护和传承了“千年古郡、北方雄镇”历史风貌。“历史建筑等文化遗产是不可再生的资源，一旦破坏，其损失是不可逆的，即使可以重建，历史信息也荡然无存。”中国城市规划设计研究院副总规划师张广汉这样解释原汁原味地保护历史文化名城的重要性。

中国人讲恒常不变的道，也讲因时而变的势。城市文明一直在传承与创新，在变与不变的辩证统一中发展。在文明城市创建过程中，我们要不忘初心，砥砺前行，“以古人之规矩，开自己之生面”，在优秀传统文化的土壤中彰显城市文化自信，瞩望中华文明复兴。

第二节 锦上添花——中国古代文学在城市旅游中的意义

中国古代文学与现代经济有着密切的关系，在一些重要的经济领域起着重要的作用，比如现代的旅游产业。

一、文化旅游

文化旅游又称为文旅，指的是通过旅游来对人类的文化内容进行现场感知、了解的行为过程，也指以鉴赏传统文化、追寻文化名人遗踪或参加当地举办的各种文化活动为目的的旅游。追寻前人遗迹、享受文化成果、感受文化魅力已成为当今旅游的一种风尚。从旅游者的角度来看，文化旅游是“旅游者主要消费文化旅游产品，体验与享受旅游活动中的文化内涵，从而获得身心愉悦的一种旅游活动”[①]。从旅游产品的开发者而言，文化旅游指的是“以某种方式与文化设施相联系的旅游，比如历史文化遗址、历史名城和节目之类的艺术景点”[②]。由以上定义可知，文化旅游强调的是挖掘传统文化的精髓，包括精神层面、审美层面、文化层面的内涵。在文化旅游中，包含许多流传至今的生动故事、奇特传说和人物及历史典故。

文化对旅游产业来说是其灵魂，旅游能彰显文化，文化能推动旅游产业的进一步升级。文化旅游产业是现代社会的黄金产业，是朝阳产业，蕴藏着巨大的商机，传统文化与旅游的结合还可以进一步发展传统文化，让更多的传统文化元素融入现代生活中，提高传统文化元素的表现力。在发展旅游产业的过程中，对于应如何以文化提升品位，以文化打造特色，以文化展示魅力，以文化推动产业发展，必须认真研究思考。一个旅游景点具有强大的吸引力是旅游景点赖以生存的基础。旅游景点如果缺少历史文化底蕴，就失去了个性与精神内涵，因此要着力打造旅游景点的人文底蕴。游客在旅游的过程中，可以通过山水游玩、生活体验等获得返璞归真、天人合一的体验，还能对旅游景点的人文特色进行深刻的体验，将娱乐与审美结合在一起，达到陶冶情操、怡养性情的效果。

比如，现代文化旅游景点渗透着的山水文学随处可见，主要包括诗词、

---

① 任冠文．文化旅游相关概念辨析 [J]. 旅游论坛，2009（2）．

② 露丝·陶斯，苏锑平．节日、创意城市和文化旅游经济学 [J]. 艺术百家，2012（4）．

散文、对联、题字等，这些文学形式是对当代的景点的高度概括，是对其进行审美层面的总结，增强了景点的文学性。山水文学以景点的山水及景物为描写对象，富有艺术性和文学性。在观赏山水景点过程中，还可以通过了解景点来了解当地的名胜古迹、历史文化、民风民俗以及自然科学知识。在今天的生活中，人们欣赏景点，景点也对人们的精神世界产生影响。人们在旅游的过程中不仅游山玩水，还有知识的拓展、眼界的开拓、历史的缅怀以及精神的构建等。另外，景点周围的日常民俗也是一个开拓的领域，可以推进民间舞蹈、传统工艺、非物质文化遗产等的开发，将中国传统文化与现代旅游业融合，将更多的传统的东西进行现代的转化，实现文化旅游的最终目的。

二、中国古代文学在当代旅游中的作用

中国古代文学在当代旅游中的作用主要表现为中国古代文学中独有的艺术性和文学性对历史古迹或风景名胜的衬托，许多文学背后衍生出的故事与典故蕴含在其中，成了旅游的文化资源。另外，旅游地区还可以以文化、文学为切入点，打造一批独具特色的文创产品，以产生更多的经济效益，为当地旅游业发展发挥更大的效用。

（一）利用中国古代文学中的动人故事与典故打造旅游热点

例如，浙江上虞的梁祝文化。《梁山伯与祝英台》是我国民间的四大传说之一，与《白蛇传》《孟姜女传说》《牛郎织女》齐名，是中国最具魅力的口头传承艺术及国家级非物质文化遗产，也是在世界上产生广泛影响的中国民间传说。浙江上虞逐渐将梁祝故事发展为地方文化。根据相关学者考证，祝英台确有其人，是上虞人。梁祝故事的梗概：东晋时，浙江上虞祝家有一女名叫祝英台。她从小聪颖美丽，通晓诗文。祝英台求学心切，于是女扮男装到杭州游学，途中遇到会稽来的同学梁山伯，两人便相偕同行。两人同窗三年，感情深厚，但梁山伯并不知祝英台是女儿身。后来，祝英台中断学业返回家乡。梁山伯到上虞拜访祝英台时，才知道三年同窗的好友竟是女儿身。梁山伯欲向祝家提亲，此时祝英台已被父母许配给马文才。之后梁山伯在鄞县（今宁波市鄞州区）当县令时，因过度抑郁而去世了。祝英台出嫁时，经过梁山伯的坟墓，突然狂风大起，阻碍迎亲队伍的前进。祝英台下花轿到梁山伯的墓前祭拜，梁山伯的坟墓塌陷裂开，祝英台跳入坟中，之后坟中出现一对彩蝶，双双飞去。这个故事表达了古代人民对自由美好生活的向

往、对婚姻自由的追求以及对封建婚姻制度的讽刺。

在上虞，从古代传说中衍生出很多独具特色的文化内蕴，如祝家庄、祝府等在景区的设计上充分体现了梁祝文化的历史积淀与文化内涵，布展设计力求将梁祝文化置于其应有的历史背景下，注重旅游互动。祝府的打造致力于建成上虞旅游的“金名片”，使英台故里焕发出千年的风采。与之相配套的还有越剧《梁山伯与祝英台》以及衍生出的“双蝶节”“梁山伯吃蛋留风俗”“祝家庄和望梁村的传说”“马文才塑像的传说”“梁祝还魂团圆记”“三生三世苦夫妻”“梁祝终身不娶嫁”等梁祝故事。另外，景区里也有很多关于梁祝的记载，搜集了历代古籍中关于梁山伯与祝英台的记载，还有上虞祝氏祖堂以及遗迹。对于中国版的“罗密欧与朱丽叶”，游客较为好奇，同时因对美好爱情的向往和对凄美爱情传说的再现，上虞的梁祝文化成为人们期待的看点。

（二）景点对中国古代文学的再现

善于对景点涉及的古代文学进行现代转化也是一种现代旅游开发的积极尝试，这样不仅可以提升文化的内涵，还能打造出具有新的体验与新的视角的旅游景观。

例如，“燕赵多慷慨悲歌之士”，以荆轲为代表的燕赵勇士在今天的易县“再现”。易县位于河北省的中部，隶属河北省保定市，著名的易水砚就是产自这里，它与端砚齐名，有“南端北易”之称。

自古就有不少有关易水的诗词歌赋，燕太子丹送荆轲刺秦于易水作别，荆轲和着音乐高歌“风萧萧兮易水寒，壮士一去兮不复还”。骆宾王《于易水送人》：“此地别燕丹，壮士发冲冠。昔时人已没，今日水犹寒。”北周王褒《高句丽》诗：“萧萧易水生波，燕赵佳人自多。”另外，易县与《易经》产生强关联，将易水湖以文化为灵魂进行展现，景区的建设突出了易文化的特色，展现《易经》博大的文学内蕴。根据这两大体系，开发出了一系列旅游景点。

如今，易县开发出了有“北方小桂林”之称的易水湖、老子峰、八卦台、长生久视、致虚台、无为屏、养生台等，这些景点都有着深厚的古代文学内涵。

三、旅游解说词的文学性

旅游景点是客观的，是不以人的意志为转移的事物，它背后所蕴藏的历史、典故、生动的故事都需要人为地进行解说，才能将它的内蕴表现出来。一篇优美的解说词往往是游客在旅游过程中的视听享受。人们可以在边看边听中了解游览的对象。在古代，文人游历了祖国的壮美河山，心中的感情一泻千里，形成了名言佳句或文学作品。这些前人的作品又引导后来的游客踏上了前人的足迹，去探寻前人的所见所闻与所感，经常在游历的过程中与前人有了相同的感情，达到精神上的共鸣。

例如，云南昆明市内的大观楼，最著名的是它的长联。这个长联由 180 个字组成，被称为天下第一联。这个长联的作者是清代乾隆年间的孙髯翁，全联的内容为：

五百里滇池，奔来眼底，披襟岸帻，喜茫茫空阔无边。看：东骧神骏，西翥灵仪，北走蜿蜒，南翔缟素。高人韵士何妨选胜登临。趁蟹屿螺洲，梳裹就风鬟雾鬓；更苹天苇地，点缀些翠羽丹霞，莫辜负：四围香稻，万顷晴沙，九夏芙蓉，三春杨柳。

数千年往事，注到心头，把酒凌虚，叹滚滚英雄谁在？想：汉习楼船，唐标铁柱，宋挥玉斧，元跨革囊。伟烈丰功费尽移山心力。尽珠帘画栋，卷不及暮雨朝云；便断碣残碑，都付与苍烟落照。只赢得：几杵疏钟，半江渔火，两行秋雁，一枕清霜。

上联写滇池及周围风光景物，歌颂昆明大好河山及农民的辛勤耕耘，下联联想云南历史。大观楼的长联不仅有较高的文学造诣，还有作者价值观的表达。孙髯翁的长联大约写于 1765 年，当时官场腐败，民不聊生，诗人有感而发，触景生情，抨击了封建王朝的统治。天下第一联一出，后人慕名而来，也写下了观长联之后的感受。例如，郭沫若写道：“长联犹在壁，巨笔信如椽。”《滇南楹联丛钞》赞曰：“大气磅礴，光耀宇宙，海内长联，应推第一。”

中国古代文学作品对文化旅游的贡献是巨大的，是人们认识和了解旅游景点的一个重要工具。在现代，有大量的古代文学作品被运用到旅游景点的解说词中，便于游客将景点的事物所呈现的实景美与景点所体现的文化底蕴结合在一起，体会景点带来的娱乐性与审美体验。古代文化与古代文学在景点解说词中的渗透可以增强游客的现场体验感，还能引导游客对景点的景物及文化产生心理上的认同。

四、古代名人与山水旅游

在古代，人们对知行合一的认识具有普遍性。历代文人多有漫游的经历，在漫游的过程中，遍赏祖国的大好河山，所学与所感发而为诗，留下了许多名篇。在古代文学中，诗人与山水名胜古迹结下了不解之缘，如辛弃疾阐释对自然的感情："我见青山多妩媚，料青山见我应如是。"自然山水在古代文人心中的地位很高，同时自然山水在文人的笔下散发出独特的美。文人在登临之后的诗词歌赋使客观的山水有了人文的气息，几千年后的今天，当人们身临其境的时候，仍然能感受到作者的情感与体验，实现空间上的对话：面对大自然的山水盛景，为之神往，因之动情。

（一）蜀道旅游及古代名人

唐代诗人李白曾有描写蜀道的诗句："噫吁嚱，危乎高哉！蜀道之难，难于上青天！"栈道被誉为中国古代十大奇迹之一，被国内外游客喜爱。栈道作为最负盛名、历史悠久、风景秀丽的蜀道在今天有完好的保存，是难得的旅游胜地。当今的栈道主要在汉中境内，主要有子午栈道、褒斜栈道、米仓栈道、傥骆道、陈仓道、连云道、祁山道、荔枝道。

褒斜栈道具有悠久的历史。它建于战国时期，秦国日益壮大，但秦国地处秦川，土地并不富饶，为了获得战争资源，秦惠王派张仪、司马错伐蜀。在伐蜀前，为打通到蜀地的道路，于公元前267年开始修建栈道，于公元前259年完成，历时8年。经过8年修建栈道，伐蜀的辎重部队才能源源不断进驻蜀地，褒斜栈道成了南北兵家必争的栈道。同时，褒斜栈道也是南北经济和文化交流之道。在当时没有火药、没有现代技术的条件下能建成在崇山峻岭中穿梭的栈道实属不易，古人有古人的智慧，单纯开凿费时费力，古人用"火焚水激"的方式进行人造隧道的开凿。"火焚水激"就是在凿孔地方先用火烤，然后再用冷水泼上去冷却，一热一冷，岩石破裂，然后再用铁器凿孔，一点一点地将安装支撑柱的孔洞凿出来。

关于栈道还有一段发生在刘邦与项羽之间的故事。刘邦取汉中后于公元前206年按大将韩信的计谋，派少数人修栈道，以转移镇守关中西部雍王章邯的注意力，暗地里沿着西边艰险的陈仓道（即秦栈），北出大散关，攻占了陈仓城，进军咸阳。这就是"明修栈道，暗度陈仓"的典故。还有鸿门宴之后，刘邦被项羽贬到了巴蜀地带做汉王，在返回汉中的途中听从了张良的建议将栈道烧毁。关于栈道的故事还有很多，栈道的周围还有其他的文化名人，如发明造纸术的蔡伦和出使西域的张骞死后就埋在了子午栈道附近。

（二）泰山与历代文人

作为历代帝王与文人最钟情的山，泰山承载的文化元素是最具代表性的。泰山是五岳之首，在春秋时期改名为泰山，有“天下第一山”的美称，在 1987 年被联合国教科文组织列入世界自然文化遗产名录。泰山有着深厚的文化内涵，山上庙宇很多，雕梁画栋，庄严肃穆，其古建筑主要为明清风格，将建筑、绘画、雕刻、山石、林木融为一体，是东方文明伟大而庄重的象征。因其传说和文化底蕴，常年香火不断，给泰山又增添了一丝神秘气息。

1. 古代文人的泰山情结

孔子有“登东山而小鲁，登泰山而小天下”的经历，他开创了文人登泰山的先河，后人争相模仿，登泰山成为历代文人名士不可缺少的人生经历，并且一直延续到今天，成了积淀深厚的文化心理，成为一种风气以及文化中的一道独特的风景。泰山对他们来说，更像是一座精神的丰碑，逐渐演化为传统文化中的一个景观。曹植就有“我本泰山人”的说法，将泰山作为一种精神，李白的诗中有“天门一长啸，万里清风来”，将泰山的壮美与人的纵横天地的飘逸结合起来。古代的很多文人墨客在泰山上都有诗作，例如，杜甫的《望岳》：“岱宗夫如何？齐鲁青未了。造化钟神秀，阴阳割昏晓。荡胸生层云，决眦入归鸟。会当凌绝顶，一览众山小。”此外，还有陆机的《泰山吟》，苏轼、苏辙、王若虚、梅尧臣等都有描写泰山的诗句，在描写的同时表达思想感情，表现了他们的泰山情结。

2. 与泰山有关的文化、文学内容

泰山自古以来是古人精神的象征。泰山可以看成古代文人的一种对崇高、博大精神的追求。在司马迁的《史记》中有“人固有一死，或重于泰山，或轻于鸿毛，用之所趋异也”，将泰山上升到一种精神的高度，是人生追求的崇高境界。

泰山又是文人抒发满腔抱负的物象。在古代文人的诗中，有的借泰山表达强烈的进取心与建功立业的精神。如李斯辅佐秦王完成了秦国的大一统，封禅泰山，刻石记功，流传千古。宋代的爱国词人辛弃疾曾经在泰山抗金，作为爱国将领，他有着卓越的指挥能力，作为词人所表现的是豪放

的情怀，“想当年，金戈铁马，气吞万里如虎”，流露出的是建功立业与爱国情怀。

有关泰山的诗词歌赋中有着文人对大自然的热爱和歌颂。泰山的自然风景可以用雄、奇、险、秀、幽来概括，泰山巍峨、雄奇、俊秀的自然景观常令世人叹为观止。泰山的独特风景，如日出、云海、奇松、怪石等，都是泰山亮丽风景的代表，激发了历代文人的创作热情，他们往往在登泰山之后有所创作，所以历代关于泰山的诗词歌赋题材广泛、丰富，其中脍炙人口的名言佳句也不在少数，共同构成泰山的文化内涵。

泰山作为一座书法山，石刻自然是少不了的，这也成为泰山的一大奇观。泰山石刻种类繁多，规模宏大，品质精良，延续久远，种类有 30 余种，包含碑刻、石碣、石阙、墓志等形制。泰山石刻展示了中国书法艺术的形变，书法艺术得以在泰山以石刻方式保留，具有极高的艺术价值。

秦国之后，泰山石刻蔚然成风，现在留存在泰山的石刻就有 1 600 余处。从年代来看，有东汉的张迁碑、衡方碑，用汉隶书写，是汉隶书法的代表；晋代有孙夫人碑，北齐有石峪的《金刚经》；唐代有《纪泰山铭》，展示了恢宏的盛唐气象；后又经历了宋、元、明、清直到近现代，留下了大量的泰山石刻。尤其以摩崖石刻为代表，内容丰富，意蕴深远。从泰山石刻的内容来看，主要有记录帝王的功绩、封禅的，也有历代文人墨客的题刻，还有老百姓祈求平安的内容。泰山石刻具有独特的书法艺术，有的书法笔力遒劲，有的灵动洒脱，有的端庄典雅，形态不一，具有很高的艺术价值。泰山石刻是历史的见证，承载着几千年来人们对泰山的尊敬与热爱，涉及政治、历史、文化、文学、艺术、书法、宗教等内容。封禅是古代的国之大典，除了司马迁《史记》中的《封禅书》之外，还有《古封禅群祀》《封禅议对》《封禅方说》等，所表现的都是对泰山的崇拜与心灵的归属，从帝王到百姓莫不如是。

3. 泰山文化的现代意义

泰山的自然风光秀美，具有独特的自然景观，同时，泰山的人文景观也是相当有名的，是中华民族传统文化的重要组成部分。泰山的文化景观与自然景观提高了它的知名度，也成为当地的一个名片，吸引了众多游客前来参观。近年来，泰山又先后被列为自然遗产与文化遗产，并且成功举办了泰山国际登山节，成为一个世界性的旅游胜地，泰山的深厚文化底蕴功不可没。在未来，泰山可以作为一张国际名片进行打造，可以注入更多的新内容与新思路，保持泰山的文化活力与生机，让泰山成为外国了解中华博大精深文化的一个窗口。

（三）西湖与历代文人

山水文学作品中还有一部分是对南方山水的赞美，尤其是对江南胜地的赞美，如杭州的西湖就是历代吟咏较多的地方。“欲把西湖比西子，淡妆浓抹总相宜”就是写西湖的美，西湖总能引来无数文人墨客前来畅游，在其中流连忘返，并且留下了许多诗篇佳作。例如，唐代的白居易与宋代的苏轼不仅作诗吟咏西湖，还为西湖做出了实实在在的贡献，是西湖美景的缔造者。白居易在杭州做刺史时，曾经引西湖水解决了杭州百姓用水的问题，并且修筑了白堤，深受百姓的爱戴。后人又在白堤上种上了桃树和柳树，使得白堤两岸繁花似锦，景色宜人。苏轼在担任杭州刺史的时候，以工代赈，又筑起了一条南起南屏山、北至栖霞岭的长堤，这就是著名的苏堤。苏堤筑成以后，苏轼命人种上芙蓉、杨柳，还修建了九座亭阁和六座桥，自此之后苏堤景色宜人，桥与柳树、桃花与柳影、水色与亭阁相互辉映，美不胜收。尤其是春天的苏堤，弥漫着浪漫的气息，走在其中，忽而有进入仙境的感觉。于是，南宋时期就有“苏堤春晓”的美称，并被列入西湖十景。“杭州巨美，得白、苏而宜章。”①

白居易的《余杭形胜》《西湖晚归回望孤山寺赠诸客》《杭州春望》等表现了西湖的美好景致。如《杭州春望》：

望海楼明照曙霞，护江堤白踏晴沙。
涛声夜入伍员庙，柳色春藏苏小家。
红袖织绫夸柿蒂，青旗沽酒趁梨花。
谁开湖寺西南路，草绿裙腰一道斜。

这首诗在写法上，由城外东南写到城内，然后又写到西湖，远近结合，错落有致而又秩序井然。同时，又将写景同咏古、摄自然之景同记风物人情结合起来，使景物更加丰富多彩、富有韵味，洋溢着诗人的赞美之情。作者描绘的是杭州春意盎然的自然美景、深厚的历史文化底蕴以及闲适优雅的市井生活，表现了作者对杭州的美好景致的赞美与欣赏。

① 田汝成．西湖游览志余 [M]. 上海：上海古籍出版社，1988.

苏轼的代表诗作有《饮湖上初晴后雨》《与赵德麟饯饮湖上舟中对月》《次韵曹子方运判雪中同游西湖》《和蔡准郎中见邀游西湖三首》《怀西湖寄晁美叔同年》等。如《饮湖上初晴后雨》：

水光潋滟晴方好，山色空蒙雨亦奇。
欲把西湖比西子，淡妆浓抹总相宜。

诗人从早到晚畅游西湖，一边欣赏着美景，一边饮酒，于是诗意大发，写就此诗。这首诗概括性很强，不是描写西湖的一处之景、一时之景，而是对西湖美景的全面评价。尤其是后两句，被认为是对西湖最恰当的评语。这首诗的流传给西湖的景色增添了光彩。

历代文人对西湖的描述数不胜数，这些作品对西湖的深厚内涵的形成具有不可替代的作用。如苏堤春晓、曲院风荷、平湖秋月、断桥残雪、柳浪闻莺、花港观鱼、雷峰夕照、双峰插云、南屏晚钟、三潭印月等，这些景观被赋予了美的名称，是历代文人在不断吟咏中提炼出来的，其文化属性很强，审美内涵还在不断拓展。

五、历史文化名人遗迹与旅游景点

文化旅游除了名山大川、寺庙、碑刻之外，还有历史文化名人的遗迹，这些遗迹包括他们的住所、题咏、手记、遗冢等。这些名人遗迹也是珍贵的旅游资源，以独特的魅力带动着当地旅游产业的发展，吸引着一批批的游客慕名而来，去寻找古人的遗迹，聆听动人的故事。通常情况下，一个地方出现了多位对历史或文学有影响的名人，会被认为是人杰地灵的地方，具有独特的魅力，所以这些名人的遗迹吸引了众多的游客前来一探究竟，这就是名人效应，能够带动旅游产业的发展。

（一）陆游与现代旅游胜地沈园

宋代陆游不仅是一位爱国将领，还是一位豪放的诗人，陆游留下来的诗词数量众多，仅诗歌就有 9 000 多首，词作有 130 首。陆游的作品中主要抒发的是自己平生的志向与爱国情怀。

陆游身上还有一个现代旅游打造的 IP，就是他与唐琬的凄美爱情故事，一直拨动着历代人的心弦，被后世不断咏唱。沈园被称为陆游恋情的绝唱处，这里有一个凄美的爱情故事：陆游与唐琬从小青梅竹马，唐琬不仅长得漂亮，还是当地有名的才女，深受陆游母亲的喜爱，于是就定下了这门亲事。陆游与唐琬婚后过着吟诗作对的生活，完全没有将心思放在功名上。这引起了陆母的不满，再加上婚后唐琬并没有子嗣，陆母的耐心也逐渐消失，就逼着陆游休掉了结发妻子。两人就此分手，此后陆游又另娶妻生子，唐琬也改嫁了赵士程。多年后的一个阳光明媚的日子，陆游与唐琬在沈园不期而遇。陆游难忘旧情，于是在沈园的墙上写下了《钗头凤》：

红酥手，黄縢酒，满城春色宫墙柳。东风恶，欢情薄。一怀愁绪，几年离索。错、错、错。

春如旧，人空瘦，泪痕红浥鲛绡透。桃花落，闲池阁。山盟虽在，锦书难托。莫、莫、莫！

这首词围绕着沈园这一特定的空间进行描写，上阕追忆往昔，下阕回到现实，将同一空间的不同时间的事件和场景进行再现，采用对比的手法，夫妻恩爱，美好真切，往日的温馨历历在目，但现今却是一片凄凉。全词在节奏安排上很紧凑，上阕和下阕最后的“错、错、错”和“莫、莫、莫”表现了词人的悲苦心情，有种痛不能言的情致在里面，久久不能散去。这首词在内容上和形式上都有很高的艺术成就，是一首别开生面的、感人至深的作品。除了这首词之外，他还写了《余年二十时尝作菊枕诗颇传於人今秋偶复采菊》《沈园二首》《十二月二日夜梦沈氏园亭》《春游》等诗作，抒发了对唐琬的思念。

沈园本是私家园林，经过陆游的带动进入了人们的视野，游客来这里的目的就是要看看陆游题在沈园的词。在园林设计上，沈园也充分利用陆游与唐琬的爱情故事。沈园有一处景点叫“断云石”，导游是这样解释“断云石”的：我们穿过这个石牌坊，就可以看到在沈园入门的西边，有一块拙朴的石头。它原本是一块，后来被人分成了两半，上面刻着“断云”两个字，是谐音“断缘”的意思。设计者可以说是匠心独运，将陆游与唐琬的爱情悲剧渲染得淋漓尽致。而且在沈园的精致设计中，也融入了陆游的爱国主义情怀。陆游喜欢梅花的高洁清香。沈园有“问梅槛”，它临池而建，茅草覆顶，原始、古朴，还具有照壁的作用，有曲径通幽的效果。其中“问梅”显然与陆游喜欢梅花有关。另外，沈园中种有较多的梅花，在寒冷时节争相开放，别有一番韵味。

（二）“诗圣”杜甫与杜甫草堂

杜甫草堂是唐代诗人杜甫在成都时的住所，历经安史之乱的杜甫在辗转流离后，举家从长安来到成都，在严武的帮助下，在成都西郊浣花溪边修建草堂，有了自己的家，也有了相对安宁的生活环境。杜甫先后在此居住近4年，创作诗歌240余首。这些诗歌真实地记载了他在草堂的平静安宁的生活，歌颂了春天的美好，当然也有茅屋为秋风所破的窘迫以及对天下寒士的担忧和希望。杜甫离开成都后因为草堂无人打理，最后荒废。一直到了唐朝末年，诗人韦庄才寻到了草堂的遗址，在遗址上又重新修建了茅屋，使得它继续保存下来。

杜甫草堂中设有杜甫纪念馆、杜诗木刻画廊、万佛楼，修建了以杜甫的诗歌为名的亭台阁，还在大雅堂雕塑了中国古代著名诗人的雕像，让这些伟大的诗人穿越时空与杜甫相会在草堂，吟诗对句，把酒言欢。还有一道长长的诗歌墙，上面全是名人书写的杜甫诗词的书法作品。

杜甫对我国诗歌的影响深远，被后世称为“诗圣”，是与李白并肩的伟大的诗人。他的诗歌以现实题材为主，具有现实主义的特点，杜甫现今存有约1 500首诗歌，并且有《杜工部集》流传，不仅对中国诗歌有深远的影响，还对外国（如日本）的文学有很大的影响。可以说，杜甫不仅是中国的名人，还是世界名人。杜甫流传了很多现实主义题材的诗歌，他的诗歌的思想核心是仁政思想，有着“致君尧舜上，再使风俗淳”的伟大抱负，这在之前梳理文学史中有所涉及，这里就不再展开论述。我们来看他流传下来的几首脍炙人口的诗歌，如《绝句》：“两个黄鹂鸣翠柳，一行白鹭上青天。窗含西岭千秋雪，门泊东吴万里船。”《春望》：“国破山河在，城春草木深。感时花溅泪，恨别鸟惊心。烽火连三月，家书抵万金。白头搔更短，浑欲不胜簪。”“安得广厦千万间，大庇天下寒士俱欢颜”以及《春夜喜雨》中的“晓看红湿处，花重锦官城”等都是众人喜爱的诗句。

杜甫在寓居成都期间创作了著名的《茅屋为秋风所破歌》，因此在杜甫草堂中有专门的茅屋景区，是依据杜甫诗歌的描写以及明代重修草堂时的格局恢复重建的。景区内溪流环抱，绿树成荫，竹篱柴扉，芳草青青，营造出杜甫诗中“舍南舍北皆春水”“清江一曲抱村流”“卜居必林泉”“柴门古道旁”“野老篱前江岸回”“草深迷市井”等描绘的郊野景象。推开柴门，可见左植“四松”，右栽“五桃”，古楠接茅亭，绵竹上青霄，菜圃青青，药栏郁郁，诗人的老妻所画的棋盘仍留在石上，他的小儿女垂钓的钓丝还倚靠在篱边……所有这一切都还原了诗人当时的生活场景，这些在他的诗中均有迹可循，充满浓浓的田园情趣。而依川西乡间民居风格建造的简朴茅屋又印证了杜甫“熟知茅斋绝低小”的描写，令人不觉间吟诵出杜甫的《江村》诗句：“但有故人供禄米，微躯此外更何求。”另外，杜甫草堂值得一游的地方还有红墙夹道、修竹掩映的花径，碎瓷镶嵌、古雅别致的“草堂”影壁以及风景秀丽、独具魅力的梅苑。这些都是杜甫带来的旅游看点，值得游客细致参观，了解唐代的伟大诗人杜甫。

结 语

中国古代文学源远流长，在人类历史长河中一直扮演着非常重要的角色，对中华民族精神内核以及中华文明的构建具有积极的作用。对于当代社会来说，中国古代文学也是不可或缺的。一方面，因为中国的根需要在中国传统文化和中国古代文学中去寻找。而且中国古代文学具有独特的魅力，仍然吸引着不少现代人去潜心研究。另一方面，中国古代文学基础宏大，它是历史、意识、精神等方面的资源宝库，为当代的文化建设提供了借鉴。正是对中国古代文学的现代继承，使得中国古代文学转化为无形和有形的力量，有利于社会主义文化建设，满足大众日常精神与审美需求。人们在现实生活中遇到的困惑与疑虑在中国古代文学中总能找到共鸣点。这时候可以学习古人豁达的精神和处世态度，从心灵深处去解决自己的困惑。

中国古代文学在当代的价值与功能体现需要借助当代的先进技术，特别是现代传播手段、互联网、多媒体技术。以前中国古代文学传播主要靠的是口头、书本、文字的形式，传播的方式、呈现的形式较为单一。现代社会利用现代传播手段可以在内容和形式呈现上进行创新，新的传播方式与传播效果又给中国古代文学的现代意义带来了新的发展机遇。中国古代文学可以转化为各种各样的形式展现给大众，大众可以通过互联网、电视、各种 App 学习中国古代文学，领略中国古代文学的魅力。特别是央视推出的一些文化节目就是对中国古代文学普及的很好的方式。在未来社会还需要尝试更多的形式，去挖掘中国古代文学的深层含义，不能仅仅停留在文学的表面，还需要将中国古代文学的精神内核与审美魅力充分地挖掘和展现出来，这样才能保证中国古代文学鲜活的生命力，一直为现代社会服务。

在进行中国古代文学多形式的呈现过程中需要把握一个合适的度，将中国古代文学原有的精髓以及世界观、价值观准确地传达给当代人，可以进行一些适当的增减，但如果为了取悦现代大众而一味地进行无逻辑的解构等是对中国古代文学不负责任的做法。在对中国古代文学经典的再现过程中，要多一些敬畏之心，将传统与现代充分结合，既要遵循经典，也要把握时代潮流，创作出更多优良的作品，传承中国传统文化，发展现代文化。

参 考 文 献

[1] 骆玉明 . 简明中国文学史 [M]. 上海：复旦大学出版社，2018.

[2] 王齐洲 . 中国古代文学观念发生史 [M]. 北京：人民文学出版社，2014.

[3] 李泽厚 . 美的历程 [M]. 北京：三联书店，2009.

[4] 殷杰 . 中国古代文学审美理论鉴识 [M]. 武汉：华中师范大学出版社，1986.

[5] 冯雪娟，胡海燕 . 中国古代文学审美视角与当代价值 [M]. 延吉：延边大学出版社，2017.

[6] 张业敏 . 古苑文心：中国古代文学理论及审美 [M]. 桂林：广西师范大学出版社，1994.

[7] 吴畏 . 中国文化符号解读 [M]. 上海：复旦大学出版社，2017.

[8] 荣跃明 . 文学与文化理论前沿 [M]. 上海：上海社会科学院出版社，2016.

[9] 赵逵夫 . 先秦文学与文化：第 5 辑 [M]. 上海：上海古籍出版社，2016.

[10] 傅斯年 . 中国古代文学史讲义 [M]. 成都：四川人民出版社，2018.

[11] 吴建民 . 中国古代文学理论的当代阐释与转化 [M]. 南京：凤凰出版社，2011.

[12] 梅新林，曾礼军，慈波 . 当代中国古代文学研究 [M]. 北京：中国社会科学出版社，2019.

[13] 马瑞芳 . 中国古代小说构思学 [M]. 济南：山东教育出版社，2016.

[14] 陈庆祝 . 现当代小说与古代小说传统 [M]. 广州：华南理工大学出版社，2017.

[15] 袁勇麟，冯汝常 . 文学欣赏与创作 [M].2 版 . 成都：四川大学出版社，2016.

[16] 曾大兴，纪德君 . 古代文学教学创新与大学生能力建设 [M]. 广州：广东高等教育出版社，2006.

[17] 邓承奇，蔡印明 . 中国古代文学理论导引 [M]. 长春：东北师范大学出版社，1989.

[18] 赵盛德 . 中国古代文学理论名著探索 [M]. 桂林：广西师范大学出版社，1989.

[19] 漆绪邦 . 道家思想与中国古代文学理论 [M]. 北京：北京师范学院出版社，1988.

[20] 第环宁 . 气势论：中国古代文学理论专题研究 [M]. 北京：民族出版社，2002.

[21] 俞驰，顾敏 . 文学美学概论 [M]. 沈阳：辽宁大学出版社，2006.

[22] 祁志祥 . 中国文学美学史 [M]. 太原：山西教育出版社，2014.

[23] 罗宗强，张毅 . 罗宗强古代文学思想论集 [M]. 汕头：汕头大学出版社，1999.

[24] 闵虹 . 中国古代德治思想与文士文学 [M]. 北京：文化艺术出版社，2006.

[25] 王世朝 . 中国古代主流文学思想论 [M]. 合肥：安徽人民出版社，2016.

[26] 清宫刚 . 中国古代文化研究·君臣观、道家思想与文学 [M]. 北京：九洲图书出版社，1997.

[27] 阮国华 . 悲怆的浪漫：中国古代文论、古代文学思想研究 [M]. 北京：中国社会科学出版社，2009.

[28] 李利，王奕琳 . 中国古代文学在当代的价值探讨 [J]. 戏剧之家，2021（2）：185–186.

[29] 陈粟 . 我国古代文学文化价值的当代价值 [J]. 文学教育（下），2020（7）：16–17.

[30] 高敏 .《西游记》影视改编中古代文学经典的当代价值研究 [J]. 文化创新比较研究，2020（19）：103–105.

[31] 蔡苗苗，安兰 . 简析古代文学与当代人文素质教育的联系 [J]. 作家天地，2020（3）：19–20.

[32] 尹顺民 . 论中国古代文学研究与当代价值使命的双向思索 [J]. 佳木斯职业学院学报，2019（7）：211+213.

[33] 刘叶琳 . 文学经典影像化传播的观念演变 [D]. 长春：吉林大学，2019.

[34] 徐蕊 . 我国古代文学文化价值的当代价值 [J]. 文化学刊，2019（4）：119–120.

[35] 尹秋丽 . 经典阅读与人文素养的培养——论中国古代文学教学对大众文化的积极引导 [J]. 中国农村教育，2019（9）：81.

[36] 蒋寅，孟繁华 . 中国古代文论的当代价值与意义——与中国古代文学研究专家蒋寅先生的对话 [J]. 中国当代文学研究，2019（1）：31–38.

[37] 李巧玲 . 论古代文学作品赏析中的创新性思维培养 [J]. 牡丹，2019（2）：140–141.

[38] 尤蒙玥 . 中国古代文学的当代价值探讨 [J]. 青年文学家，2018（18）：88.

[39] 段御宇 . 我国古代文学文化价值的当代价值解读 [J]. 青年文学家，2017（32）：89.

[40] 马勤勤 . 传统文论当代意义的百年话语掠影 [J]. 文艺评论，2017（8）：27–33.

[41] 王锐 . 中国古代文学与当代核心价值观建设研究 [J]. 中国培训，2017（14）：53.

[42] 张宇航 . 中国古代文学在当代的价值探讨 [J]. 科学中国人，2017（12）：227.

[43] 吕双伟 . 关于“古代文论现代转换”命题的思考 [J]. 湖南师范大学社会科学学报，2015（3）：131–136.

[44] 扈耕田 . 史学思维与古代文学史教学 [J]. 洛阳理工学院学报（社会科学版），2014（4）：85–89.

[45] 申畅 . 媒介环境视阈下文学创作的职业化之路 [D]. 长春：吉林大学，2014.

[46] 王卫波，崔军红 . 大众文化背景下的古代文学教学 [J]. 现代语文（学术综合版），2013（2）：62–64.

[47] 魏娟莉 . 古代文学教学思维模式的继承与拓展 [J]. 中国成人教育，2010（20）：185–186.

[48] 尤兰萍，朱金娥 . 古代文学教学培养学生思维品质的方法 [J]. 内蒙古师范大学学报（教育科学版），2010（7）：144–145.

[49] 赵承恩 . 甘肃古代文学与甘肃文化旅游发展浅谈 [J]. 甘肃农业，2010（2）：41–42.

[50] 侯长生 . 古典文学与大众文化的鸿沟 [J]. 西安联合大学学报，2003（3）：55–57.

[51] 俞明 . 历史名胜与中国古代文学 [D]. 南京：南京师范大学，2003.

[52] 伊璐 . 用当代意识观照古典文学——宁宗一先生古典文学研究述评 [J]. 阴山学刊，1995（4）：6–13.

[53] 熊宪光 . 中国古代旅游文学源流论 [J]. 西南师范大学学报（哲学社会科学版），1995（4）：99–102.